忆枣楼漫笔

杨东标 著

宁波出版社

图书在版编目(CIP)数据

忆枣楼漫笔 / 杨东标著 . -- 宁波：宁波出版社，2023.12

ISBN 978-7-5526-5187-4

Ⅰ.①忆… Ⅱ.①杨… Ⅲ.①散文集—中国—当代 Ⅳ.①I267

中国国家版本馆CIP数据核字(2023)第232808号

忆枣楼漫笔
YIZAOLOU MANBI

杨东标　著

责任编辑	苗梁婕
责任校对	叶呈圆
责任印制	陈　钰
装帧设计	金字斋
出版发行	宁波出版社

（宁波市甬江大道1号宁波书城8号楼6楼　邮编　315040）

网　　址	http://www.nbcbs.com
印　　刷	宁波白云印刷有限公司
开　　本	710mm×1000mm　1/16
印　　张	19.75
字　　数	200千
版　　次	2023年12月第1版
印　　次	2023年12月第1次印刷
标准书号	ISBN 978-7-5526-5187-4
定　　价	68.00元

如发现缺页或倒装，影响阅读，请与出版社联系调换　电话：0574—87248279

目 录

上篇　人生风景

井冈儿女 …………………………… 003
十月，法兰克福 …………………… 013
世纪之初的文艺盛会 ……………… 018
《王阳明》在台湾 ………………… 022
我写王阳明 ………………………… 027
云山苍苍 …………………………… 031
柔石：追求学问与人生真谛 ……… 036
永远的柔石 ………………………… 040
月湖随想 …………………………… 043
归云洞听读书声 …………………… 046
行走在尖山上 ……………………… 050
面对毁谤 …………………………… 055
台地的故事 ………………………… 060
佛从海上飞来 ……………………… 063
故乡南门外 ………………………… 070
宁波人和宁海人 …………………… 074

话说宁海人·················078

油盐寺·····················081

我的大爷爷杨东陆···········085

我在城南小学读书···········094

求学城西···················097

我的宁海中学···············100

三年师范···················106

慈城散记···················113

忆柴时道先生···············116

D先生······················120

文学是他的一个侧面·········124

写在宁波美食节·············128

从"盱眙"两字说起··········132

下篇 艺文缀珠

《诗心墨韵》后记···········137

从一件往事说起·············140

奋斗人生的真实记录·········145

不拘一格写丹青·············149

从耐读说起·················152

从潘天寿和沙孟海开篇·······156

云烟笔墨共波澜·············160

真水无香···················164

《宁海县当代中国画家作品集》序···168

石上游刃 171
让艺术生命如瀑布一般壮美 174
从一首诗说起 178
读书与逛风景 181
《如意之灯》后记 184
散文的诗性和智性之美 190
鼎者,国之重器也 195
南门外那条清凌凌的溪水 202
《韵流三江》序 206
朴实的记录 真诚的倾诉 209
人生智慧的闪光 213
敲开春天的大门 217
我与滕氏兄妹 220
与诗共舞 226
生命的暖色 229
淡淡而又顽强的绿色 234
采撷生命的活性元素 237
温暖笔调下的浙东风情 241
休闲与圆梦 245
诗心慧眼识慈城 247
观剧随感 251
十六天的二十四台戏 254
听顾锡东老师说写戏 261
痛悼魏峨老师 265

怀念天高兄 ……………………………………………… 269

关于《梁祝》的改编 …………………………………… 273

波澜恣意　风云舒卷 …………………………………… 277

读陈也喆的《戏中有戏》 ……………………………… 282

瞎子春琴 ………………………………………………… 286

《我的姚剧生涯》序 …………………………………… 289

漫说《江南女巡按》 …………………………………… 292

毕春芳艺术馆前言 ……………………………………… 297

波澜起伏　扣动人心 …………………………………… 300

童真之天趣　哲理之慧光 ……………………………… 304

后记 ……………………………………………………… 307

【上篇】

人生风景

井冈儿女

一

飞机一着地便是井冈山,让我一阵惊喜。四十六年前,我参加一个创作组,也曾来过井冈山,火车,飞机,汽车,不断地转换,花了多少天,已经记不得了。而现在,从宁波飞到这里,只用了一个半小时,真是便捷啊。

中巴车载着我们朝茨坪开去。正是早春季节,家乡的绵绵阴雨还挂在展不开的眉间,而这里却是满目清朗,随手可以触摸井冈山温暖而明亮的阳光。依然是青山绿水,依然是花团锦簇,所不同的是巨大的雕塑满目皆是,鲜艳的旗帜,火炬,朱毛会师,大红标语,在我们的眼前一一掠过。茨坪的街心是一个偌大的公园,园林湖石,修整有序。四周是各式的现代建筑——井冈山革命博物馆,井冈山烈士陵园,南山火炬广场,干部学院等,都显示着这里已经不是当年烽火硝烟的战场,也不是改革开放之前的还未脱贫的山区老区,而是跟随着祖国一齐前进的社会主义新农村,红色旅游胜地。导游指着一片青砖黑瓦的房子说,这就是当地老百姓的住房,当年"干打垒"泥巴房早已逝去,只有那些被保护起来的伟人的旧居以及革命遗迹,还保留着当年的风貌。

井冈山的杜鹃花是出了名的,漫山遍野,都长在高大的树上。导游说,现在是早春季节,开花的大多是粉红色的那一种,叫鹿角杜鹃,待到再暖和一些,姹紫嫣红都有,蔚成烂漫。又说,井冈山的杜鹃都是烈士的鲜血染红的,所以分外的绚丽,你们到井冈山来,会听到很多动人的革命先烈的故事,就像满山的杜鹃一样,一串又一串。

二

伍若兰,这个名字出现在我的面前时,讲解员正用电子指示棒点着她的照片。

这帧照片其实不是真实拍摄的,而是按照雕塑拍摄的。在当时那个恶劣的环境里,拍照留影是很难实现的。然而,按雕塑拍的更好。有棱有角,沉静坚毅,仿佛她临刑时的气概。八角红军帽上红五星闪烁着光芒,一头短发被风撩起,掠在她清秀的左脸颊上,平添了几分英气。那一年,她23岁,还是如花少女的年纪。

我最初知道伍若兰这个人物是看了《开国元勋朱德》这部电视剧以后,当时相当感动。于是,我开始关注这段历史。

1906年,伍若兰出生在湖南耒阳。1928年上了井冈山,在血与火的考验中,她与朱德同志结成患难夫妻。她写得一手好字、一手好文章,是红军队伍里优秀的宣传员,至今茅坪、塘南等村子的墙壁上,仍保留着她用石灰水写的粗犷遒劲的大字标语;她又会使双枪,且枪法极好,是红军队伍中有名的双枪女将。她能文能武,智勇双全,被赞为井冈山一朵美丽的兰花。她与朱德深情相爱,书写了一段"战地黄花分外香"的美丽情缘。

1929年秋天,朱德率部队向赣南进军。翌年2月,伍若兰为了掩护部队转移受了伤,不幸被捕。当时,她正怀孕。

敌人知道她是朱德的妻子,便使用了各种卑劣的手段,要她交代朱德和红军部队的去向,伍若兰大义凛然,宁死不屈,最终英勇就义。她的生命华章才开始,就如裂帛断弦一般戛然而止。她以燃烧自己的方式短暂而炽热地划过长空,展示了生命的特殊而灿烂之美。她的坚贞,她的忠诚,她的气节,也让我想到了毛泽东同志的夫人杨开慧,一般的年轻,一般的英勇,一般的美丽,让我们后辈人一提起便肃然起敬。

敌人杀害了伍若兰,砍下她的头颅悬挂在赣州的城头上;又将她腹内的胎儿用刺刀挑出,加以蹂躏。一页悲惨而苦难的文字就这样记载在我们的党史上。

朱德同志得知消息后,仰天长啸,泣涕如泉。他后来一直钟爱兰花,是他对伍若兰刻骨铭心的怀念。1962年,他重上井冈山,吟诗一首曰:"井冈山上产幽兰,乔木林中共草蟠。漫道林深知遇少，寻芳万里几回看。"

讲解员给我们讲述这段可歌可泣的故事，是在井冈山烈士纪念馆里。我们抬着花篮，迈着沉重而虔诚的脚步，一级又一级，迈进大厅，在毛泽东手书"死难烈士万岁"的文字前，肃立，鞠躬，默哀。

室内墙壁上贴着的烈士遗像实在太多了，讲解员讲的只是其中的一部分，伍若兰是其中的一个。一位烈士就是一个惊天动地的故事。讲解员讲得时而激动，时而哽咽；我们听得时而屏息静气，时而热血沸腾。这样的情景，已经很少有了。我们不禁为讲解员叫好，她也是井冈山的女儿，长年累月，沉浸在那种动情的叙述里。

三

说到曾志的故事，可能没有这般惨烈，却是九曲回肠，揪人心肺。

那是五井之一的小井，我们在这里参观红军医院。这座作为革命文物的红军医院，是1957年按照原貌重建的，木柱板墙，杉皮屋顶，简陋的药柜，贴地的病床。我们无法以现在的医院来与它相对照，哪怕是条件最为简陋的乡村医疗所。但即便如此，它仍是当年红军伤病员的保护神，后来被国民党匪军清剿时付之一炬。当时匪敌有言："石头要过刀，茅草要过火，人要换种。"可见斗争环境之恶劣。

曾志是 1928 年 4 月与丈夫蔡协民随朱德、陈毅率领的南昌起义部队来到井冈山的，不久被分配到红军医院任党总支书记。其时，她正怀孕，挺着一个大肚子，与军民一起上山砍木头，下山背石料，就地取材，亲自动手，于是便有了这座红军医院。

当年 11 月 7 日，曾志临产。难产让她整整疼痛了三天三夜。孩子生下来了，她大出血不止，几度昏死过去。后来，她终于从鬼门关被救了回来，她的身子却已是极度虚弱了。翌年一月，她接到上级通知，随红四军主力向赣南转移。孩子怎么办呢？她初为人母，割不断血肉之情，但是战争环境严酷，随军带走孩子显然是不可能的。她忍痛把孩子托付给了留山部队石礼保副连长夫妇抚养。

她以为，红军很快就会回来的，她会很快见到她的宝贝儿子的。然而没有。这一分别便是二十余年。解放了。她的第一任丈夫蔡协民亦已牺牲，她后来才知道，帮她抚养孩子的石礼保夫妇也都牺牲了。

她有过多少次的托人打听寻找啊，然而，如同石沉大海，音讯杳无。

1951 年夏天，她在广州电业局任党委书记。一个偶然的机会，她得知广州有个访问团要去井冈山。她委托访问团的同志帮她再一次打听儿子的下落。

这一回成功了。儿子找到了，儿子叫石来发，在井冈山当护林员。消息传来，曾志泪湿衣襟。她要好好看看儿子，好好关心儿子，来补偿一个母亲二十余年的欠缺。

石来发来到广州，母子相认，一场人间的悲喜剧激动着多少人的心扉啊。不久，曾志调任中央组织部副部长，石来发又到北京来看望母亲。临别的时候，他终于向母亲开口了，要求在北京帮他安排一份工作。

曾志沉默了，她不知如何回答儿子才好。按理说，儿子的要求并不为过，她也有足够的权力和能力解决这个问题。但是，她能这样做吗？

沉默良久，她终于与儿子说："来发啊，毛主席的儿子都去前线打仗了，你为什么不能安心在家务农呢？"

石来发无语了，他听从了母亲的教诲，爽爽快快地回去了，在井冈山担任了几十年的护林员。后来，他的一个孙子叫蔡军，参军了，消息传到北京，曾志很高兴：好，好，红军的后代啊，我们都是红军啰。

1998年6月21日，已经从中国共产党中央顾问委员会退下来的曾志在北京逝世，享年88岁。她的女儿陶斯亮和儿子石来发遵照母亲生前的嘱咐，把她的骨灰安葬在井冈山小井村的一个小土坡上。那个地方，离她当年战斗过的红军医院只有400米远；离惨遭敌人杀害的130多名伤病员的集体陵墓及纪念碑，仅几步之遥。

我们来到这个小土坡上，来到曾志同志的墓碑前。尽管我曾经有过许多想象，即便是一块石头，也应是一块像像样样的大石头，墓碑前也有一块空地可供后人瞻仰礼拜。然而，眼前却不是。一块小小的极为普通的石头，嵌在路边的斜坡上。由于在路边，自然也没有什么空地，后面是一棵不大的树。石面上刻着几个字：魂归井冈，红军老战士曾志。描了红。我的心骤然紧了，血液又激烈地涌动起来。这是怎样的一种襟怀啊，她与井冈山有着怎样深厚的感情啊。归来了，她安息在井冈山的怀抱里。曾志真是一篇值得书写的大文章。她的一生受了多少冤屈？她的前两任丈夫都是为革命而牺牲的，她后来的丈夫陶铸同志被迫害直到死去，她又是如何与他相濡以沫挺过来的？

我读过她的女儿陶斯亮写她的许多文章，每读一次都被那些质朴而真切的文字所深深震撼。陶斯亮说，我的母亲是个奇女子，她的身上永远闪烁着炽热的光芒。她深明大义，坚强如钢，铮铮铁骨，然而柔情似水。陶斯亮说，自己是经过岁月的磨炼才渐渐懂得母亲的，渐渐懂得母亲那深沉的、博大的、绵长的爱。是的，老一辈革命家的高风亮节、人格光辉，我们的后代，后代的后代，该如何去读懂并承接啊。行文至此，我的心中也涌动起一片大潮，潮水溅到眼角，是一滴晶莹的泪。

四

在井冈山的四五天日子很快就过去了，我始终沉浸在一种感动里。井冈山的儿女为新中国的诞生立下的功勋，是不朽的。

最后一天，我们登上了黄洋界，这是井冈山根据地五大哨口之一,群山巍巍,气势雄伟,我们都显得很兴奋。我们有幸看到了云海。苍茫如海的白云把山峰的身子遮隐起来,只露了个头,便是影影绰绰的岛屿,奇丽得很。当年的火炬亭已不复存在,我们看到了高大的黄洋界纪念碑。碑前有一道横碑。一面是毛泽东气势沉雄而瑰丽的手书《西江月》,一面是朱德写的"黄洋界"三个遒劲的大字。闻名于世的黄洋界保卫战也便成了当天谈论的主题。英勇的井冈山儿女与敌军展开了殊死的血战,创造性地运用了一些如"竹钉阵""滚木礌石"等土办法,把敌军打得狼狈逃窜,便有了毛泽东的著名诗句"报道敌军宵遁"。导游小兰把这个故事描绘得生动而逼真,让我们听得顿生豪情万丈。

因此,晚上的话别酒就显得尤其热烈。

我们此行是应当地朋友之邀而来的,席间有些小故事耐人寻味。

酒席间,出现了当地一位人物,胖墩墩,矮个子,脸上挂着一团像孩子一样的笑,他过来给我们团队里的储君敬酒。

有人介绍,他是井冈山当地有名的拥军模范,全国级别的;听说储君被评为优秀的退伍军人,也是全国级别的,便有了知己相逢惺惺相惜之意。

他开门见山地说,我姓周,听说你是老兵,我很高兴,我也是当过兵的,在中印边界当兵。

储君听他这么一说,也立时兴奋起来,迎了上去。只见周一个立正,喊了一声"敬礼",便端端正正向储君敬了一个军礼。储也神情飞扬地还了他一个军礼。然后,周便把手中那杯白酒,咕噜咕噜全倒进肚子里去了。年事已高平时已很少喝酒的储,也把手中的酒一饮而尽,坐在边上的夫人连劝阻一句都来不及。这便是战士的情怀。

回到席上,周仍兴犹未尽。他再次站了起来高声嚷道:你们愿意听听我家里的故事吗?

众人自然叫好。

他说,他有一个儿子,读高三了,马上就要高考了。他要儿子先去当兵,也到中印边界去当兵,再读大学。那边冰天雪地,当兵是很苦的,很苦的地方也得有人去。他做通了儿子的思想工作,便做他妻子的工作。

妻子听明白了他的话,便问:我们有几个孩子?

周说,一个。

妻子又说,那边苦不苦?

周说,当然苦。

妻子说,你都尝过了,还要孩子再去尝?

周说,是的。

妻子突然声泪俱下:你的心肠好硬呀,你做得到?天下有你这样的父亲?

周吼了:走开!

那天夜里,天漆黑。他跑到单位去睡觉了。

天亮时分,他醒了。他想起了昨晚的事,他觉得自己太粗暴了,他不应该这样对待妻子,他应该好好地与妻子商量,参加高考,先去当兵,回来读书,可以使儿子获得更健康的成长。妻子一定会接受的。想到这里,他打开了手机,发现有妻子发来的一个红包。

他点了一下,跳出一个数字:81。

他立即心领神会了,八一乃是建军节呀。经过一个夜晚的思考,妻子想通了。她以这样特殊的方式来表示。他立即给妻子发回一个大红包:520。

他又端起了酒杯,大声地说,我对妻子说,我爱你——!然后一饮而尽。

众人被感染了,笑声,掌声,喝彩声,一霎时都响起来了。

朝霞变幻,越来越深刻地改变着我们的心性和容颜;似水流年,彻底再造了我们的思想和情感。四十六年前没有读懂的东西,现在我读懂了很多。井冈山之行是一次精神洗礼,我们这个时代太需要这样的洗礼。当世界变得越来越复杂、喧闹、多元的时候,那么,就到井冈山去走走吧。它会让你一下子变得清纯起来,崇高起来。

十月,法兰克福
——参加法兰克福书展活动散记

我对德国法兰克福书展过去所知甚少,此番有幸亲历,所见所闻,感受殊深。法兰克福举办世界性的书展已经有很长的历史了,最早可追溯到中世纪,而现代意义上的法兰克福书展则是在1949年创办的,至今已有61年。因为对世界图书出版行业具有极大的影响力,法兰克福书展被称为世界出版业的"奥运会",可以说是世界文化的一次盛会。从1988年始,书展都会邀请一个国家作为主宾国,重点展示一个国家的文化历史及当今风采,内容涵盖图书展示、版权贸易、翻译出版、学术交流、作家对话、作品朗诵以及文艺演出、美术展览等各种形式。继意大利、法国、日本、墨西哥、巴西、俄罗斯、韩国、印度、土耳其等21个国家之后,2009年的主宾国是我们中国。国家非常重视,中国作家协会组派了一支堪称史上未有的"百人作家团"赴德,开展文学交流,可谓盛况空前。

十月的德国,寒意已经相当浓重了,时时有冬雨的飘落。但书展场馆的热烈气氛犹如三月春风,吹拂在肤色各异的参与者的心头，让人温暖。位于市中心的展馆，造型独特，气魄巨大。我们一到，首先映入眼帘的是绘有中国汉字的大型广告图案。在举目外文的德国，看到这样醒目的汉字不能不让人分外的惊喜、亲切。

开幕式可谓热烈而又别致。会场外有一个大厅，吧台提供红酒、饮料、糕点，你若有兴趣可以随意取之，然后找一个空闲的小圆桌相互碰碰杯。走进可以容纳2000个座位的会场，发现舞台上布置颇不一般。它不似中国的会场有一个主席台的排位，显得庄严隆重，它没有，它的一侧是巨大的透明的书籍搭成的造型，有红的绿的黄的，装点着灯光；另一侧则是一支小爵士乐队，灯光暗淡，背景是一个大屏幕，可以录制现场；舞台正中有一个小型的讲台，是演讲的地方。

会议没有主持人，没有会标。中国国家领导人习近平、德国总理默克尔走进会场，响起一片热烈的掌声。正中是通道，我坐在通道边上，拿起相机，抓紧拍摄这一平生难逢的镜头。当地市长和州长致了欢迎词，然后，两国领导人和中国作家铁凝、莫言都做了讲话。他们一个接着一个，讲完话依然回到台下第一排就座。一阵轻松明快的爵士乐作为过渡，时时有热烈的掌声响起。我在戴着的同期声翻译耳机中可以听见，掌声都赋予了那些期盼人类和平、进步的话语，那些表达友好、交流、理解的祝愿。领导人的话语各自充满着智慧的政见，习近平说的尊重世界文明的多样性，就是中国的气度和姿态；默克尔说不妨有点好奇心，则是她允许会场外一些不同政见者发出声音的诠释。含义都深长。你不妨细细地咀嚼。作家则运用了最形象、最简短的艺术细节来表述，同样感染人。善于讲故事的莫言讲了两则听爷爷说当年德国人的故事，说的是两国老百姓的相互歧见，彼此都被妖魔化了，意味深长；铁凝说文学是通向一个和谐世界的桥梁，它可以让不同国家的人们在感受文化差异的同时，也感受到世界的丰富和美好。

短短的六天书展，展览场馆内外参与者成千上万，摩肩接踵。一些国家出版商的广告人，化装成各色离奇古怪的造型，穿红披绿，招徕参观者，展示的是各自民族的风姿，令人想到这真是一个多彩的世界。作为主宾国的中国展厅，更是人山人海。人们为馆内精美布置着的中国文化而吸引而倾倒。活字方阵、墨滴成像、由 11000 本线装书制作而成的书墙，还有中国历史上的造纸、印刷展品以及当代出版领域的优秀作品等，无不让来宾惊叹。我们在参观时，中心区有一位天真可爱的小朋友在朗诵，她清晰可亲的汉语，令我们心头如拂春风。书展真是一个文化大平台，让一切不熟悉的熟悉起来，不理解的理解起来，不和谐的和谐起来。

在德国的六天时间，还有三天时间是到三个城市进行文学交流。我们这支分队共 15 人，由中国作协书记处书记杨承志带队，到海德堡、杜塞尔多夫、美因茨三地活动。这也是我过去每次出国所未能经历的。过去的出访活动大多还是带有参观旅游性质的，看看各地风光风俗，游览各地的名山大川，表层得不能再表层，而此次则不是。我们可以深入到一所大学或文化中心，与当地的作家、文学爱好者、留学生进行对话。德国是一个非常有文化的国度，德国人崇尚阅读，德国书店很多，我们时时可以看到他们认真读书的身影。因此，每场活动，中国作家朗读自己的作品是必不可少的一个形式，很受尊重和欢迎。我也不能例外。我朗读什么呢？我想到自己新近创作的戏剧作品《王阳明》，我就朗读了一段王阳明对人生感悟至深的唱词："五十余年如流星，功过荣辱一风轻……"我不知道通过翻译，德国人能听懂几分。我当然加了说明，但说明也都是简短的。中国这个伟大而古老的国家，历史上曾经涌现出多少优秀杰出的人物，王阳明则是其中一个。我们知道德国有许多优秀的作家、艺术家，歌德、海涅、席勒、卡夫卡、布莱希特、迪伦马特……我们熟读他们的作品，了解他们的人生，而德国人却很少知道中国的杰出之士，孔子大概可以算一个，而其他灿若群星的人物呢，诸如李白、杜甫、白居易、苏东坡、曹雪芹，以及现代的鲁迅、郭沫若……他们却一无所知。他们看不到这类书籍，读不到他们的作品，这不能不说是一种不平衡。在朗读后的对话中，连德国人也无不表达了这一遗憾。中国文学作品的翻译出版以及文化交流真是任重道远。在海德堡，一位德国母亲竟然带了她的三个女儿来参加活动，她的大女儿梅艾嘉还担任了我们的翻译，那种友好之情，那种盼望了解中国文化的热切之情，都让我们深深感动。她们也会提出一些敏感的话题，有些话题肤浅得让人发笑，稍作解释，就会冰消雪融，然而，由于没有交流沟通，就会成为坚障厚壁。而眼下,一些偏见、误解都会在坦诚的对话中消融,至少是冲淡。

交流中也让我们感到海外游子热爱祖国的赤诚之心。在美因茨这座美丽城市的一所大学中,我们遇到一位华人女士,她是浙江人,医药博士,热爱文学。她的诉说扣动我们的心弦。她到德国已近二十年了,出生在德国的女儿都已十九岁了。她是在国内离异后只身赴德的,还有孕在身。到德国举目全是德文、英文,她感到彻心彻骨的孤单和悲凉。有一次,她买酱油包回一张报纸,是中文的,她的眼睛都发亮了,这张报纸她竟保留了两年多,连角角落落的广告都会背了。在国内,她还有一位年迈的老母亲。我问,你今后会回中国去吗?她说,哪里这么容易啊。一句话,把人生的艰难都道尽了。她也经常回国参加学术交流,也用中文写文章,发表文章,也去浙江金华探望她的母亲,她多么想让更多的德国人了解中国灿烂的文化啊。她心中的祖国情结是一辈子也难消亡的。

阅读真是人类的一种美德。诚如一位作家所言,好的文学表现了一个民族最富活力的呼吸,而一个民族对阅读的亲近程度则决定着这个民族整体素质的高低。在经济全球化的今天,我们应该向阅读致意。法兰克福以及周边城市的那些文学活动感人至深,回国已数天,依然历历在目,它们会如同莱茵河畔美丽的风光一样,烙印在我的心头。

世纪之初的文艺盛会
——参加全国文代会、作代会手记

中国文联第七次全国代表大会和中国作协第六次全国代表大会是世纪之初中国文坛的一次盛会。"两会"代表近三千人相聚在北京,可谓群星灿烂,风云际会。我有幸置身其间,备受教益,感慨殊深。

浙江省"两会"代表共五十余人,除了德高望重、年事已高的黄源先生等个别老一辈作家、艺术家不能与会外,绝大多数的代表都于12月15日赶到了杭州。我与陈继武、夏真三人代表宁波文艺界按时赴会。是日,浙江省委副书记李金明在大华饭店接见了文艺界"两会"的赴京代表,并为我们送行。

深冬的北京,天气干冷,处处可见残雪成堆。然而在我们下榻的京丰宾馆,欢迎参会代表的大红横幅一条又一条,顿时让人如沐春风。旧友新知或久别重逢,或相见如识,是说不完的思念和牵挂。

开幕式在人民大会堂举行,两会合一。早晨六时半开始上车,天空还是一片漆黑。七时整,车轮转了,有警车为我们开道。从北大门进入人民大会堂，开始严格的"安检"，照相机、录音机、摄像机之类是不能带入的。八时余，我们进入大宴会厅。很快，文代会和作代会的代表分别整队，站成两个半圆，正好合成一个团圆之圈，等待中央首长的接见和合影。九时整，江泽民总书记及李鹏、朱镕基、李瑞环、胡锦涛、李岚清等中央领导步入大厅，顿时掌声雷动。中央领导同志巡场一周，并与前排就座的老作家、艺术家一一握手。拍照的过程相当紧凑简练，却是热气融融。大家都还沉浸在巨大的喜悦里，大会堂已是铃响三遍，我们都已端坐在大会堂的大礼堂里了。九时四十分，大会在庄严的国歌声中开始。首先是宣读中国作协主席巴金的开幕词。九十八岁高龄的巴老因病不能与会，但是他那颗赤诚的文学之心，搏动在开幕词那热情洋溢的字里行间，令代表们深受感动。接着是有关单位致贺词，表达了他们对"两会"的真挚祝愿。

江总书记在热烈的掌声中发表讲话。深刻而精辟的讲话引起了作家和艺术家的强烈共鸣和深沉思考。在下午以及后来的分组座谈中，代表们都满怀欣喜之情，表达了对总书记重要讲话的由衷拥护。总书记说世界上各种文化的相互激荡，说民族精神的重要意义，说文艺是民族精神的火炬，说文艺同样需要与时俱进，以及对文艺工作者的殷切期望，无不鼓舞着广大作家、艺术家为着神圣的使命而努力奋进。

开幕式以后，"两会"分别召开全体大会，听取中国文联和中国作协领导作的工作报告。回顾中国文坛五年来的发展和变化，代表们都为创作丰硕的成果而自豪：历史的、现实的；

豪放的、婉约的；深沉的、清丽的；多姿多彩，欣欣向荣，真可用"满眼春色阅不尽"来描述。

"两会"的日程安排，充实而丰富。20日这一天，我们又到人民大会堂听中央领导报告。上午听的是钱其琛副总理的国际形势报告，下午听的是朱镕基总理的经济形势报告。这对广大作家、艺术家来说同样十分重要。艺术创作离不开我们身处的这个时代。纵观国际、国内形势，有正义感有良知的中国人，哪一个不为现在中国经济的"一枝独秀"而自豪？不为我们中国的大事喜事接二连三、"风景这边独好"而赞美？朱总理的报告，平和朴实，幽默而诙谐，不用讲稿，谈笑风生，讲话一次又一次地被热烈的掌声打断。

22日晚的联欢晚会既是大会的尾声又是迭起的高潮。在通过了章程修改和大会决议，选举产生新一届的领导班子以后，会议即将圆满闭幕，中央有关领导将与全体代表一起参加联欢活动。我是下午进入大会堂的。因为还有一项议程，即新当选的中国文联和中国作协全国委员会委员，要听取丁关根同志的讲话，集会于东大厅，所以我可以提前在比较放松的情况下，携相机入场。作为新当选的委员，我是名副其实的叨陪末座，自惭自愧，但是，更多的是一种责任吧。会毕，在金色大厅晚餐，然后去偌大的宴会厅等候联欢晚会。

这台晚会取题"盛世欢歌"，其最大特色是"两会"的代表们参与演出。晚八时整，江总书记、胡锦涛同志及中央有关领导走进会场，场内华灯齐放，满眼流光溢彩，晚会正式开始。我觉得现在已经不需要我来追述那个热烈的场面，中央电视台已在第二天晚上作了精彩的录播。但录播的不是全部内容，其实还有一些动人的场面。气氛最为热烈的是江总书记唱了三支歌，一支是他所尊敬的老师顾毓琇为郑板桥词谱成的曲子，江总书记还拿了道具边演边唱，一支是用俄语演唱的俄罗斯歌曲《遥远，遥远》，一支是用意大利语演唱的意大利歌曲《我的太阳》。我庆幸自己带了相机。胡锦涛同志也兴致勃勃地演唱了《我骑着马儿过草原》。晚会期间，中央领导还与代表们翩翩起舞。最后江总书记作了简短的讲话，并指挥大家唱《毕业歌》。晚会在雄浑激昂的全体代表合唱的《歌唱祖国》声中达到高潮。曲终人不散，老艺术家们紧紧围住中央首长握手、说话，久久不愿离去。

为期七天的"两会"圆满闭幕了，会议时间不算长，却在我们心中留下了深刻难忘的印象，激起了创造明天新生活的强烈愿望。正如晚会上朗诵的一首新诗——这是九十七岁高龄的著名诗人臧克家写的新诗——所说的那样：

> 这是文学和艺术的盛会，
> 这是青春与希望的交响……
> 在这孕育和生长希望的年代，
> 让我们整装待发，
> 用我们高擎的双手，
> 托起新世纪社会主义文艺的太阳。

《王阳明》在台湾

阳明山在台北市的北侧，距市区仅十七公里。驱车前往，用不了多少时间。早年，此山茅草萋萋，人迹罕至，故有"草山"之名；一位政治人物对此名有忌讳，遂改名为"阳明山"，如今已辟为颇有规模的阳明公园，被称为台北的后花园。

我随《王阳明》剧组来到台湾时正是元宵时节，两岸的灯火一样绚烂。只是家乡的天气还有点寒，冬雨夹雪。陡然间暖了起来，浅草细雨中，台北的花事已经很盛了。山樱花、杜鹃花、六角梅，还有红楠碧桃，花团锦簇，十分招眼。再过三天，"阳明山花季"就要开幕，说是要交通管制，凭票而入，到时游人如织，是另一番光景。我们赶上一个空档，也算一件幸事。

眼前，有一座黧黑的铜像，正是王阳明。我们便这样相遇。

老先生长袍素冠，瘦骨嶙峋，手中执一根细细的拐杖，是一介布衣。倒是神合了他的晚年形貌。再看他的脸，颧骨高突，两颊消削，好像没有一丝肌肉；而目光却十分平和，仿佛有一丝悲悯的光。同行的都说塑得好，不似有的雕塑做得过于丰腴。

王阳明一生饱受磨难，出生入死，疾病缠身。一副羸弱的躯体，支撑着社稷托付给他的重担，以及在苦难中磨炼出来的堪称高深宏阔的思想。他还带兵打仗，从广西凯旋，行至江西南安府大庾县时，连坐轿的力气也没有了，只好改走水路，乘船到了青龙铺，已精疲力竭，奄奄一息。身边的学子问他还有什么话要说，他说："吾心光明，亦复何言？"说罢闭目辞世。从此这八个字便响遏云天，成了后人怀想他的一道耀眼的光环。

我很想在铜像前献一束花。然而周边没有花店。再想呢，不献也无妨。满山的花朵都簇拥在他的身边。不正是我们此刻的心绪吗？再说，家乡那么多的人都来看他了，他会感到欣慰的。

当然，他不会想到，五百年后，家乡的剧团，编排了一出戏，剧名就是先生的大名。说的和唱的是余姚的乡音叫姚剧，来到台湾演出。他的思想光华照着大地时，这个叫姚剧的剧种还没有出生。

这便是我们到台北的第一组镜头。

在台北一个现代设施还不错的剧场里演出时，正好有雨。纷纷洒洒，像粉末似的。剧场门口排起了长长的队伍，悄无声息。市民的文明素质让我们有些感触。雨点滴下来，滴在他们的身上。有的打了伞，有的没有打伞。为的是看一台叫《王阳明》的地方戏。他们对姚剧一定是陌生的，他们能接受吗？我的内心未免有些忐忑。但是他们对王阳明，却心仪已久。在台湾，你一不小心，就会碰到老先生。阳明小学、阳明中学、阳明大学、阳明研究会、阳明路、阳明公园……同行的在余姚台办工作的晓霞告诉我,在台湾的小学课本里,就有王阳明的篇目,王阳明真是无处不在。

台湾的观众真会看戏,场子里的静,真是一种让人难以形容的静,静得可怕,静得屏住了呼吸,仿佛要把角色的每一句话都吃进肚子里似的。有字幕。繁体字的。听不懂的担心也成了多余。锣鼓响起来了,铿铿锵锵。姚剧是一种由民间小调演化过来的草根艺术,很少用打击乐,表现王阳明激越的内心世界却不能不用打击乐。每一记锣鼓点都敲在观众的心里。这时候,舞台上的戏演到了王阳明为清白无辜的娄妃厚葬的情景。寿建立进入了角色的最佳状态,唱腔、念白、神态,都是忘我的。他从心底迸出一声呐喊:人是要讲真话的!顿时,剧场里爆发出了雷鸣似的掌声,经久不息。我坐在剧场的一个角落里,侧过脸,看着旁边一位我并不熟悉的观众,一位短发的中年女士,可以清晰地看到她的眼眶里沁出一行泪水。她顾不上擦去,只是使劲地鼓掌,唯恐别人听不到似的。我便忍不住问她:你是台北的?她说,不,她是从花莲闻讯赶来的,坐了三个小时的火车,专程来看这出戏,想不到是这样好看,让人动情。

身处此时此景,我就会发一点无端的联想:是剧团的成功演出感动了观众?还是先贤王阳明的品格震撼了他们?抑或两者兼之?再往深里想,这样一位历史人物为什么在他逝去已近五百年的今天,依然有着感人的魅力?为什么海峡两岸的人们都愿意接受他的思想和学说？他的四句名言："无善无恶是心之体，有善有恶是意之动；知善知恶是良知，为善去恶是格物。"历经时光的冲洗，依然有其独特的光芒。

我不能不想到，这里有恒久的精神，普世的价值。

戏散场时，说有人要见我。我在台湾既没有熟人，更没有朋友，会是谁呢？见面时，是一位分明有几分熟悉的老人，却记不起来。我是杨蓁，他说。随手递过一张名片。啊，是杨先生，我恍然忆了起来。他是台北一个书画学会的会长。2004年我曾带队来台湾举办一个书画展，他是接待人；翌年，他又来宁波回访，我们有过两次相聚，我竟然会忘！我为自己的健忘而愧疚。他说，他带他的夫人来看戏，来看王阳明，在节目单上看到了编剧是我的名字，便打听我，是不是就是与他们进行过书画交流的那个我？竟是真的，他是分外喜悦的。在那个特殊的场合，我们高兴地紧紧握着手。他说，戏真是编得好，演得好。现今台湾的信仰那样混乱，王阳明真是教人做人的道理。末了，他一定要请我吃一次饭，我婉谢了。因为我们明天就要赴台中演出。

在台湾短短的十二天里，我们演出了五场戏。剧组的全体人员一直处在兴奋和感动之中。最后一场在新北市的告别演出，则成了此行的高潮。剧终谢幕时，观众在场子里不肯散去。两地的文化局局长进行了互赠礼品的简要仪式，鲜花一束又一束地捧来，镁光灯一次又一次地闪亮。此时，一位闻名于台湾也为我们所熟悉的风云人物登台。她是余姚人，出于对

家乡的感情,一连看了两场演出。此刻,她手执话筒,面对观众,显然十分激动,一口纯正而流畅的普通话令我们佩服:

"观众朋友们,你们说,演出精彩不精彩?"

"精彩!"台下欢呼。

"要不要再鼓掌?"掌声又迭起。

"人是要讲真话的!"她一字一句地学着剧中王阳明的台词:"甜酸苦辣可酿酒,坎坷磨难悟人生。人要讲良知,知行合一。王阳明的精神值得我们学习。可惜,晚上官员来得少了一点,这个戏当官的人应该多看看,教你做官,教你做人。"

岁月陡增,世事沧桑,我已经不似年轻时那样容易激动了,然而此刻我与导演俞克平也被邀到了舞台上谢幕,与演员一起站在强烈的聚光灯下,却抑制不住心中热血的偾张。文化竟具有这等特殊的力量呀。两岸人民同根同脉,怎么能分得开?诚如一位观众所言:王阳明是我们共同的呀。

共同的王阳明!我不禁热泪盈眶。我的眼前又浮现了阳明山上那尊铜像。那羸弱的躯体以及悲悯的目光,其实,岂止在台湾呢,在日本,在东南亚,在世界有华人的地方,王阳明都在被人们传颂着。他的普世意义,他的圣人光辉,是不朽的,随着时间的推移,弥显其彰。

我写王阳明

一月三十日,正是癸巳除夕,我终于把《此心光明——王阳明传》的初稿,画上了句号。窗外,焰火鞭炮已经响亮起来了,在温馨而朦胧的夜色里,闪烁着五彩的光华。我长长地舒了一口气,心里想,我可以轻松地过个年了。算算日子,这本书写了一年有余。如果从2005年创作《王阳明》的剧本算起,我对王阳明的认识和投入,时间则更长。

可以说,这是我写作生涯中写得最为艰苦的一部书。长篇文学传记与戏剧是两回事,虚构的空间完全不一样,要花更多的精力于史料研究上。桌面上的那两本上下册《王阳明全集》(上海古籍出版社出版),是我写作的主要参考依据。墨绿色封面,布质包装,已因我无数遍的翻阅而破裂。翻开书页,用红笔画的杠杠,以及对古文的注释和考证,密密麻麻,几乎让繁体字排列的本来已经拥挤的纸面透不过气来。一次,一位老同志看到我的这本《王阳明全集》,感叹地说,现在哪里还有这样读书的?他当然不知道我的用心良苦,如果不是这样"啃"

下来，嚼个粉碎，消化成营养，如何能动笔？尤其是其中的《年谱》。《年谱》是王阳明的高足钱德洪编撰的，它基本上准确地记录了王阳明的一生。钱氏功德无量，如若没有这份《年谱》，后人研究王阳明一定会困难得多。毕竟许多事件都是钱德洪的亲身经历。即使其中有些细微的出入，也是当今研究、撰写王阳明文章的必读依据。从这一点来说，我的这本传记体现了真实性，所写的内容都有其出处。

当然，这并不意味着就能写好这本传记。衡量一部传记文学是否成功，主要是看传主的形象是否塑造成功，这是无疑的。既然是一种文学形态，当然离不开文学的一些基本元素，比如形象、感情、语言、细节描写、内心刻画等。而准确生动地把握传主的精神气质、性格特征，我以为是最重要的。我们不仅要写出传主的生平经历和成就，更要塑造他鲜明生动的个性形象。我的努力目标是必须与传主王阳明达到心灵的接通。王阳明一生命运跌宕，他的感情起伏、喜怒哀乐，是我必须全力关注的。为此，我花了很大的功夫。大量遗存的史料中，包括王阳明自己所撰写的各类文字书信、诗赋、序言、奏疏、公移等，都透露着他生命的气息，停留着他睿智的目光，我以为捕捉到这一点特别重要。有了这一点，才能合理想象，适度渲染，有所开掘。

一个绕不过的话题是如何认识王阳明的心学。心学是什么？它是如何产生的？是不是属于唯心主义？它的当今意义又是什么？……我对哲学没有什么研究。想研究也不是一朝一夕的事。中国古代哲学是一门极其复杂、令人望而生畏的学问。但你又不能不面对。王阳明的心学是儒家内部的一个学派，更确切地说，它是对立于程朱理学的一个学派。中国古代哲学，不同于西方的哲学，其核心是教人做圣贤做君子的学问。要解决如何做圣人，必定要面对人与人、人与社会、人与自然以及人与内心诸多碰撞与和谐。这是古代哲学的基本内涵，也是王阳明心学的基本内涵。那时候还没有唯物和唯心之分。唯物主义和唯心主义是后来十八世纪的事，离王阳明时代又过了两三百年。我们怎能以唯物主义去要求王阳明？任何哲学流派都是一定时代、文化和环境的产物。作为儒学的一种学派，它既有合理存在的理由，又有其时代的局限。我们怎能以现在的哲学准则去要求它呢？你能简单地划定孔子的哲学思想是唯物的或是唯心的吗？任何哲学，都是对立统一的产物，往往"你中有我，我中有你"，中国古代哲学思想的发展，更具有这种特性。儒、释、道三家之间的相互交锋又相互吸取，构成了中国古代哲学的发展脉络，便是最好印证。

写王阳明，绕不开心学，但也不能把文学传记演绎成对心学的解说。这样的文字，一定是枯燥乏味的。读者很难阅读。读者需要形象、感情、细节。所以我想，心学还是留给中国古代哲学专家去研究吧，我写的是文学传记，只能把枯涩的理论简化、形象化。

写王阳明是一个心力交瘁的过程，也是一个磨炼心志的过程。我常常觉得力不从心。所幸的是，我的书稿得到了编委会的认可。中国作家协会为了《中国历史文化名人传》丛书的出版，组织了一个由卓有成就的史学专家和文学专家组成的评审班子，对书稿进行了严格的把关。我的书稿竟然一稿就被通过。审读我的书稿的专家，一位是明史专家王春瑜先生，一位是文学专家张水舟先生，我没有想到，两位专家给予我的作品如此高的评价。这真让我有点感动。但是我自己心里清楚，王阳明真不是可以随意写的，这是一部浩瀚大书，对于我来说，没有句号。

云山苍苍

余姚文化界的几位领导朋友邀我去看严子陵钓台,我欣然前往。他们约我写严子陵的剧本,这一课是一定要补的。

严子陵是余姚人,他晚年则隐居在富春江畔。于是,余姚与桐庐便结上了缘。一个是他的出生地,一个是他的终老地。他的一生,行踪涉及大江南北,而这两地的足迹,却是最重要的,嵌在历史的深处。

坐游艇飞驶在富春江上,心绪如浪花飞溅。两岸青山隐隐,一江春水悠悠。只是江水已经不及先前。年轻的时候,我也曾坐船走过富春江,那时的江水真是澄碧,如古人写的那样:"晚山两岸静乃古,一江秋水清且深。"是可以清澈见底的那种水,幽幽的荡人心魄。而现在,江水虽然犹绿,却很难说清碧了。现代物质文明的推进,总以损耗自然生态为代价,让人遗憾。

至七里泷,游艇靠岸,赫然入目的是石壁上"严子陵钓台,天下第一观"十个大字。小篆迹近钟鼎,苍古遒劲,极见功力。落款署名为老梅。老梅者何？读了旁侧小石碑，方知老梅即梅舒适，日本书法家，又名稻田文一。当年他是日中友好书法代表团的团长，今已杳然西归。日本人的书法功夫，让我惊叹；中华文化的渗透力，更让我感触万分。

　　岸上有诸多景致，古坊、亭阁、洞门、井泉，还有著名的严子陵祠，而最吸引我的当是绵延数百米的碑园长廊了。一幅一幅读来，不禁令人叹为观止。这些诗文作者都是谁啊，随意记下几个名字：谢灵运、李白、白居易、范仲淹、王安石、苏东坡、陆游、汤显祖、康有为、郭沫若、郁达夫、巴金……让人目不暇接，他们都是中国历史文化星空上的耀眼星星；而书法作者又是谁呢？启功、沈鹏、张大千、刘海粟、叶浅予、赖少其、王学仲、沙孟海、钱君匋、刘开渠、尹瘦石、冯其庸、周而复，全是国家级大艺术家！不光如此，还有东南亚各国艺术家的力作。正草隶篆，洋洋洒洒，共一百余幅，简直就是一座诗书合璧的大观园！你若喜欢读碑，细细辨认体味，如饮琼浆，怕是三天五天也是读不够的。

　　从古到今，严子陵为什么会吸引这么多人的目光？他的人格魅力究竟何在？

　　读"二十四史"中的《后汉书·逸民列传》，有一篇严子陵的传记。传记极为简约，只有392个字。大约记叙了这么三件事：其一，严子陵与刘秀曾经是同学，刘秀身经百战打下江山后，做了皇帝，即东汉开国明君光武帝。刘秀四处查访，欲请严子陵出山，严则隐身不见，披羊裘钓于泽中。刘秀终于找到他，再三礼聘，请至京城。

其二，官居极品的大司徒侯霸与严子陵也是同学，分手后曾为篡政者王莽做过事，闻严到来，心情自然复杂，遣手下人送去书札，严子陵回了他十四个字："怀仁辅义天下悦，阿谀顺旨要领绝。"弄得侯霸啼笑皆非，彼此间一场不快。

其三，刘秀将严子陵请入宫中，两人酒逢知己，论故怀旧，十分契合，共卧于床，想来定是醉后狂态，严竟将双足架于刘秀身上，引出轩然大波，大史官奏曰，此乃"客星犯帝座"。虽然刘秀一笑置之，严还是不肯做官，归隐富春江钓鱼去了。

于是，严子陵便成了中国历代知识分子的人格标杆。

于是，便有了历久弥新的富春江上的钓台。

于是，便有了后人的许多诗话。新中国成立前夕，柳亚子意欲归隐，写诗给毛泽东，诗曰："安得南征驰捷报，分湖便是子陵滩。"毛泽东则在酬和诗中说："莫道昆明池水浅，观鱼胜过富春江。"

要想把这位历史人物的历史故事写成戏剧推上当今舞台，困难之处大概不光是事件的单薄，单薄当然也是一种缺失，总是可以去丰满。最困扰我的一个问题是，这位严先生的精神对于当今的意义是什么？笼统地说，淡泊名利、不慕富贵是抽象的，朦胧的；历代文人所颂扬的知识分子的独立人格，也离不开时代与社会。那么，严子陵隐匿林泉，垂钓江边，是告诉人们要逃避现实，抵制担当，还是追求人格的自立与尊严？是积极的,还是消极的?

我们不能不面临这样的拷问。

穿过碑廊,山道隐入清幽的山林,石级忽然陡峻起来。我们开始努力攀登。一级又一级的石阶仿佛如云梯,如栈道,如艰难之考题,悬挂眼前,让你竭尽全力,艰苦登临。

终于到了东钓台。视野豁然开朗。俯山仰水,听日视风,真此意境也。群山起伏,层层叠叠;富春江浩浩荡荡从上游奔流而下。严子陵竟然选择了这样一个地方!令人倏然想起北宋名臣范仲淹为严子陵写的千古名句:"云山苍苍,江水泱泱,先生之风,山高水长。"它与范公《岳阳楼记》中的"先天下之忧而忧,后天下之乐而乐",同样千古传诵。

山巅有亭,巨石悬空,不敢凭临。钓台距江面约60米,遥想当年,严老先生不知是如何钓鱼的。放长线钓大鱼乎?后人的说法就多了。一说是严先生钓鱼是不用钓线与钓钩的,一根竹竿,装装样子而已,这便是道家的最高境界了;又一说,两千年前的江面不是这样的,沧海桑田,地壳升沉,当年杭州还是汪洋一片。但不管怎么说,严先生坐在这里钓鱼一定是明月清风、悠然其乐的。

夕阳即将西下,仲冬的风竟一点也不寒。一行数人,且行且议,有严先生做伴,亦是一种乐趣。

当今社会太浮躁了,物欲横流,五光十色,哪里有利益就往哪里挤。阅读严子陵不啻是服一帖清凉剂。热爱天地,热爱自然,在这风光如画的富春江钓鱼有什么不好?应该允许各人有不同的选择，因为这是人道的、人性的。生活就是五花八门各种形态的。千军万马都去挤独木桥，桥能受得了？再往深里想，认识自己是人类社会每个人的终身命题。适合自己的才是最好的。每个人都有权利追求自己的人生价值。严子陵也许可以当官，也许他不适合当官。他狂傲，他话锋如剑，做他的上级和下级都将是痛苦的。严子陵会不会清醒地认识到这点？史料没有记载。我们是否可以对这个历史人物有新的解读和新的诠释？应该是可以的，只是要看你演绎得是否高明，是否精彩，是否入情入理了。何况，他还热衷于自己对道学的研学，道学是一门深奥的学问。

江水滔滔东去，钓台依然屹立。两千年了，人们还在说着严子陵。严子陵是不朽的。下山的时候，步子轻松多了，也是石阶，一级又一级，虽然窄，却可以接通心灵。

柔石：追求学问与人生真谛

人生的真谛是什么？一百个人会有一百种回答。柔石曾经在日记中吐露：他的人生意义在于追求学问，做一个有思想的学问家，这是他所信奉的人生真谛。他后来成了一个革命作家，他的作品至今具有影响力和生命力，正是对这一理想的实践结果。

柔石的青少年时代，正是旧中国最黑暗的年代。军阀混战，社会动荡，民生凋敝，他寻求自己的理想之路是何等的艰难。他的父亲是个守着本分的小商贩，开了一家小小的咸货店，日子过得不算太好也不算太坏，自食其力，勉强温饱。父亲希望他的小儿子有出息。大儿子赵平西已经跟着他经商，虽然不足为富，过过小日子还是可以的。小儿子是否也可以学一点经商的本领？

然而，柔石不愿意。曾经有这么一回事，有一年柔石从杭州读书回来，即将过年，父亲让他去小店里帮忙，记记账，收收钱什么的。柔石也去了。他木手木脚，心不在焉。只觉得

"光阴实在过得慢",直到半夜,他才"被允许回家,手提着灯笼,朦胧的在路上走",心里诅咒着:"人都是金钱的罪犯的魔鬼!"他觉得无聊极了。

他也不愿意教书。师范毕业后,他做过家庭教师、小学教师、中学教师。他都感到枯燥乏味,毫无兴趣,只觉得浪掷时光,整日长吁短叹,愁眉不展。终于又半途而废了。"天啊,我真是烦恼而抑闷!"他发出这样的感叹。

那么,他要做什么去呢?他常常怔怔地望着天,悲苦地胡思乱想:"白云经西飞东,我常要疑心飞不飞过我的头上?"家人们都感到奇怪极了,这天有什么好整日地看着的呢?"仰头望天,真闲着呢。"家里人都讥笑他了。母亲对他说:"你的哥哥真忙呵,从正月初一日起到年满,没有一天安坐过。"

他们不理解柔石,不知道他内心的痛苦。

其实,柔石有着更大的追求。他想读书,继续读书。师范毕业了,他想读大学,或者出国去深造,然后,写作,做学问。然而,困窘的家境如何允许他这样做呢?他的理想总是被无情的现实撞得粉碎,他能不痛苦吗?

但是,他非常坚执。求学之心,不可动摇。二十一岁的时候,他在日记上写下自己拟的格言:"愿你成就你心要做的事。"为了成就自己的愿望,他愿意忍受最艰苦的生活环境。1925年,二十四岁的柔石到北京大学去做旁听生。生活的困苦已经到了极点。身上没有钱,有钱都买了书。吃饭便成了"有了上顿没下顿",连几只馒头也吃不上。饥饿,胃病,折磨着他，他矢志不悔。当他听了鲁迅先生的课后，他的兴奋和幸福之情无可言表。他写信给他的亲友："听了鲁迅先生讲授的《中国小说史略》，真是平生之乐事，胜过十年寒窗！"现存的柔石藏书中，还有两本是鲁迅著的《中国小说史略》，其中一本书后有"平复，北京"四个字。后来，柔石在宁海中学教书时，曾将鲁迅先生的教学内容融入自己的《国语讲义》中，可见他对鲁迅先生的信仰，也可见他的治学之深。

在颠沛流离的生活中，他坚持自学。读书成了他最大的快乐。他买了很多书，古今中外的名著都被他读遍了。书页的角角落落，写着读书的体会和见解，可见他读书之认真。一次，他在坊间看到清人黄仲则的《两当轩全集》，欣喜若狂，千方百计购得而来。"继数日夜，读毕全书。"并在第一卷封页里，写下一段文字。他说，民国九年读苏曼殊《燕子龛残稿》后，就知道黄仲则其人，过了两年，读了郁达夫《采石矶》后，则对黄的印象更深，"先生之精灵已在吾脑中难拔去"，连日连夜读了黄的著作，真是痛快淋漓，称其诗文为"纵横挥洒，美不胜致词"。他边读边圈点，密密麻麻，不胜感叹。他说黄"一腔热血，不遇于时。观当代文人学士皆低眉于功名利禄……因其一挥一洒，靡不真情流露，成为珠玉"。从中可以窥见他追求学问之心切，读了好书之兴奋。

他把努力读书、追求学问，当成了自己生命的第一需要。他不愿意把宝贵的生命浪掷在毫无意义的琐事上。由于他的勤奋好学，刻苦努力，为从事文学创作打下了坚实的基础，才有他后来小说、诗歌、散文、戏剧创作的丰硕成果。同时,也有了他人生道路上更高的奋斗目标——为真理而献身。

一位哲人有言:天地间唯学问与正气为最贵也。诚哉斯言。懂得了这一点,也就获得了人生的真谛。尊崇学问,追求学问,努力上进,不断完善自己的人格,实为人生要事。我们的先辈柔石,正是这样的典范。

永远的柔石

——《柔石二十章》再版后记

20年前,柔石正好100岁,如果他还活着的话。如今,20年一晃过去了,他已经120岁了。是的,他是一直活着的,活在人们的心里,活在中国经典的艺术长廊里。他的代表作《二月》《为奴隶的母亲》一直在不断地被改编成电视剧、电影、戏剧作品,播映、演出。人们在欣赏这些作品时,眼前就会浮起他的身影。那圆圆的镜片后面,闪动着一双惊疑而纯真的眼睛。这是鲁迅先生最初对他印象的描述,写在那篇《为了忘却的记念》里,也令我们后辈印象殊深。他的作品是永远的,他的生命也是永远的。

20年前,我以散文随笔的方式写了这本长篇传记文学《柔石二十章》,当时的宁波出版社社长李振声先生,非常喜欢这部书,亲自担任责任编辑。颇有才情的艾伟自告奋勇地为该书做了封面设计。省作家协会为此在杭州召开了作品研讨会,然后好像又得了许多奖。《中国作家》《江南》《文学港》刊登了其中好多章节,着实热闹了一阵子。现在,宁波出版社又要再版我的这本书，正逢柔石120周年诞辰之际，我的情绪又涌动起来。当年写这本书的所有艰辛、奔波、操劳以及欢乐又一一涌到我的眼前，让我感到生命的充实和温暖。

宁波出版社社长袁志坚先生与我说，我现在读起这本书来，依然觉得很生动，很好读，一点也没有过时的感觉。"你采用了'出入'于历史与现实之间的随笔体来写人物传记，可以抒发情感，表达思想，出入自如，别具一格。"他的鼓励令我欣慰。我们也是无话不谈的朋友，于是便一起——还有责编小苗，去宁海柔石故居，体验当年柔石在这里生活的气息。由于初版的图片已经模糊，宁海文管所的侯所长和故居的管理员小陈热心地为我们提供了尽可能清晰的图片。正在积极筹备纪念柔石120周年诞辰活动的宁海县文联主席王苍龙专程赶来，我们聚会在储吉旺先生那里，一起商谈再版的有关工作。县委宣传部的领导更是予以全力的支持。这一切都是该书再版的动力，我应该致以深深的感谢。

还要说及一点，《柔石二十章》初版后，省市好多知名作家都为此书写了评论，刊发在各种报刊上。如王旭烽、柯平、龙彼德、艾伟、赵柏田、梁旭东等，还有我尊敬的前辈徐季子先生以及大专院校的几位老师如范志强、竺乾民、潘以骥等老师也撰写了评论文章。当我现在把这些还虔心保存着的文章重新读了一遍时，令我怦然心动，波澜顿生。做作家爬格子是相当枯燥而辛劳的，但也是幸福的。读着这些文字，令我心中温暖如春。我想，尊敬的柔石先生如果泉下有知，也会与我们心灵相通的。所以,我决定把他们的文章都收在本书再版的篇尾,以作纪念。另外,我又邀了文友任茹文教授写了一篇文章,作为20年后的今天,以一种新的视角作出新的解读,也一并收入。在此,我谨向他们表示真挚的谢忱。

月湖随想

一泓湖水对于一座城市的意义是难以言喻的。比如说西湖对于杭州,可以说杭州正是凭借西湖的名声而飞扬起来的。月湖当然没有西湖那样烟波浩渺,但是小有小的玲珑,小有小的妙处,何况它还在闹市的中心。魏明伦有《宁波月湖铭》曰:"喧喧闹市之间,叠叠高楼之下。芳园留翠,保存静静一湖;曲径通幽,形若弯弯半月。"生动地誉之为"街心净土,市内桃源"。是的,在喧喧闹闹的市中心里,卧着一环清清的湖水,实在是这个城市的福分。

我最早认识月湖,还在年轻的时候。那时我在县城工作,每次出差到宁波,总会在月湖边走走。看浅水环环,波光粼粼,春花秋月,点缀其间。湖水温柔得可爱。湖边石阶上,总有一些女子曲着身子在洗菜浣衣,呈现一幅宁静温馨的生活图景。其实,这座城市早就有了自来水,但是家庭主妇们还是喜欢到湖边来,自由自在,声息相传,捣杵声里传递着人们对自然的亲和。这幅图景就像一幅老照片定格在我的记忆里。那时候,人们认识月湖以及周遭的公园,更多的还停留在景观的审美意义上。月湖真是宁波独特的一景。

但是,仅仅这样来说月湖显然是不够的。当代中国的城市建设,正如雨后春笋一般在崛起。人们忽然感到水泥钢筋的堆垒,实在有点沉重,人居越来越密集,空间越来越逼仄,头顶的蓝天越来越减色,连晚上的星星都不如昔年的明亮了。人们这才悟到,一个绿色的生态的城市面貌,对于现代人的生存是何等的重要。有一年我在德国柏林的市中心走着,前面忽然出现一片有点原始野性的森林来,古树苍苍,落叶森森,踩在松软的落叶上,仿佛踩在历史的深处,让我真真切切地惊喜了一回。我忽然觉得,城市原来还可以用这样的方式来构建。其实,森林也罢,湖泊也罢,绿地也罢,其意义无不一样。一个刚性的城市,因为有了它们的存在,才会显得丰富和柔软。宁波因为有了月湖,才平添了几分灵气和妩媚。

无论是曙色初明的清晨或华灯闪烁的晚间,我们若去月湖走走——值得一说的是,如今的月湖早已今非昔比,二十世纪末宁波市政府做了一件功在千秋的大事,斥6亿元巨资,历时两年大规模地改建了月湖景区,3000余户居民迁离月湖,鳞次栉比的旧宅夷为平地,景区水域大大拓宽,一个集绿地、花草、亭榭、碧水、桥堤、古宅为一体的大公园跃然于市中心——那是一个多么气派的公园啊!空气变得清新,流水变得明亮,满眼绿树掩映,亭阁错落其间,人们在此或习拳,或起舞,或散步,或放歌,真是难得的和谐!月湖那一汪清凌凌的湖水就这样甜甜地滋润着宁波人的生活。

当然，月湖的美妙还在于为我们展示了文化层面的意义。月湖的湖水并不深，却映照着太深太深的历史，它是甬城历史文化的蓄养地，也是浙东文化的中心点。唐宋以来，一代一代的文人墨客，在此吟诗作画，讲学授课，一个个诸如贺知章、王安石、史浩、杨简、万斯同、全祖望等名人大儒，都在月湖留下了他们的足迹。一波波湖水，犹如一页页史书，记叙了当年他们曾经结伴月湖的佳话。至今还保留着的大方岳第、贺秘监祠、高丽使馆、银台第、水则碑亭，还有菊花洲、芳草洲、芙蓉洲等，无不散发着浓郁的文化气息。让我们现在居住在这座城市的文化人，常掩卷遐思，对湖神往。月湖犹在，岁序已新，我们能为月湖以及这座城市的文化做点什么呢？

归云洞听读书声

选择一处僻静的山洞读书,与野花鸟雀同乐,是古代文人的一大创造。南宋时,少年叶梦鼎选择了家乡的归云洞,晨起暮寝,寒来暑往,静心读书。后来他中了释褐状元,做了南宋王朝右丞相,便沾了一点归云洞的灵气。

归云洞在宁海盖苍山下,一个叫小丹山的南麓。一个初秋的日子,我与著名诗人方牧先生及一批年轻的文友,结伴而行。车至东仓,走了一段登山步道,来到了归云洞。

果然是个好地方。洞在山腰深处,四周绿树掩映。走进洞里,湿漉漉的,只觉凉气森森。此处常年云雾缭绕,故有归云洞之名。也不知是叶老先生还是后人取的。一个"归"字,便让云雾有了灵性,有了家的温暖。古代文人总是把富有诗意的名字赋予那些秀山灵水。自从叶梦鼎来此读书后,洞的名气大了起来,信道信佛者亦在此筑庵,曰归云洞庵,香火供奉,为的是借一点叶丞相的光。至今仍有废墟残迹。

站在洞口的巨石上,满目葱绿。山势陡峭,岩壁如削,两支瀑布,如白练悬挂着,飘飘洒洒,激起水声哗哗。没想到在这深山冷岙里还藏着这么好的景致。

少年叶梦鼎发现了它。他在灵峰寺读了三年书之后,走遍了东仓的山山水水,又开始在此继续苦读。叶梦鼎的读书是出了名的,他的前半生都用在读书上了。他潜心静气地读书,读历史上那些经典儒学,读那些以我等庸辈看来永远读不完的书。

明月清风,泉声潺潺。叶梦鼎时而低吟,时而高诵,心中的求知欲望一定如飞瀑般激起。站在洞口,我分明听到了这天籁一般的声音。风声,泉声,读书声,在天地山水间共鸣,如此美妙而和谐。

文人总喜欢浪漫色彩,喜欢诗情画意。可是且慢,此刻我的思绪忽然发生了一点变化。倘若换了你自己身临其境去试试又如何?经年累月,孤身只影,数箧书囊,黄卷青灯,你是在享受还是在煎熬?

现实毕竟是严酷的。蜗居在这偏僻的山野里,生活条件极其困苦,吃什么?自然是从山下家中——离此十几里路程的洞下,带些柴米油盐或者是干粮来。日复一日,一餐又一餐,粗茶淡饭,味同嚼蜡,安有美味可言?晚间,蝙蝠在洞中飞窜,野兽在山间呼嗥,让你的睡梦也会平添几分惊愕。那时候叶梦鼎还只有十六七岁。然而,他坚心如铁,秉志苦读。他图的就是这份清静,他要的就是这番艰苦。若没有一股非凡的精神——古代文人那种苦炼心志的精神,如何能坚持得下去?如何有他后半生立于朝纲孤忠抗奸的业绩?那是真读书,真读书人。现代人会相形见绌、自愧莫如的。也许你会笑他傻，笑他痴。

他真是读傻了自己。一天，叶梦鼎读书读到半夜，忽觉腹中饥饿，一想，竟忘了吃晚饭，连忙起身做饭，炉膛里的火种却熄灭了。怎么办呢？没有火种是做不成饭的，他只好打着灯笼到山下峊里王村去讨火种。敲开一户人家的门，说明来意，对方哗然大笑，你手中的灯笼蜡烛不是火吗？梦鼎恍然大悟，连声苦笑："早知灯是火，饭熟已多时！"这句自嘲的诗便流传到今天。其读书废寝忘食专注入迷竟到了如此程度！这则美谈逸事，我是读了叶柱先生的大作《叶梦鼎传》才得知的，我曾为叶柱先生这部传记写过一篇序。

是的，我也曾在序言中写到，叶梦鼎把人生的半辈子用来读书了，先私塾，后游学，拜访名师，考入太学，直读到三十八岁，然后中了状元。从现代的视角来看，我们也许可以把人生的精力分配得更合理一些。然而，面对古人的这种精神，以及满肚子的学问，我们后人能说什么呢？我们难道还能自以为聪明吗？

站在洞口，一位年轻的文友告诉我：当今社会，人们看纸质文字，眼睛停留在纸面上，已经不会超过三十秒。我的心一阵紧缩。羞耻耶？悲哀耶？我无言以对。历史走到今天，竟会出现如此两种极端。极端总是片面的，读书也好，不读书也好，然而，你能说，不读书的极端比读书的极端更好，更有价值，更令人敬仰吗？

恍惚间，想起了一首词，是叶氏后裔写的，题名叫《念奴娇·归云洞丞相读书处》,词曰:"盖苍东去,小丹山,有一归云洞穴。雾障云迷,人道是:梦鼎读书负笈。日月精华,山川灵秀,两瀑洞前泄。乾坤正气,毓成一代人杰。当年夜半书声,不知灯是火,无论雨雪。释褐状元,右丞相,誓与大奸决裂。国破家亡,令人最痛是:永嘉哭别。孤忠亮节,千古汗青评说。"

短短一首词,把叶梦鼎的读书精神和人生气节都概括了。那时候,南宋王朝风雨飘摇,他已是回天无术,他也曾与大奸臣贾似道针锋相对,留下许多佳话,想来这股力量该是从书中汲取的。我想,应该把这首词镌刻在洞壁上最好,让后来者细细品味这归云洞究竟妙在何处。

洞口的风凉丝丝地吹着我们的衣衫,吹得我们身心一爽。77岁依然显得年轻的方牧先生拉着我的手,连声赞叹:好地方,好地方,不枉此游!他也是一个崇尚读书的人,他也一定听到叶丞相的读书声了。我们不禁感慨,自古至今,多少有志之士奋发读书,才使中华民族的文化绵延不绝!天地是一卷读不完的大书,风声雨声都是书声,国事家事都是心声,叶老先生当年的苦心孤诣是可以与我们相接的。

回来的路上,我们去叶梦鼎的老家看了归锦桥,拱形垒石,青藤缠绕,很有一点古意;又去拜谒了梦鼎先生的坟墓,萋萋野草,寂寂墓域,我和方牧先生双手合十,躬身三拜,他说,难得难得,拜一拜这位爱读书的老先生。

行走在尖山上

一

行走在尖山上，视野为之一阔。时值夏末，满眼葱绿，绿的山，绿的水，绿的树，连吹来的风也是绿的，心情也是绿的。没想到杨镇龙竟选择了这样一个地方来做皇帝，他是要把满山的树木当作臣子百姓吗？金碧辉煌的皇宫殿宇安在呢？

杨镇龙自有杨镇龙的想法。他选择尖山，首先这里是浙中山区，新昌、嵊县、东阳、义乌、天台、仙居，如蛛网罗织在四周，进退自如。而且，这里的地形颇不一般。它不同于一般的山区，地理教科书上叫作"台地"，就好像个倒扣的脸盆。四周是峭削的峡谷，与对面的大山相峙，而中间却是方圆数十里的高地，平坦，广阔。从兵法上说，可攻可守，可进可退。大军结集，则可以扬马操戈，练兵习武。作为根据地，倒是选中了的。

尖山在磐安。解放前曾建磐安县，后被合并。1983年，又从东阳县析出。尖山则是它的一个镇。此与史上记载的杨镇龙举事地点在东阳玉山并不矛盾。因尖山是玉山的一部分。三年前,我曾带浙江作家采风团来过,惜行程匆匆,未能去杨镇龙建都之处考察一番。这次,趁国庆长假稍暇,我便与杨浩毅诸君相约,专程去尖山一游,为的是寻觅杨镇龙当年的遗迹。杨氏兄弟正在从事"杨镇龙文化园"的筹建工作,作为杨氏后裔,他们对于先祖惊天动地的壮举,分外敬重,倍加自豪。

二

行走在如今已面貌崭新的尖山上,时光仿佛在倒流。听耳边风声呼呼,林涛阵阵,恰如战马在长啸,战士在呐喊。

1289年初春,即元至元二十六年,杨镇龙举事。宁海人崇文好武,杨镇龙可以算一个杰出的代表。他从小谙习韬略,熟练弓马,武科登第后,屡立军功,在衢州当上了总兵。面对南宋王朝风雨飘摇,他忧心如焚,激愤而言:"天下安,注重相;天下危,注重将。宋室削弱到这般地步,不修文备武,何以自立!"果然,南宋王朝大厦倾倒,一命呜呼,他只好回了宁海松坛(即今黄坛)老家。大丈夫处世,岂可苟且偷生!面对异族的侵略和统治,官府的横征暴敛以及种族歧视,他心中的愤懑真是难以言诉。其时,庆元(即今宁波)、奉化、象山等地抗元暴动时有发生,杨镇龙遂在宁海、象山一带广招义勇,揭竿而起!

现在留下的有关杨镇龙的史料不多，对他来说，最辉煌的也就是举事的1289年。从二月举旗，到十月失败遇害，只有八个月时间。这八个月，却是轰轰烈烈、惊天动地的！杨镇龙的名声在浙东大震，聚众竟达12万！一路攻城略地，所向披靡，一直杀上了尖山。于是杀马祭天，宣布受天命立国，定国号为"大兴"，立年号为"安定"。宁海人杨镇龙，便这样做起皇帝来了。当然，这个皇帝是不好做的，元朝初建，兵力如山，安知是祸是福？我们现在是很难揣摩杨的内心世界了。但是，他身上的那股热血，肯定是沸腾着的。浩毅君曾要我为他筹建的"杨镇龙文化园"书写一副对联，对联是一位叫陈兴汉的诗人撰写的，上联曰"扬正气反元诛忽大兴雄镇"，下联为"举义旗立国济民安定称龙"——把杨镇龙的光辉史迹作了概括，并巧妙地把一些名号嵌进去了。

杨镇龙在尖山圈地造了皇宫，可以想象，皇宫也只是一些土墙瓦舍，哪里有真正的宫阙金殿可言？这个地方如今叫城里山，过去叫皇城山，位于波光粼粼的皇城湖东侧。陈峰齐先生告诉我，他在尖山当镇委书记时，是去过皇城山的，还见过一截截颓坍的黄土城墙，还有一些从遗址挖掘出来的兵器、灶砖等遗物。这就很牵动我们的心，于是驱车前往。

三

城里山已经没有什么可以看的了。满坡是野草荆棘丛生，果树纵横，猕猴桃、柿子、梨子、茶叶，什么都有。陈峰齐说，才几年工夫呢，这些土城墙怎么影迹了无了呢？说是早已被当地的农民扒平种树了，连一抔黄土堆都没有。至于兵器之类的遗物，更是无从寻找了。我感到失落。磐安尖山正在大做旅游文章，让这片好山好水增添一点历史文化内涵，一定会锦上添花。我甚至想，哪怕在这遗址上重新造一截城墙也好，然后立一块碑，告诉来旅游的人们，这里曾经有过怎样的风起云涌。

然而，宝贵的城墙终究是被扒掉了，正如起义最后归于失败一样，终是无法挽回了。

杨镇龙坐了龙椅之后，是想施展他的宏图大略的。他兵分两路，乘势进击，一路以七万之兵马攻东阳、义乌，一路以余下兵马攻嵊县、新昌、永康。从历史记载看，义军得到了各地农民的拥护，"放兵四掠，诸县响应"，气势十分壮观。攻下嵊县县城后，还在嵊县西南龙兴山上建造了营垒，皆见诸史料记载，不知如今还有遗迹留存否。

杨镇龙的起义火种熊熊燃烧，震动了元朝统治者，元朝世祖皇帝忽必烈遂下令江淮行省左丞莽哈岱南下镇压，并调动金华等地的地主武装前来围剿。几场战役打下来，异常惨烈，义军终究不是元军的对手。10月，杨镇龙被捕遇害，他的皇帝只做了不到八个月。尖山上的皇城，以及他的家乡松坛，均被焚烧，一片废墟。其余部坚持斗争，《元史》有载："杨镇龙余众剽浙东。总兵官讨贼者，多俘掠良民，敕行御台分拣之，凡为民者千六百九十五人。"可见影响波及之大。

在尖山上行走，由杨镇龙想到了陈胜、吴广、黄巢、李自成，一样的农民起义，规模有大小，时间有长短，由于历史的局限，他们都不能逃脱失败的命运，但那种惊天地、泣鬼神的壮举，却长留青史，为后人所敬仰。当然，杨镇龙称皇帝似乎早了一点。李自成苦战十余年，打到北京城里才做的皇帝；而朱元璋似乎更明智，他听从学士朱升的建议，提出"高筑墙，广积粮，缓称王"，倒是让他成功了。杨镇龙立足未稳，便有些迫不及待了。浓厚的封建意识渗透在这位英雄的身上，这是他的悲剧。中国人总是以成败论英雄，叫后人如何说好呢？然而明大儒黄宗羲却是这样说的："大丈夫行事，论是非，不论利害；论顺逆，不论成败；论万世，不论一生！"这话说得何等气魄！明知不可为，为之亦英雄！这也是宁海人的性格生定了的。

这样一想，思绪便汹涌起来。尽管已经没有什么遗迹可看，我们还是在山上徘徊良久，不忍离去。末了，我与浩毅君虔诚肃立，双手合十，遥对天际，长长三拜。为历史曾有的壮举，也为英雄的宁海人，我们的祖上，更为人类的一种精神。不知先辈们冥冥中有所感应否。

面对毁谤

王阳明一生"立德、立功、立言",被称为"真三不朽",皆居绝顶。但是,他的一生又是风波横生,毁谤缠身,几乎没有平静过。从刘瑾专权,他为戴铣鸣冤被廷杖四十,贬为龙场驿驿丞起,直至生命的最后时刻平定广西边陲之乱,又被朝中重臣桂萼之流诬为违旨,蒙上不白之冤,以至死后他的功过毁誉依然被人争论不休。而其中,平定宁王叛乱则是立功受谤最为突出的事件。面对冤情诬案,王阳明又是如何应对的呢?我们不妨就此来聊一聊。

朱元璋称皇帝之后,为了使他的子孙都享有优裕的权利,设立藩王体制,为明朝江山的安定带来了动乱的隐患。燕王朱棣制造的靖难之役,成功是成功了,却戕害了许多无辜的生命。而王阳明时代的宁王,也举旗谋逆,却被王阳明平定了。

王阳明是有许多理由可以不去平定宁王的叛反的。首先,他是被朝廷委派往赣南平定山匪扰乱百姓的,获胜之后,他又接到旨令去福建处理一个小小的兵变事件;而此刻,爱他如掌上明珠的祖母病危,父亲王华亦病重,他连续给朝廷打了几个报告,要求去老家绍兴探亲,归心似箭,以尽孝道,虽然朝廷没有同意,但也与平叛宁王无涉。朝中那么昏庸复杂,规矩那么严苛繁多,你擅自兴兵勤王,岂不是自找麻烦,自讨苦吃?

而且,他没有一兵一卒、一草一粮,剿匪时的那些部队,早已返回各省各府,原来征用的盐税、军饷亦已了结。宁王经过多年的蓄谋积聚,兵马已拥八万,鄱阳湖舟楫遮天蔽日,兵强马壮,他还能带兵勤王吗?他要勤的这个王,即当今皇帝朱厚照,是历史上很有名气的任性贪玩、终日不理朝政的昏庸之君,但是,他更鄙视宁王朱宸濠,野心包天,居然不顾百姓安危,滥烧战火,起兵谋反,大明江山不稳,最受苦的还是平民百姓。他心中的主意拿定了,他不能袖手旁观,他不能视而不见,他处理福建兵变是路过南昌的,他离宁王最近,平时所倡导的"体国爱民",知行合一,此刻不践行,何时践行?

他立即返程,回到吉安。他以天下大义为重,会同地方官员,处变不惊,尽快调集兵粮,招募义勇,迅速集结起一支队伍,然后运用他的军事谋略,以少胜多,以弱胜强,仅用了37天时间,击溃了叛军,活捉了宁王,平定了叛乱,表现了他忠贞的报国赤心和卓越的军事才能。这个过程就不详述了。

立了如此之大功,他会受到什么嘉奖?

没有。不但没有嘉奖,他还受到了一场巨大的政治迫害。

为什么?因为昏庸的武宗在一帮奸小的怂恿之下,要兴兵南下,亲自来捉宁王。兴师动众,劳民伤财,王阳明坚决反对，因为此时宁王已经被他捉住。由于王阳明不肯把宁王一众战俘交予先遣部队的权奸张忠、许泰之流，而要直接送往南京，劝阻皇上，这就极大地触怒了这批奸佞，一条"抗旨"的罪名足以置王阳明于死地，何况，他们还给王阳明罗织了数条罪名：

第一条，王阳明与宁王朱宸濠究竟是什么关系？宁王起事前不是力荐王阳明去做江西巡抚吗？

第二条，宁王曾数次邀王阳明去王府讲学，王阳明推辞不去，派了得力弟子冀元亨进了王府，其间有什么瓜葛？

第三条，宁王之妻娄妃投水而死，王阳明因娄妃深明大义，曾力谏宁王不能谋反，又因娄妃是他老师娄谅的女儿（一作孙女），因此为其厚殓而葬，这是什么罪？

第四条，宁王府财富如山，克城之日，兵入后宫，悉取其金银财帛以归，这些金银财宝到哪里去了？

第五条，王阳明起兵，得益于伍文定等人的激励，并非王的原意，而报捷奏疏，多有虚言，夸大其词。

第六条，王阳明获得宁王府诸多信件密书，还有行贿账本，为什么付之一炬？

……

难道还不够吗？任何一条都可以置王阳明于死地。结论：王阳明本是朱宸濠的同党，只因"虑事不成"，不得已才起兵的。你纵有百张口、千张口，你辩得清吗？

顷刻之间，一代功臣成了利益集团的头号对立面，似乎比叛反的宁王还要严重。王阳明面临着一场更大的灾难性的考验。污蔑、诽谤、造谣、中伤，如山呼海啸般迎面扑来。

王阳明将如何应对？这批权奸宠臣都是皇帝身边最贴心的。

王阳明心如止水，岿然不动。

他心底无私，一片光明。什么脏水都泼不倒他，所有的谣言都不堪一击。六条、七条罪行，如果要驳斥起来，对于王阳明来说是小菜一碟，可以以大量的事实来清洗。然而，王阳明没有这样做。生活中往往有这样的现象，有些事情，是会越辩越黑的。经过数年的修心，他有足够强大的定力。他以"无辩止谤"来对付。你诬你的，我做我的，坚定地按照自己的行为节奏走。当然他也会采取一些积极的方法，比如他将宁王交予已经到了杭州的、比较清明的、拥有话语权的太监张永。张永也多次在武宗的面前据实禀奏王阳明的平叛功绩以及赤胆忠心，而且朝中还有一批忠耿清明的官员，也为王阳明鸣不平，这也是矛盾转化的有利因素。因此，日常昏庸而有时也能清醒的武宗也相信王阳明不会谋反。这使得这批奸小很无奈。折腾了一段时间，王阳明无奖也无罚，被冷落在一边，倒给了他讲学育人的清净。

王阳明为什么会拥有如此坚韧的定力？这就有必要说说王阳明的"致良知"。这是王阳明战略定力的内核。

王阳明从小立志成圣，一生为寻求人生哲理的最高境界而孜孜不倦，当他的心学思想渐渐成熟起来后，从"心即理""知行合一"到"致良知"，连成一条轨迹，使心学理论进一步完整、提升。在人生道路上，当滔天风浪袭来时，随时都会被折戟沉沙，粉身碎骨，为何他总能稳操舟船，闯过险滩，逢凶化吉？他说，我全凭三个字：致良知。

他在写给一位朋友的信中说："近来信得致良知三字，真圣门正法眼藏。往年尚疑未尽，今自多事以来，只此良知无不具足，譬之操舟得舵，平澜浅濑，无不如意，虽遇颠风逆浪，舵柄在手，可免没溺之患矣。"

致良知，就是从心中炼功夫。王阳明说，良知是虚的，功夫是实的，知行合一，就是要将知识与实践、功夫与本体融为一体。把握住良知这个根本，擦亮心中的明镜，不使尘污沾染，日久就能达到良知的境界。

因此，王阳明获得无上的精神力量。他心中有一柱应对各种灾变的"定海神针"。面对宁藩的逆反凶焰，他可以倡义而起；面对忠泰之流的毁谤诬陷，他可以从容淡定。身边，嗡嗡嘤嘤的世俗之声远去了，钩心斗角的官场残杀远去了，大苦大难的个人委屈远去了，亲自经历的大悲苦，在他的身上浸泡出一种大淡定。他仿佛浑身透光，站在人生的高处。这就是"致良知"给他的定力。

王阳明应对毁谤坚守良知，显示了他的人生大智慧，对于我们今天仍然有着积极的启示意义，我们不妨细细体悟。

台地的故事

何谓台地？这个专用的地理术语对我是陌生的。词典上是这样注释的：边缘为陡坡的广阔平坦的高地。而有一位叫陈峰齐的镇委书记却这样向我描述：比如说一个脸盆，我们可以把它看成是一个盆地；如果把脸盆倒扣过来，那么，四周陡峭中间高坦则为台地。

他的解释显然要比教科书的诠释更形象而生动。而我站在他所供职的磐安尖山这片台地上四眺时，获得的感受似乎更生动，更新鲜。尖山一点也不尖，我的眼前一片坦荡，广阔，辽远，几乎让我难以相信正置身在重重叠叠的群山里。即便远处有朦胧绰约的山影，那也是很遥远的。因此，这里的阳光有如平原一样明亮而富足，旷野上的风也分外活泼，浩浩荡荡，无遮无拦，又由于地处海拔 500 米处，这里的夏日自有别样的清凉。

在浙江的中心腹地，生长着这样一片地形地貌，是我来之前所未闻的。更让我吃惊的是，那样质朴的土地，竟怀抱着如此丰美的历史珍藏,流传着许多动人的历史故事。比如——元初,一位叫杨镇龙的人,曾在这里建国称皇,并记载于史。而杨镇龙恰恰又是我的同乡宁海人,当尊为先祖。1289年2月,即元至元二十六年,杨镇龙聚众起义,攻占宁海、象山,率部向县西进发,经天台至东阳,一路所向披靡,从者如云,聚兵十二万,建都东阳玉山,定国号为"大兴"。这东阳玉山就是现在的磐安尖山地带了。原来,杨镇龙建都竟在这高高的台地之上。

不多久,杨镇龙起义失败了。整个过程异常悲壮惨烈。台地上浸润着太多壮士的热血,站在这里可以听到当年风云的呼啸。后来人们在这块土地上发现了一些断垣残壁和兵刃器械,听到了关于"城里山""打铁屏"的传说,更让人发出凭吊兴亡的感叹。我不知道当年的他何以会选择这片台地为据点,也许这里地域宽广,林木葱郁,纵横驰骋,大有回旋之余地?也许他借助了神明或占卜之类的指点?细想起来,情绪便有些汹涌。有着几分书生之气的陈峰齐说,应当在这里立一块碑或者建造一个纪念性的东西,让那历史的风云在这里收藏。

值得欣慰与自豪的是,如今这片台地不再沉寂。勤劳勇敢的人民正在编织着新的故事。一个省级工业园区选中了这里并正在动工建设。不止如此,这片台地如今也被旅游业看好。远古时代的造山运动,犹如天工巨手,强烈地切割了这片山水。台地的四周,沟沟壑壑,跌跌宕宕,营造出无数佳山胜水,跌瀑、险涡、深潭,星罗棋布,其中尤以十八涡名闻遐迩。尖山人虽身处深山，却敏锐地捕捉住时代的脉动，大做起旅游的文章来了。

这乌石村又是尖山台地的一大景观。旧村民居一式为乌石砌成，砌成了历史的古朴和凝重。黑黝黝的，坚固如堡垒。亿万年前，火山口喷发，形成遍地可采的玄武石。于是，便有了风光独具的乌石村。偶有一两头憨憨的黄牛牵过，几声哞哞的唤叫，让人生出恍如隔世之感。这里的路面环境极清洁，农家院子里有花草映面，一派农家庭院的恬静。具有环保和文保意识的当地干部已将村子里的四分之一乌石屋，一百余间收购，作为历史陈迹保护起来。我们走进一家乌石屋，主人笑吟吟地迎上前来，招呼我们用餐。原来，这里已被他们开发成"农家乐"。我们坐将下来，立即被眼前的山上野菜、马兰头等农家蔬菜吸引了。主人说，用乌石砌成的房屋冬暖夏凉，就地取材的食品无一污染。到这里来走一回，获得的是健康与快乐。这话说得何等诱人啊，真让我们大大地乐了一回。

当晚，我们就宿在乌石村里。天亮时分，我早早地起了床。春雨像雾一样弥漫在我的四周，亮晶晶的。台地早就苏醒了。不远处，有几个农民正在竹林间挖笋。硕大的毛笋沾着湿润的泥花，内行的人都知道这样的毛笋最鲜嫩。目光所及，春笋正一株接一株地长成一片，蔚成蓬勃之势。簌簌的竹叶把晶亮的雨水摇落下来，滋润在这片厚重而神奇的台地上，滋润在新生活的故事里。

佛从海上飞来

"佛从海上飞来",读这样美妙的联句是一个春日的下午,在七塔寺圆通宝殿前。

佛从海上飞来,可祥法师读得抑扬顿挫,语调很轻却掷地有声,我听得心领神会,豁然开朗。

佛从海上飞来,真是点睛之笔啊,若不是刚才听了七塔寺和圆通宝殿的来历,你就不知道这联句的妙处;你若知道了七塔寺和圆通宝殿的历史典故,你就会为它的传神之笔而击掌。

进殿之前,我和可祥法师站在寂静的院子里,面对巍峨如山的圆通宝殿,我心中有许多疑惑,为什么七塔寺的布局与一般的寺院不尽相同?这里应该是大雄宝殿了,为什么会是圆通宝殿?我想立即迈进大门,请可祥法师为我解说。

可祥法师说,不急。你还是先了解一下寺院的历史。

说着,他打开了一本厚厚的书,我这才发现他先前便已拿在手里,他指着字里行间与我说了起来,就站在这个宽畅而寂静的院子里。

七塔寺的历史可谓悠久。始建于唐代大中十二年（858），初名"东津禅院"，心境藏奂禅师为开山始祖。咸通二年（861），改名"栖心寺"。寺院屡建屡毁，各有其因，在漫长的历史长河里，顽强地表现了生命力，自然有许多曲折动人的故事，而最值得一说的是——佛从海上飞来。明洪武年间，东海岛屿上海盗倭寇横行，烧杀抢掠，百姓苦不堪言。朝廷便采取了禁海之策，下令把舟山、普陀山一带的居民迁入内地，同时亦将普陀山宝陀寺的千手观音之圣像迁到了明州。当时，栖心寺的住持叫惟摩法师，得到这一宝贵的佛像，真是欣喜难抑，因为作为我国四大佛教名山之一的普陀山是观音菩萨的道场，从普陀山迁来的观音像，其意义自然是不同一般的。于是便规划筹建宝陀寺新址，以供观音圣像。明太祖朱元璋居然也知道了这件事，便赐名"补陀寺"，意为这里是普陀山的别院。因此，那时还不叫七塔寺的补陀寺得了一个"小普陀"的别称。永乐二十二年（1424），住持汝庆大师建了圆通宝殿。何谓圆通？圆通是观音大士的悉号，圆通大士就是观音菩萨。圆者，周遍之意；通者，无碍也。周遍而无碍，大境界大格局也。听可祥法师说了这段话，我心里仿佛也有光芒透了进来，至少是懂得了七塔寺最重要的一段来历。

从此，七塔寺声名鹊起。因为寺前建有七座佛塔，世人皆以"七塔寺"呼之。这个称呼自然好，通俗明了，形象动人。后来还历经了太平军火焚寺院以及当地护法者周文学母子发愤募资重建的故事，这里就不一一叙述了。

由于有了这段历史，圆通宝殿在七塔寺的特殊位置便如大山一般立着，无法撼动了。何况还有一个说法，拜观音就是拜如来，圆通宝殿也就是大雄宝殿了。

现在，让我们步入大殿。

且慢，可祥法师说，让我们把楹联读完。大殿正门两旁的石柱上，全是楹联。七塔寺内各式柱子上的楹联举目皆是，不计其数。你若深入进去，便是一个汪洋大海。我历来每到一处胜景有读楹联的兴趣，自然乐于。佛从海上飞来仅仅是个开头，且看全联：

佛从海上飞来，息足小普陀，无量无边，誓愿众生超苦海；
僧似山中习静，栖心大自在，即喧即寂，始知尘世有深山。

真是好联！当今文人才子们如何作得出来！不说对仗工整，平仄合辙，这是诗词楹联的基本功，不足为道。它好在禅理文采双兼，形象意蕴合一。仅开头一句"佛从海上飞来"就把众座压惊！细细揣摩，上联写佛，下联写僧。佛之胸襟无量无边，僧之处地亦喧亦寂；上联写海，下联写山。超脱苦海是宏愿，身处闹市如深山是修行。自然工整，妙不可言。寥寥数言写出了寺院深厚的渊源，写出了亦喧亦寂、闹市深山的特殊氛围，还把"小普陀""栖心"等嵌入其中。你说妙也不妙？

因此，它才可以置于正殿的两侧，为首联。它是谁写的？有如此的大手笔？

作者大名叫顾文彬,晚清词人,书法家。可祥法师又为我翻开资料,娴熟地找到这位顾文彬,读了如下一段文字:

顾文彬(1811—1889),字蔚如,号子山,晚号艮庵,元和(今江苏苏州)人。清道光二十一年(1841)进士,授刑部主事,同治九年(1870),任浙江宁绍道台。

顾在宁波当官期间,正值七塔寺重修告成,受常住与檀越之邀,欣然命笔,于是便有了"佛从海上飞来"之妙句。它实在是七塔寺的幸运!

可祥法师没有想到我对楹联竟有如此浓厚之兴趣,便引着我又在殿前殿后读了几联。我用手机拍下,也一并录于下,作者生卒年份是查阅后加的。

海南久驻慈云,大菩萨照恩光,早共仰千手千眼;
甬东聿新佛地,小普陀传圣迹,不须著一色一尘。
——张恕(1780—1878)

万劫现金身,南海祥光瞻满月;
七重留宝塔,东郊胜迹拓栖霞。
——章鋆(1820—1875)

三昧悟真修,化宇咸游,何处非西方世界;
四明留古刹,慈航普度,此间是南海津梁。
——张家骥(1827—1885)

这时，我有个发现，他们几乎都是光绪年间的宁波鄞县人。遥想那时，大约也就一百多年前，宁波的文人雅士真的是云蒸霞蔚，龙光牛斗。他们或聚于月湖，或会于禅寺，弄文舞墨，口吐锦绣，给我们后代留下了许多当代人无法企及的诗词楹联，读了真是大快朵颐，如同享受文化盛餐。

好了，我们现在可以虔诚地走进圆通宝殿了。迎面巨大的佛像是四十八臂的观音大士，即我们平时叫的千手观音，文艺节目中也常有所见。只觉得眼前是一片金碧辉煌，令人眼花缭乱。金黄的帐幔垂挂两侧，"济世慈航"的匾额悬挂于上。殿内蒲团一排又一排，两旁各有钟鼓一个，做起佛事来，自然会钟鼓齐鸣，场面热烈。后面两旁还有文殊、普贤菩萨。可祥法师说，这里的观音为千手千眼观音，千手已经形象地表现了，千眼就不体现了。千手什么意思？代表护持众生；千眼呢？代表观照众生，都是有深刻含义的。

瞻仰大殿，还有一件宝物，必须一提，虽然它并不引人注目，却是殿内一件力重千钧的珍品，这便是置于四周壁上的五百罗汉，不是泥塑，也不是木雕，而是砖刻的图案。可祥法师说，这是佛教文化的稀世至宝，也是我们七塔寺的镇寺之宝之一。

听介绍，其渊源大致如此：

五百罗汉之刻图，最早最有权威的应该是杭州净慈寺的刻图，由于历史变迁，渐致流失，幸有常州知府胡观澜和常州天宁寺住持发心依杭州的拓本镌刻，始得流传。继承者为广西桂林和湖南南岳祝圣寺,他们将天宁寺的拓本重新翻刻于壁上。宁波七塔寺就是根据这个拓本摹刻的,已成孤本。所以殊为可贵。该砖刻宽 0.35 米,高 0.30 米,共 250 块,布置在如今的圆通殿周壁上。专家们以为,此砖刻以刀代笔,刻工精妙,罗汉形象神采飞扬,确为佛教文化中之珍品。有艺术匠心者,不妨细细观赏,从中必有所获。

后来,我读到了清人刘权之的一篇辞赋,正是专门赞颂这五百罗汉刻图的,其中有句:"应真五百,殊相堂堂。少丛显迹,震旦流芳。神通备足,变化靡常。图模杖履,笔审阴阳。……有瘦而削,有顾而长。有白而皙,有老而苍。有示游戏,有现端庄。有麟其车,有云其裳。种种会意,作作生芒……"读起来真是痛快!古人辞赋如行云流水,真是令今人望尘矣!

圆通宝殿后的照壁上还有一块空白。可祥法师说,这里要搞一个观音的雕刻,用的是玉石。图片是从寒山寺摹拓来的。很不容易搞到。毕竟人家是张继名作《枫桥夜泊》里的"姑苏城外寒山寺",名气山响。但已经搞到了。可祥法师办事用心,坐标甚高,格局甚大,不是一般世俗东西可以入他法眼的。因此造就了现今七塔寺的品位。当然更是一代传承一代的结果。

一个下午,可祥法师陪我在圆通宝殿前后穿来穿去地走,也就几百米的路程,却让我似乎走了百年千年,百里千里。我不能不承认佛教文化的广博浩瀚。"佛从海上飞来",我又想起这美好的联句，豪迈而壮丽，潇洒又飘逸。忽然想到，文友亚洲兄曾经说过这样的话，宗教的本质之一也是艺术。从某种角度说，宗教是艺术化了的人生态度。诚哉斯言。

故乡南门外

近些年回故乡，怀旧的情绪特别浓烈。总想约几个旧时的朋友，去旧时的街巷弄堂走走。宁海城关是我出生并长大的地方，一墙一瓦，一草一木，都深深烙着我儿时的记忆。当然，那些街道如今都已发生了变化，有的拓宽了，有的由于建房反而变狭了，有的已经荡然无存，变成一片让我茫然面对的新区。尽管如此，我总会本能地搜索着记忆，对照着旧时的情景。这里曾经是一条怎样有趣的路呢？光滑的卵石铺的，旁边有砖木结构房屋，经风雨剥蚀，都有了一种颓势，显得古朴而苍老；那边曾经有一个大院，门是怎样的古色古香，道地是怎样的温暖明亮。我一面惊奇着新的变化，一面感叹着世事的沧桑。消失的便永久消失了，不可再复；生长的继续生长着，就像这个纷繁的世界，永远不会定格在某一画面一样。

我的老家在中南村的一条巷子里，叫文明巷。现在，文明这个词儿已显得非常热门，精神文明，物质文明，什么都可以冠之。那时候，也就是新中国成立初吧，这个名字让我稍稍有点惊愕，总能听到文明是虚伪的一类话语，仿佛是资产阶级的专用名词，行情不怎么看好，可见语言也是此一时彼一时的。从文明巷通向南门外，有两条缓缓的坡：左侧的叫金竹岭，曾经成了我的一颗闲章；右侧的叫龙灯墙，我初小上的缑南小学，后来改名为城南小学，就在龙灯墙的中段。那道砖砌石垒的墙，弯弯曲曲地从坡上逶迤下去，颇像一条龙灯，故名。不知始于何时？直至今天，当我走过并注视这条路时，它还保留着这样的风貌，只是，砖石已换成水泥浇的了。

紧紧毗连着城南小学的是孔庙。后来改建成宁海招待所，再后来便成了宁海宾馆。宾馆内现今还保留着一座古朴的拱形石桥及一泓池水，大约是最能见证历史的变迁了。孔庙外，是一片葱绿的水田，种着水稻和茭白。春夏时节，蛙鼓连天，让人想起"稻花香里说丰年，听取蛙声一片"这样美好的词句。再过去便是一道矮矮的城墙。城门早就不见了。史称小南门。城墙其实是黄土堆成的，很难有坚固可言，向东西延展而去。小时候的我，常常和朋友们在城墙顶上玩。墙顶上蒿草丛生，也有开了一块小菜地的。拨开草丛，有野草莓，有蟋蟀，当然也有蛇，令人心悸。

出了城墙，便是南门外一派开阔明朗的田野风光。阡陌连片，溪流交错。南门不似北门，北门外以稻田为主，南门外则大多是旱地，一年四季生长着小麦、玉米、花生、土豆、番薯、青菜、芝麻、粟米之类，还有瓜田，让少年的我懂得许多农村知识。直至今天，我这个一直居住在城市的人，对农村、田野、作物，有一种分外钟爱的情感，大概与少年时受到的熏陶有关。更奇特的是，我家居然在南门外有一块小小的地，大约有个三分的面积吧，落在一个叫"孤老院"的地方前面。地边有一条清清的小溪，大概是从那条大溪分出来的，后来都填了。周日，我常常和祖母抬着粪肥去地里施肥。祖母是包了小脚的，行走已是不便，何况还抬了重重的肥料，可是祖母从来不说累，她是心疼我，才走了几步，便要歇一歇的。就这样，我们一老一小抬抬歇歇，去地里劳动。祖母年轻时便成了寡妇，日子过得不容易，她把所有的精力和热情都倾注在这个家了。她荷着锄头削草，把着料勺施肥，黄豆大的汗珠从满是皱纹的脸上流落下来，都落在我的心窝里了，成了也开始年老的我一种特别温暖的回忆。

　　田畈外有一条大溪。溪的上游就是我们知道的白溪，如今筑了大水库。那时候，没有水库，逢雨则水涨，一派大水茫茫，水乡泽国，水线可以漫溯到城墙边；逢旱则水枯，浅浅的溪流上裸露着卵石。溪水很清，没有污染，水中有各种各样的鱼。深潭的地方还有河鳗、鳖之类的，是垂钓者最钟爱的。少年的我们，或涉水，或游泳，或钓鱼摸虾，把少年的乐趣全扔在这条溪水里了。每年冬天，母亲要去洗被子，大大小小好几条，也有帮人家洗的，母亲便要我一起去，抬着大大的"刀筋篮"，朝南门外走去。劳苦的母亲站在寒冷的溪水里，用俗称"连槌扁"的杵子捣着被单，我则在铺满阳光和卵石的溪滩上晒衣晒被或者玩。阳光，和风，衣被很快就干了。晚上钉了棉被，睡在被窝里，都是阳光的香。

现在的南门外，早已没有当年带有原始野味的风光，取而代之的是密密麻麻的现代建筑，门面都用来开作商铺。一条徐霞客大道从跃龙山下一直延伸到西门外，甚有气势。大堤、护栏、绿树、花坛、雕塑，精美的造型，让人感到浓浓的现代情调，已非昨日可比。极目远眺，可见溪水东流，山色隐约，跃龙山、龙头山（现称飞凤山）上飞檐翘角的亭阁；还有千丈岩上的文峰塔，天造地设，浑然一幅图画，让人觉得宁海这个县城的所有灵秀都集中到这里来了。这时候，我的心头就会交织着双重情感。一重是变化了的现代文明，锦绣得让人心旷神怡；一重是少年时那种清纯、质朴的风光，让人眷恋回忆。恰如在那些大大小小的变化了的或还没变化的街巷里慢慢走着一样，我的心境会变得沉静起来，体悟一点更深的东西，属于生命一类的东西。

宁波人和宁海人

三四十年前的宁海人常常不把自己当宁波人。听宁波人说起话来"啥西啥西"的,总有点油腔滑调的味道,怎么听都觉得不舒服,而自己那种石骨铁硬的"鸡蛋""子弹"不分的发音以为是怎样的字正腔圆。宁波人和宁海人相互学舌、相互嘲笑是常有的事,从中也可以看出,那个年代如何地画地为牢、封闭自守。其实是很小的地域,也要分出你我,即便宁海本来就属于宁波。

从宁海坐汽车去宁波出差,要走长长的路。托人开后门买汽车票不说,那老牛拖破车式的长途跋涉,冠庄、梅林、西店、下陈、方门、尚田……一个一个小站停靠,停靠时又检查人数又吹哨子又舞小旗,一个环节也不能少。可以想见,当年的时间是如何的充裕,如何的不值钱。现在想来,已经是非常可笑的事了,但当年却是实实在在发生的,也是我们亲身经历的。

当时的宁波只能算是个小城市,但对于城镇、乡村的人来说,那是外面的大世界,有许多新鲜事。清晨,从小旅社里漫步出来，便可听见街道上刷马桶的声音响成一片，煤球炉开始生火，浓浓淡淡的烟，弥漫成小日子的温馨，三轮车、黄鱼车"嘎咕嘎咕"地叫着，让人觉得城市里的交通毕竟很方便。那时候，坐三轮车也是件很奢侈的事，县城里还是以步代车，最向往的是拥有一辆自行车。至于做饭，县城还在用柴火呢。

不过，乡下人也有乡下人的自豪。比如说宁海的海鲜吧，很惹宁波人眼红嘴馋。到宁海来出差的宁波人，到市场上总是买回大包小包的黄鱼、青蟹、蚶子、牡蛎什么的，透骨新鲜，价格又惊人的便宜。看到宁波人心满意足的样子，宁海朋友便也乐在其中了，觉得地方还是自家的好，排来排去，家乡的日子最甜美。恋乡情结由此更浓重。

现在时兴提炼地域人文精神，到处都在动足脑筋，唯恐落后，但那时候似乎还没有这样的需要。若说起宁波人与宁海人的区别，还是很分明的。比如宁波人善于经商，精明、圆融，能说会道，宁海人就自愧不如。宁海人相对而言显得纯朴、憨厚、义气，为朋友可以两肋插刀，有人一声吆喝，不明就里都往前冲了。或许正好应了鲁迅先生说的有几分"台州式的硬和迂"吧。改革开放了，真是"忽如一夜春风来"，世道发生了翻天覆地的变化。不管是宁波还是宁海，大家都急匆匆迈开大步朝着文明富裕的方向行走，何止是行走啊，那简直就是奔跑！顺应时代的潮流，宁波人的个性潜质显示出独特的优越性。善于经商多好啊，聪明、精明、开明，善于算小账演绎成善于算大账，多少个动人心弦的故事，在这座城市里传为美谈,塑造着这座城市和市民新的形象。交通、绿化、港口、大桥,宁波这座凸显着朝气、灵气的现代化城市,忽然引起世人的惊奇了。来参观的人一拨又一拨,好像这里在开采金矿似的。我也算走过不少国家的人了,跑了一圈回来,宁波哪里比国外差呀!

宁海当然也不例外。作为宁波市的一个县,建设得真如都市一样了。大片大片的公园、绿地,环境堪称一流。而农村呢,早也非昔时模样,高楼新舍,举目皆是;电网路道,四通八达。再看看那些著名的企业吧,都挂着宁波的牌子,都是宁波的公司,宁波的牌子响呀。当年狭隘的地域观念早已被大宁波的共识取代。从宁海到宁波,驶上高速公路,不到一个小时就到了,真是便捷。一个融各县、市为一体的大宁波的建设正在日新月异地推进。在人们的观念中,也再不那么泾渭分明地去区分宁波人和宁海人了,大家都是大宁波的人。不过,宁海人还得益于山海交汇、甬台交融的文化,硬气里充盈着正气、大气。如今的宁海人也善于经商了,与外商打起交道,应对自如,自信满满。

当然,黄鱼、青蟹可不是当年的价格了,也不知翻了几个筋斗,而且还是养殖的多。人们一旦恋起旧来,那些野生的海味便成了扯不断的回忆。而今的宁波人也不再去宁海买青蟹了。海鲜市场上应有尽有,同样的透骨新鲜。

如今,我这个宁海人也成了在宁波这座城市中居住的一员。每每与国内文坛朋友相聚,他们都会说,宁波好地方呀,做一个宁波人多好。我也会毫不谦让地说,宁波是好呀!自豪之感油然而生。当然,回自己的老家宁海去住些日子,会会亲朋好友,走走旧时的大街小巷,听听纯朴的乡音,也是人生中的美事一桩。

话说宁海人

一次，与省委宣传部一位领导相聚在宁海。席间说到了宁海人的性格。这位领导本是一位画家，说起话来幽默风趣。不是浙东人的他，居然对宁海人的性格独有见地。他说宁海人呀，××！××！他使用了两个口语化的俚词，顿时满座喷饭，哄堂大笑。我现在很难用文字写下这四个字，一是因为方言俚语，无法用准确的文字表达；二是毕竟有些不雅。但是，正如大家会心大笑之后的议论越来越深刻一样，忽然觉得这两个俚语竟能把宁海人性格的一个侧面表现得生动逼真，入木三分！让我这个宁海人，偶尔也在为宁海人的性格费点心琢磨一番的人，觉得戏言其实不戏。

若把方言俚语书面化，或者加以分析，它的大约意思：一是有点傻，二是有点倔，傻是可爱的傻，倔是有悖时务、不合常情的倔。它是一种品性，不低头，不弯腰，倔头倔脑往前冲，即便前面是龙潭虎穴，也会闯一闯，冲一冲，全不惜身家的性命；它又是一种精神，仗义，执言，硬气，刚直，为决定的目标可以不惜一切。这种品性和精神的核心便是执着。宁海人的执着是出了名的。这位领导说完这两个词后,又说,还要加上两个字:灵气!这便是完整的宁海人。他是美院的毕业生,当年他亲身感受过院长潘天寿的人格品性,潘天寿的人格魅力曾经感动过、感染过一代又一代的美院学生。潘天寿绝对可以成为宁海人的一个典型,一个代表。这位领导兼画家大约是有感于此,才会有这番议论。其实,在宁海的历史上还有一批优秀杰出的人士,如不愿为明成祖草诏而宁愿被株连十族的明代大儒方孝孺,被誉为"青山不受折腰辱"的《资治通鉴》注释者、元代史学家胡三省,因洋教猖獗愤然揭竿而起的王锡桐,一生追求理想、不惜血洒龙华的现代著名作家柔石等,在他们的身上无不体现着这种硬气、灵性和执着的精神,一个个说起来都是响当当、铁铮铮的人物!但于"聪明人"看来,其结果又不免让人发出××××之叹。由此想来,这两句俚语加灵气之说还真是有点道理的。

一座城市或一个地区总是有一股人文精神支撑着的。人文精神是长期历史文化的凝聚,是代表人物性格的提炼,也是一方水土孕育的结晶。宁海位于浙东,倚山濒海,山海交会的品格成了这方人民的明显特征。山水之灵秀赋予宁海人民特有的聪慧,山的刚强与海的宽阔又使宁海人获得强健的山海交会之品格,因此便有如上所述的硬气与执着。

宁海原来属于台州,现在属于宁波。宁波人精明,能说会算,善于经商;而台州人则硬气,憨直,相对封闭。宁海位于两者之间，从发展的人文传统上说，宁海人获得了双重性格。它领风气之先，又固守于道义之传统。因此，我们可以说，它汇山海之品格，融甬台之文化。面对改革开放的大潮汹涌，商品经济改变着人的生活方式和生存方式，宁海人的聪明执着真是适逢其时，弥显珍贵。一如种子，遇雨露则发芽，逢阳光则灿烂。在新的时期，它会呈现出全新的意义，书写出全新的篇章。

现在全国各地都时兴提炼当地的人文精神，作为一个地区支撑经济发展的动力，这自然是一件好事。但真正要提炼好地域人文精神却非易事。我们都是中华民族一员，中华民族的民族精神便是我们各地人文精神的共性。我们离不开这个共性。如果大家都去提炼一个什么"坚忍不拔、开拓创新"之类的各地都可通用的精神来，岂非等于没有提炼一般？这样的"放之四海而皆准"的精神，更像一个形式上的东西，缺乏实际意义，给大家也留不下什么深刻的印象，而真正具有力量的则是个性。只有个性才强烈，才鲜明，才有别于其他。比如说，一句简单明了的"敢为天下先"就把温州人概括得很精彩一样。当然，个性总是片面的。我们无法求全。求全的东西常常是四平八稳、缺乏生气的东西。我这样说，并不是赞成使用那位领导兼画家对宁海人的戏言，作为宁海精神的提炼语，戏言毕竟是戏言。我只是想，倘要提炼宁海的精神，千万不能忽视强烈的宁海人的个性。哪怕是会"以偏概全"，哪怕是"抓住一点，不及其余"。从这一点来说，戏言倒是有启示意义的。

油盐寺

储君吉旺邀我和一批文友,去看油盐寺。油盐寺在宁海越溪王干山上。

这个寺名有点特别,有点新鲜。大凡寺院取名或与禅意有关,类似妙相呀,广德呀,宝莲呀;或与当地地名有关,或山,或水,或村庄。而这个寺院竟取名"油盐",莫不是与百姓日常所需的柴米油盐有关?

说笑间,便到了王干山。

王干山真是一派风光!站在油盐寺前,视野开阔,目穷千里。一片沧海桑田在暖暖的冬阳之中,蒸腾着雾气,影影绰绰。港湾,海涂,岛屿,水田,水汪汪的,银亮亮的,散发着活泼而清新的生命气息,让我眼前一亮。年轻时,也曾来过王干山,没有这样的感受。竟然还有这样一个好地方,让我这个宁海人不由生出相逢恨晚的心情来。

这里便是三门湾,便是闻名的双盘涂。当年,围海造田,县里一位负责人专门邀我来工地参观过。想不到才十几年工夫，一片原始的茫茫海涂，已是满眼蓬勃生机。养殖、种植，水网连片。真是星移斗转，沧海桑田，换了人间。现在，王干山已经被县里开发成一处旅游景区，游人络绎不绝。有一句广告词说得十分传神，词曰："观东海日出，看沧海桑田"。如是也。中央电视台在做《日出东方》专题栏目时，还专程来到这里，拍摄了东海日出的壮美风光。

现在，让我们转过身来，面对油盐寺。寺院格局不大，正在扩建，一片忙碌景象。令我们惊叹的是，寺院后面山上的三组巨石，犹如横空出世，兀然而立，如劈如削，如凿如雕。其造型奇特而醒目，一似中国画里的枯墨皴成。这又让我眼睛一亮。三组巨石，成了王干山独特的一景，可谓标志性的景观。真是天造地设，天工造化！天下妙景总是给观赏者发挥想象的天地，你说这三块灵石像个什么呢？什么都可以想象，全凭着你的聪明才智。储君说，最合适的莫过于"西方三圣"了。有了这"三圣"坐镇，油盐寺可以香火鼎盛，名声远播。

油盐寺便坐落在这样一个奇妙的境地里。你不能不想到"得天独厚"这个词。然而，我总觉得还缺少一点什么。它还有更深的文化含义吗？

储君一笑，指着寺院旁的一块巨石，说这就是文化。我们这才发现，寺院内卧着一块巨石，呈椭圆状。上有缝隙，深深浅浅，凹凹凸凸，有些岁月了，犹如一位老人脸上的沧桑。储君给我们说了这块巨石的来历：

据清光绪《宁海县志》记载，油盐寺原名崇寿寺，建于北宋乾德二年，后又改为延寿寺，已有千年历史。而民间流传的故事，似乎比这样的记述还要早一些。唐朝年间，天台国清寺有一僧侣名王干，渡海去普陀拜佛取经，回来途中遇风浪，狂风巨浪把他的小船搁浅在这里——时称石头山下的海边。王干上山一看，竟有如此妙境，于是就在这石头山的三组巨石下建了一座寺院，人称石头寺。

在石头寺的日子很清苦，没有油，也没有盐。不单寺院里没有，附近村子里的百姓也吃不上。王干常常跋山涉水去国清寺取来油盐，分给当地百姓食用。

一天深夜，寺院旁的那块巨石突然发出声音来，王干好奇，起来一看，只见那石头缝里竟然流出油盐来，一左一右，油是香的，盐是银白的。王干好开心呀，这是佛祖赐予我的，赐予百姓的。他便取来，分给村子里的百姓共享。

石头寺的名声由此响亮起来。

几十年后，王干老了，取油盐的活儿传到了一个小和尚的身上。小和尚不肯每天半夜起身，而油盐又总是限量的，涓涓滴滴，流到拂晓时分，自动停止，数量只限三瓢。小和尚便瞒了师父，拿了钢钎和铁锤，叮叮当当，把洞口凿得比碗口还大。他想何不多取些油盐呢。

结果呢，洞口大裂，从此不再有油和盐流出了。

当地百姓为了纪念王干和尚，就把石头山改名王干山，把石头寺改为油盐寺。

这就是王干山油盐寺的来历。一个意味深长的民间传说纪念着一个人，一种品德；也批评着另一个人，另一种品性。真是一个好故事。它警示人们，勤劳和清廉是一种美德，千古传颂；而慵懒和贪婪则为我们所不齿。我心里一颤，不禁有些感动。油盐寺因此变得深邃起来了。它前有沧海桑田，后有"西方三圣"，内蕴朴素而深刻的哲理，可谓三绝。一个寺院，有此三绝，也就足够丰赡了。

不知是谁，为此撰了一副联，联曰：

王干来天台,登普陀,留此寺,多行善;
油盐出石间,取所需,惠百姓,别贪心。

这副联简单明了，易懂易记，意味深长，如今挂在大雄宝殿的两旁。当然，联上没有标点，是我加的。

王干山如今已经被开发成初具规模的景区了，用坚固的木条制成的七百米栈道让游人绕山一周，一步一景，尽兴流连。而油盐寺则是王干山的精灵所在，不单是因为有很美的景致，还有寻常百姓所心系的油和盐，以及如何取得油和盐的人生启示。

我的大爷爷杨东陆

一

写下这个题目,心里立即浮上不安。读者诸君会想,你大爷爷怎么会有这个名字?你也东字辈,他也东字辈,祖孙三代可以同以"东"字为辈名吗?自然不可以。宁海风俗不可以,中国传统文化习惯也几乎没有。那又是怎么回事?我小时候是不清楚的,后来清楚了。自古以来,中国人的名字很复杂,有姓,有名,有字,有号,正如王阳明的名字本是王守仁,而王阳明则是他的号,我的大爷爷本名叫杨其章,字柳溪,号东陆,生于清光绪年间,庠生(即秀才)(以上为族谱所记载)。因以号名,宁海县城里的人都称其为"东陆先生"。这样看来,就合乎情理了。所以,我可以把下文写下去。

二

小时候，我不懂事，幼稚无知的事做了好几件。有一天，我打开衣橱大门，拉开抽屉，发现了一抽屉的印章，少说也有二三十颗，这使我惊奇。这一抽屉的印章是哪里来的？是谁的？怎么会在这里？我便将它盖在纸上。我从小还算灵敏，看得出几个简单的篆刻，一看便得知印章的主人叫杨东陆。还有"杨东麓""杨彤禄""柳溪"等等字样，当然也有"杨其章"，但不知是同一个人。也不知道我们杨家宗谱排行其中一句是"其象方（东）春"，"其"字乃我爷爷一辈。我小时候很淘气，很顽皮，而父亲则对我管教极为严格。由于顽皮而犯错误，挨打也是偶有的事，因此我很怕父亲，当然不敢去问杨东陆究为何人。而淘气的本性却让我不知轻重，任性妄为。我一时兴起，便把好几颗印章上的篆刻放在砂纸上磨了。磨平以后，我刻章，刻自己名字的章，当然刻得断断续续，破破碎碎，我还自鸣得意。而宝贵的大爷爷杨东陆的印章却化为一堆失去灵魂的庸石。

无知而遗憾的另一件事是，我家楼上有四只书箱，书箱里全是线装的书。那时我已能读得课外书。我便一本一本地读了起来，如《三国演义》《春秋列国志》《七侠五义》《封神榜》《赵飞燕外传》等。虽是古文，读得半懂不懂，也知道了一个大概究竟，一直读到初中的时候。又有《芥子园画谱》与字帖数册，皆为梅兰菊竹正草隶篆之类，我便拿来按图按帖临摹,"涂抹诗书如老鸦"。还有一本专画蝴蝶的画册,叫《百蝶图》,不知作者是谁,很小的开本,纸质为宣纸,每一幅作品都是动态各异的蝴蝶,翩翩起舞,惟妙惟肖,尤其是上面的题款很吸引我,不但书法精妙,文字也很有辞采,几乎都是诗作,其中多有"庄生梦蝶"之类的句子,给我印象很深。稍长之后,我也喜欢诗、书、画,大概与小时候受到的感染熏陶不无关系。可惜这四箱线装书籍很多被我拆开,取出内芯的夹页,做了算术的草稿纸,如今思及起来实在可惜。现在只留下四只书箱,我与弟弟杨东生分家时,各得两只。书箱为四方木质,内分两层,没有包角挽手。虽然简易,其竖式箱面却各镌有两字,石绿染色,魏碑体,雄放隽秀,文字为"文苑""艺林""金匮""石室"。我父亲也颇通文墨,最爱读《红楼梦》,他曾告诉我,此笔墨为大爷爷杨东陆手迹,委人刻制的。后来我给书法家林邦德看了,他说这是"典型的晚清民国风"。当然,除了印章,这四箱书籍也是我的大爷爷杨东陆的。后来,"文革"初期,我父母胆子小,怕有"四旧"之嫌,全拿到收购站当废纸卖了。

三

说我的大爷爷杨东陆,肯定要说到我们杨氏的家族和先祖。我的母亲告诉我,我们杨家祖上是住在老屋的。老屋在哪里?离我们居住的地方很近,即文宣巷14号,位于市门头的南面，龙灯墙的口子上。与我家中间只隔了一个应家道地。老屋里住着的全是杨姓人，"其"字辈的，"象"字辈的，以及"东"字辈的，都有。巧得很的是，后来我的岳父、一代名医朱诚也在那里买了一间楼房。也属一种缘分。

今年初夏，我与胞妹杨夏君曾经去拜访过杨其洵公，他是我们杨氏家族至今健在的辈分最高的长者。他曾一直住在这个道地的西北角。其洵公出生于1931年，今已93岁高龄，依然耳聪目明，神气清朗。他给我们说了许多关于先祖的情况。

清末之际，杨氏宗族在宁海县城里亦可算是名门望族。据檀树头杨氏总谱记载，二十四世祖为杨家在宁海的鼎盛时期，尤其是酿酒业，名闻县城，具有一定的规模。酒缸、酒坛之遗物，酒缸间之称呼，解放后犹可目睹耳闻。故谱上有"秘酿起家"之字眼。据其洵公说，那时老屋的北面赵家道地也是杨家的，后因发生火灾，家境渐落，此处宅地卖给了赵姓人家，即后来的赵家三台。两个道地之间，隔了一条万家墙弄。旧有一条天桥连接。可见房屋之多，家族之兴。我小时候爬在赵家道地废墟上玩耍的情景，至今亦依稀可记。

二十五世先祖杨植元即我的太公，共育有五子三女。谱上记载，五子为其章（即杨东陆）、其相、其森（我的爷爷）、其斌、其芳。三女之一杨氏后来嫁给了潘天寿的父亲潘秉璋为续弦。家境渐落后，太公竭其所有，在新杨家道地（即后来我们居住的文明巷11号）与同宗杨植基共同建造了杨家新居。

四

大爷爷杨东陆当时是宁海县街出名的一支笔,善书画、诗词,无意功名,散淡人生,身上散发着典型的旧时文人的习气。县里一些重大的官司案子,状子都是委他写的。在宁海一批善书画的老人如柴时道、吴其寿、陈邦芝等口中,随时可以听到杨东陆的名字,当年他们健在时对年轻的我也时有所述。据陈邦芝(1924—1991)提供,民国十五年(1926)李洣在宁海执政,当时的县长称知事。这位李知事精于词学考据,兼通目录版本之学,又喜爱书印,要想刻一颗水晶印章,却不知如何刻制,便将杨东陆请进衙门求教,后来便有了一颗他喜欢的其实是杨东陆刻制的水晶印章。这则故事曾在当时流传。

杨东陆本是清光绪年间的秀才,明清时期,县学和府学都称为邑庠,所以秀才也被称为邑庠生。杨东陆通过县试,获得邑庠生之称,后来又成为候补知事,或者叫知事候补,为杨家带来了极大的风光——老屋大门绘有巨大门神,而新宅门外立有巨大的旗杆石(又称旗杆夹),都是用来标榜光宗耀祖的身份的。

然而,杨东陆心气甚高,生性散漫,不受拘束,落拓不羁。那时候,清王朝亦已风雨飘摇,祖上家境也日渐困顿,杨东陆便把这个"候补"卖给了别人。(这些陈年往事,是我的母亲告诉我的妹妹杨夏君的)。唯留下杨家门前的一对旗杆石,一直到解放初仍然完好地矗立着。小时候的我,自然是要去旗杆石上攀高爬低的。那些虚无而缥缈的荣耀则成了一种历史的陈迹。故宁海地方文献研究专家储建国著述的《少年潘天寿》中有一段"杨东陆先生是光绪年间秀才，做候补知县而未就任"之记载。储建国又说，辛亥革命后，杨东陆曾在省立第六师范学校（台州）及宁海文昌书院（后为宁海正学高等小学）任教，这也是他满腹才学的佐证。

  遥想当年，我出生于斯、成长于斯的杨家新道地，楼屋的东大房是住着我的大爷爷杨东陆的，在东边靠山墙的楼房则住着我的爷爷杨其森一家，而另外三位爷辈因贫穷与早夭均无后代。延续到"象"字辈时，男丁只有我的父亲杨象升（1913—2004）一人了。杨东陆只有一个女儿，名"婉"，比我父亲稍长几岁，我们兄弟姐妹称呼为大姑妈。我的爷爷因患有肺结核，那年代治结核病还没有特效药，因此年轻轻便去世了，我还没有出生。鉴于此，太公便将我的父亲过继给大爷爷杨东陆。从此，我的父亲的肩上便要承担两份责任。他年轻时便去桥头胡做了学徒；同时也继承两份家业，杨家的房子以及书箱印章之类便传到了我父亲与我们兄弟姐妹的身上。所以杨东陆既是我的大爷爷，也是我的爷爷。1984年秋，我在屋前的园地里建造了新房，把老房子卖了。其实卖掉的是杨东陆遗留给我的财产。所以我家对婉姑妈，是分外亲切的。

  说到婉姑妈，还可以多说几句。她年轻时，不仅眉清目秀，而且天赋极高，精通文史。这是她受了她父亲杨东陆的影响。我和大妹夏君的名字，都是她起的。她出嫁到回浦杨柳峰村，常常来我家探亲，幼小的我曾疑惑地问过母亲，这个大姑妈是哪里来的？母亲说，这个大姑妈可不是一般的，相当亲的。是啊，这房屋就是她父亲的啊，是我爸继承了她爸的房产呀。这个关系怎么会不特殊呢？她与我躺在横头眠床上，她会给才七八岁的我讲许多历史故事，东周列国，西游记，封神榜，纣王与妲己，刘秀反出潼关，五彩缤纷，光怪陆离，我因年纪太幼，听得半懂不懂的，常常会在她的讲述中睡去，让她的故事变成我的催眠曲了。可惜她的人生道路也是曲折离奇的，此文就不赘了。

五

说到杨东陆，还应该记叙一下他与潘天寿的关系。

潘天寿少年时，常从冠庄到宁海县城里来，向一些书画名士求教。储建国在《潘天寿少年时代的成长之路》一文中写道："潘天寿少年时期的成长得益于当年宁海的良好文化氛围和基础教育，更得益于同乡徐履谦、杨东陆等名师的指教与帮助，潘天寿直到晚年仍对此念念不忘。"又说："杨东陆先生工书善画，才气甚高。潘天寿常向其求教书画，他总是循循善诱，非尽善尽美不可。"潘天寿在宁海正学高等小学读书时，平时住在宁海城里，因此成了杨东陆家的常客。课余假期，他总是到杨东陆的家里与杨研讨书画技法，留在杨家用餐也是常有的事。如果说杨东陆是潘天寿的书画启蒙老师之一，应该亦可。

潘天寿与杨东陆书画之交，还有一个原因，潘杨两家之间本来就有亲戚关系。我调至宁波工作后，有一次回宁海看望父亲，90岁高龄的老父亲随意间与我说了一件事，他说："我们家与潘天寿家还是亲戚。我的姑母，你应该叫姑婆，是潘天寿父亲的继室，是为第三房续弦。"我当时未及细问，事后我与储建国曾有多次交谈，他发给我好几条关于潘秉璋家史的微信资料，为此做了印证。

潘秉璋的原配夫人周瑞花，即潘天寿之母，由于受王锡桐起义事件的惊吓，一病不起。光绪二十九年八月二十四日（1903年10月14日）去世。此后，潘秉璋曾续弦杨氏。杨氏嫁到潘家，育有三子，为潘天寿同父异母之弟。传说潘天寿曾为杨氏姨娘用碳棒画过一幅素描肖像，为后人珍藏着。少年时的潘天寿与我们杨家走得那么近，也是顺理成章的了。遗憾的是，我们后代竟没有保留下杨东陆和潘天寿交往的片画只字，那是多么珍贵呀。

岁月匆匆，瞬间白云苍狗，沧海桑田。当我忆想我的大爷爷杨东陆时，已有百年历史。我不禁浮想联翩，思绪杳漫。我没有见过我的爷爷杨其森，也没有见过我的大爷爷又可称为爷爷的杨其章（杨东陆），在我出生的时候，他们都已离开人间。清末民国初，宁海县城里那一页的文化气象亦已风流云散，一百年来，宁海县城已经发生了翻天覆地的变化，我们杨家新居老宅因城区改造均已拆除，而我为什么还在寻究那些远去的身影呢？我想，他们身上的血脉以及文化因子，延续在我们下一代的身上，我们不应该忘记自己是从哪里来的吧。

我在城南小学读书

1950年春天,新中国的阳光暖暖地照着。我七岁,开始上緱南小学读书。緱南小学后来改名为城南小学。

学校就在我家的旁边,很近。那时候读书,哪里像现在的孩子读书,家长又是接又是送的,书包一背就上学了。书包也很轻,一本语文书,一本算术书,几本薄薄的作业本,几支铅笔,一块橡皮,好像就没有其他什么东西了。哪似现在的学生,从小学读到初中,书包一年年加重,就像一筐砖头背在身上,看到就让人心疼。

那时候的城南小学位于龙灯墙边。龙灯墙状似一条龙灯,弯弯曲曲,逶迤而下。虽然卵石泥墙,却极有质朴的风味,亦算解放初宁海小城带有某种地标性的名称。墙的外边是一条缓缓的坡,弯弯曲曲,一直通到南门城外。

墙内便是城南小学。现在忆想起来,学校是十分简陋的。学校的北面,是几间陈旧的平屋,合成一个小院子,南北有几间教室,还有教师宿舍。西边是办公室,当然是大办公。南面有一个操场,泥沙铺面。操场的东面就是龙灯墙,开一扇学校的大门。操场上没有篮球架,光光的,东南角有一个沙坑,供学生们跳高跳远。西边有一排廊屋,置了一张粗糙的乒乓球桌,中间没有网,一根竹棒,架在两端的半块砖头上,可以打乒乓球。早上,师生们在这里列队做晨操,踏着阳光,合着哨声。夏天的时候,县电影队在这里放映露天电影,附近居民各自带了椅子长凳来,五分钱一张票,很热闹。我那时十来岁,很淘气,很顽皮,常常与小伙伴翻进墙头去"白"看电影。

教室也很破旧。黑乎乎的课桌,桌面凸凹不平,裂缝四布;很多凳子是断臂缺腿修起来的,也不知道是哪个年代的东西,保留到现在可以当文物。地面也是七坑八坑的,男孩子稍一跑动,便满室尘土飞扬。

但是我们对这些简陋寒碜的学习条件似乎一点感觉也没有。上课铃声一响,各就各位,读书,听课,读"狼和小羊"一类的课文;放学铃声一响,背着书包回家,没有什么家庭作业。童年的日子无忧无虑,十分快乐。

下雨了,龙灯墙路边的小沟流着清清的水,我们赤着脚,逗起四溅的水花;课余的时候,我们趴在操场的沙地上,看一个个细如灯草芯般的洞穴,洞穴里有一种虫,我们用折下的草,往里轻轻地抠,抠出小虫来便有成功的喜悦;操场的最南端,与孔庙相接,有几棵大树,秋天季节,我们会爬上树去,用竹棍子打胡桐子和钩藤。钩藤甜甜的,可以吃;胡桐子晒干炒熟了,味道特别香。这些童年的快乐都融在我们读书的岁月里了。

　　城南小学有许多优秀教师,我至今仍然记得的薛国露老师和钟文瑜老师,便是诸多优秀教师中的两位。薛老师是我的班主任。在我的印象中,他整日笑嘻嘻的,有一张菩萨似的脸孔,好像很少有见他发火的时候。他的慈眉善目、轻声细腔,他的谆谆教导,让后来渐渐长大的我一直难以忘怀。而钟老师则是我妹妹杨夏君的班主任,后来,我读师范,在竹口小学实习时,她竟是我的辅导老师;又后来,师范毕业后,我被分配在城中小学教了半年书,钟老师又成了我的同事,坐在同一个办公室里。人生中的许多缘分竟然在这样不经意中联结。他们都是非常优秀的小学教师,在教我们读书的时候,他们一定都很年轻,但在我的眼中,分明是慈爱的长者。许多年后,我们还能见面。见了面也自然非常亲切。我记得他们,他们也记得我。我记得他们,是因为在我最初迈入求学大门、接受人生启蒙教育时,他们便成了我的老师;他们记住我,大概是我的成绩比较好,同时也非常淘气,非常顽皮。

　　在城南小学读了四年半的书,其中半年是春季班转为秋季班,我的初小就毕业了。我离开了城南小学,到城西小学去读高小。学校场地要大得多了,教室设施也好得多了,但是,城南小学依然像人生的一个驿站,驻在我的心里,洒着春天的阳光,暖暖的。

求学城西

初小毕业后，我去城西小学读高小。那一年。我十一岁。

到城西小学读书，不似城南小学近，要走长长的路。从家里出发，经市门头、鸡行、杏树脚，再过方祠、柔石故居，然后才能到达学校。那是二十世纪五十年代的中期，宁海县城还非常落后，街屋低矮破旧，通向西门的路非常狭窄，高高低低，路面垃圾也很多。少年的我顽皮、淘气、贪玩是出了名的。这一路走去，看街景的热闹是免不了的，有人吵架也会看上半天；走到杏树脚，几家开着的算命测字店，也常吸引着我，围在门外听算命先生的吆五喝六，测卜人生，煞是有趣。有时候会在路边的青石板上，与同学伙伴打几次"香烟人"，那是一种绘了彩色古典戏剧人物的小纸牌。就这样游游走走、散散漫漫地到了学校，得花半个多小时的时间，迟到也是免不了的。

城西小学的格局要比我读初小的城南小学大多了。进了一棵大樟树旁的校门是一个大操场。晨光中，我们在这里列队做早操。东面围墙边有一排高大的栗子树，一到初夏，树上的知了响成一片，仿佛也在读书吟唱，与我们的读书声交融在一起。

操场北面是一座教学大楼，虽然已经陈旧，但在当时还是很气派的。二楼的中间是大会堂，全是地板铺成，通常师生集会都在这里举行。在这里，我们听校长站在小舞台上讲话，讲这座学校悠久而光辉的历史；在这里，举行过少先队大队授旗仪式，军鼓军号响起，队歌悠扬，我们敬着队礼，大队长高举队旗，从我们的面前正步走过，非常庄严，让还是少年儿童的我们，心头升起一种神圣的使命感，我还在这小舞台上演过戏。这大概是我一生中第一次登台表演。演一个少先队员抓特务的故事，我演主角，我的表演肯定是十分拙笨而稚嫩的，念起台词来像阿宝背书，然而就是这样的稚嫩，也得到了同学们的热烈掌声以及大红奖励证书。我的作文成绩也很好，文章常常被语文老师拿来在教室里朗读。这一切，大概为我后来的人生，走上文学、文艺、文化的道路，铺满了最初的底色。

但是，我很顽皮，尽管我的成绩很好，仍然被老师不断批评。上课的时候，我总是做一些小动作，与同桌人讲话，或在纸上画各种与功课毫不相干的画。记得最严重的一次竟与后面的同学打起架来。那位同学我至今记得他的名字叫娄贤臣。（长大以后，路上相遇，我们会友好亲切地打招呼。）那次打架真是打得天翻地覆，天昏地黑，我被贤臣打倒在地上，他的力气比我大，全班同学哄堂大笑，看了这场比小舞台还精彩的表演，老师连课也上不下去了，当即对我俩做了惩罚。惩罚的措施是取消了我们去水车春游的资格，本来第二天就可以到水车去看海。(其实那是一个很小的港湾。)回家以后,面对母亲,我像一只瘟鸡一样,抬不起头来。因为母亲已经为我做好了春游的准备。

城西小学有着非常深厚的历史底蕴。初创时期,曾取名"正学小学",传承着家乡先贤方孝孺的精神。后来,宁海中学就在这里开始筹建,一群赤手空拳的进步青年回到家乡,组织"消夏社",其中一些骨干,都是共产党员,他们秘密地成立了宁海县第一个党支部。柔石、林淡秋、包定这些响当当的名字,都与这座学校息息相关。而这一切,校长教育我们时,我们是听不懂的,或者说是一知半解的,直到后来,我成了一名文艺工作者,写了《柔石传》,才知道我读过书的地方,曾经是多么的凝重而绚烂,它实在是宁海教育文化史上重要的一页,而那时候,我太年幼了,没有读懂它。

两年时光很快过去了,高小毕业,我去了宁海中学读书。后来,即使歪歪斜斜地走路,都不会忘记那条通往西门学校的小路。一晃就过了六十年,如今,我已慢慢变老,城西小学已搬迁。学校里的老师嘱我为校史写几个字,我不能推辞,写下儿时不能忘却的一段记忆,算作一个曾经在这里求学的学生对母校的一点感恩。

我的宁海中学

1956年秋夏之交，我被宁海中学录取。那一年，我13岁，我成了一名中学生。

长期以来，宁海中学是宁海县城内的最高学府。有了大专院校的分校，是后来的事。进宁海中学读书，无疑是我人生道路上重要的一步。但当时，也有一点遗憾。二十世纪五十年代中期，我国的教育事业犹如初升的朝阳蒸蒸日上，蓬勃发展。那一年，宁海中学初一招了六个班，位于大北门那个宁海中学本部（即今跃龙中学），已容不下这么多的新生。于是我们（初一1班、2班、3班）便被安排在临时的宁海中学分部，分部在跃龙山上。当时感觉我们失去了踏进气势恢宏、环境优美的正规中学大门的机会。

学校的环境条件远不如宁中本部，只有三间分散在山上各个角落的教室，设施简陋，功能缺失，根本称不上是个学校，连像样一点的篮球场也没有一个。我们像是一群被遗忘了的孩子。

但也有另外一种感觉，我们仿佛与绿水青山为伍，与蓝天白云结伴。登上曲曲折折、光洁如洗的石阶（我至今已记不清共有多少级了，当年是数过的），右边崖壁上有一排参天大树，虬枝铁干，浓荫如盖，站在树边向远处眺去，是气势开阔的溪南一片青山、溪水、田畈、村落，还有满天云彩。当然还没有现在的徐霞客大道，也没有如长虹飞架的廊桥。桥还是石板桥，低矮，狭窄，贴着水面，但是这片原始风光，就像《诗经》里的"青青子衿"一样纯美，让我们的读书声与自然音籁共鸣，实在也是另一种境界了。

更何况，还有方孝孺！这里是方孝孺的读书处，牌楼上有诸如"天地正气""真读书种子，是名教完人"的匾联，岁月的剥蚀，字迹已是斑驳模糊，但方孝孺的那股气概却深深地镌刻在石柱里，镌刻在这个叫宁海的县城里，镌刻在一代又一代宁海人的心坎里。

当然，还有柔石、潘天寿，从他们的大量日记里，都可以读到跃龙山的名字。他们是把跃龙山当作小城的灵秀之地的，他们常常到这里来游玩，来观赏风光，这也是一种文缘。我们失去了一种东西，也得到了另一种东西，从某种意义上来说，这种东西更难得，更珍贵。

读了两年，便是初三了，学校把六个班级整合成五个班级，把（6）班的学生分到了其余五个班。我的班便是初三（3）班。有趣的是，原本在（6）班的我的小舅舅王卿华居然也分在（3）班，外甥与娘舅同在一个班里读书，似乎有点滑稽，有点尴尬。小舅舅与我同岁，我平时很少叫他舅舅，这一来,更加不愿在同学们的面前叫他舅舅了。

更令人欣喜的是——我们三个班全部从跃龙山搬到宁海中学的本部,我们终于迈进了真正的宁海中学的大门。那时候高中部与初中部还没有分开,师生们朝气蓬勃,热热闹闹,校园像校园,教室像教室。还有大礼堂、图书室、医务室、黑板报、篮球场(旁边还有一个更大的可以开运动会的大操场),让年少的我真是开了眼界。我们(3)班的教室就在柔石楼上,听说是当年柔石在家乡当教育局局长时构建的。宁海中学的校史染着革命志士的鲜血,是一批又一批家乡优秀知识分子的集结地,柔石就是其中杰出的代表。第二年,我初中毕业去读师范,学校里成立了柔石文学社,就在我们教室的隔壁,可惜我已经没有了这个机会。教室楼下的边上是一个篮球场,课间,我们这批颇为活跃的学生便在这里打球。

不管班级如何并来并去,在"教育与劳动生产相结合"的方针号召下,我们必须参加一定时间的劳动,种田、施肥、割稻,什么活都要干。我们班里的一批年龄较大的男同学便成了"全劳力",一些繁重的活总是他们干的,因此也特别有话语权。有位同学叫鲍诚祥,写了一首自创语法的"鲍式诗"提出批评,很是搞笑。可惜他年少染病,不幸早逝,很让我们痛惜缅怀。而与我年龄相仿的一批年轻的男同学则属于"半劳力"。我们很合得来,成群结队,成了小伙伴,而且学习成绩也都很好。现在回忆起来,我们这批学友中有娄传申、徐永照、袁哲飞、储功瑞、滕延洪、蒋春林、胡积飞、贝荣生等。还有后来当了宁海县委副书记、县人大主任的娄林忠。个个生龙活虎,青春勃发,成了班里的活跃分子。

可以说,我爱好文学的种子便是在初中那时播下的。我与袁哲飞、滕延洪成了学友中的文友。三个人都喜欢文学,写诗,写散文,投稿给学校的黑板报,偶尔发表了一首小诗,便是脸红心跳,欣喜若狂,仿佛成了作家、诗人似的。三个人虽然后来各有人生道路,各有作为,热爱文学之初心,仿佛至今未改。我们的语文老师,初一、初二时是董椒观老师,初三时是鲍善老师。董椒观老师是一位颇有才华、教学有方的优秀年轻教师。后来颇多人生磨难,非一言可尽;鲍善老师则是一位学问饱满、厚道善良的老先生,他的古文功夫相当好,教起文言文来,引经据典,如庖丁解牛,娴熟于胸。而让他接受起新的教材来,却实在为难了他。比如说汉语拼音。一个有着浓重三门腔调的老先生,如何教我们学拼音呢?但课文上却分明有的。有一次课堂上,他在黑板上书写了一个字的拼音,并教我们读。我年幼无知,便举手要求发言了。我说,鲍老师你这个字拼错了。他说错在哪里,我说应该是这样拼的。他愣了一下,说,我课后去查一查。第二天一开课,他便说,昨天上课,杨东标同学提出这个字确是我拼错了,他是对的,我很钦佩他的勇气。我也太没有礼貌了,哪里有学生给老师指错的呢?

说起拼音,便会想到我的同学华立仁,我们亲切地叫他"大头"。他的头部要比普通人更大一些,所以特别聪明。他的拼音也很好。他见我敢于给老师提意见,便给我用汉语拼音写了一封信，犹似如今的英文读物一般。我便用拼音给他回了一封信，一来一往，互相卖弄，双方都颇为得意。他的学习成绩也很好，后来不知怎的去江西读书了。但用拼音写信成了我年轻时抹不去的记忆，并作用于今天的文事——可惜，我的普通话还是不合格，尤其是四声。后来到北京去读书，就明显差于来自全国各地的同学们。

我自小顽皮、淘气、捣蛋，印象最深的是两件事。初一的时候，我家附近的城南小学操场上放露天电影，我与一个小伙伴从墙头上爬进去，然后又从检票大门出来，要了一张电影票。我们换了五分钱，买了一支棒冰，两人分享。第二天自鸣得意，告诉了同班好友，结果被他"出卖"了，他报告了董椒观老师，我被狠狠地批评了一顿，从此再也不敢干此类"胡作非为"的事了。另一件是读初三的时候，语文老师因病由校长戴秀廷老师亲自来代课。戴校长课前已经摸清情况，全班纪律最差的同学是哪几个，我不知天高地厚，上课时从来不认真听课，又是做小动作，又是在书本上画画，又与同桌窃窃私语。终于被戴校长捉住，大声喝令我站起来，一顿厉声斥责，训得我面红耳赤，坍台坍到外国去了。偶尔来代课的戴校长居然叫得出我的名字，记住了我，让我很不安——直到后来我在县城里工作了，并且有了一点成绩，在路上碰到戴校长时，我还心有余悸，毕恭毕敬地叫了一声"戴校长"。他却笑了，非常和善地笑了，说了一句话，你是我们宁海中学很有出息的学生啊。这话让我既温暖又惭愧不已。如今，他已仙逝，我的心中还深留着他那严格教学、令人敬畏的形象。

  三年初中的岁月就这样很快地过去了。我的读书成绩还算是优秀的，无论文科，还是数理。然而，我不能再升高中了。因为我家有五个兄弟姐妹，我为老大。一家八口全靠父亲摆一个百货小摊来维持生计，家境是拮据的。我的父母做出决定，让我去报考师范，毕业后马上可以工作，为家庭分挑生活重担。我认命了。因此，我失去了升高中读大学的机会。至于后来带职去北京某学院研究生部读书，还了我一件心愿，那已是人到中年了。

三年师范

因为家境艰难,初中毕业后,我报考了师范学校。

那是1959年夏秋之交。"大跃进"的热浪还汹涌澎湃。宁海与象山两个县合并成象山县,"大办教育"新生了"象山师范"。两年后又分县了,位于宁海县城的师范学校,又改名为"宁海师范"。

仿佛命中注定,选址在东门的师范学校才刚开始动工建造,没有校舍,我们又集结在跃龙山。不同的是,初中读书在山上,师范的过渡性校舍在山下。跃龙山,小城的灵秀之地,你给我们年轻的学子多少丰厚的馈赠啊。

当然没有一点学校的形貌和规模,一排简陋的平房,两间教室,一间教师的办公室,就是学校的全部。依然是不断的劳动,依然是年龄大的男同学挑起干活的重担,例如去双峰山放筏木料等,还清晰地烙印在我们的记忆里。

普二的时候,我们搬进了崭新的校舍,这时候,又招了四个班级的普一新生,还有一个速师班,只读一年的。我们读的是三年，属普通的中专师范，所以叫普师。学校顿时像模像样起来，让年轻的我们很自豪，很满足。那条我们自己动手铺就的嵌着59（2）班字样的石子路，至今还在吗？

都说师范是出人才的地方——后来我与宁波文友陈承豹、林邦德（他们也都是师范学校毕业的）一起聚会时，常常会听到这个话题的议论。是的，我们国家的最高领导人不也是湖南一师毕业的吗？至于浙江的第一师范学校，二十世纪二十年代真可谓群星灿烂。从教或从学于此的有经亨颐、陈望道、夏丏尊、朱自清、李叔同、刘大白、叶圣陶等一大批大文豪，从我们宁海家乡走出来的潘天寿、柔石也是这个学校毕业的。我们自然是不能与之比肩的，在他们的面前我们显得很渺小，我们这样的议论，大概是给自己以鼓励，以自勉，以楷模吧。

但是，有一点我是清楚的，我长大了，我可称得上一个青年人了，小时候的顽劣、不懂世事，将在此时此地得到改正并长进了。我不久就入了团。由于我的学习成绩优秀，我成了班级里的学习委员（我还记得另一班的学习委员是邵常娥，非常优秀，后来成了书法家，她是知名诗人潘志光的夫人）。

我对文学的热爱在这里得到了充分的展示。语文老师陈森川写得一手好字，他的板书，让我们得到艺术的欣赏；他的讲课，深入浅出，亦庄亦谐，像春雨润物一般动听。我的作文总是被他在上课时朗读。最让我自豪和幸福的是学校里的那块宽大的黑板报，成了我常常发表作品的园地。记得——那一年县里围海筑堤毛屿港，大坝合龙时，集聚了县里许多部门的人力、农民、职工、机关干部、学生,长堤上推车的推车,挑担的挑担,临时扯起的大灯泡,分贝震耳的大喇叭,人们通宵达旦,挑灯夜战,决胜大潮的即将到来。我年轻,半夜二三点钟,挑着装满石头的担子,摇摇晃晃,路边倒下一歇,就睡着了,随即又被激奋人心的喇叭声、口号声、鼓动声惊醒,又继续挑担飞奔起来——回校以后,我写了一组诗歌,有四五首吧,被工整地抄写(或者叫发表)在那块宽大的黑板上,几乎占了全版。那时刻,同学们给我投来赞许的目光,我是多么的开心啊。

我常常钻在学校的图书室里阅读报刊。最让我记忆难忘的是,有一次在《光明日报》上读到了郭沫若写的"关于《再生缘》校订"的一篇长文,整整一个版面,文章里的孟丽君、皇甫少华的动人曲折的爱情故事,让我读得心动而神往,透不过气来。后来的越剧《孟丽君》就是根据《再生缘》改编的,成为越剧的经典剧目。这是我读小学和初中时,读完《三国演义》《水浒传》《西游记》的另外一种感受。《红楼梦》则是在工作后读的。从此以后,我许心文学的种子算是真正地扎根在心田里了。

我也热爱艺术。学校里有一位教导主任叫刘式桓,听说是毕业于南京艺术学院。他善音乐,又能画画,多才多艺,对我影响很大。他教美术,常常到街头墙上去画巨幅的关于"大跃进"题材的宣传画,如稻谷丰收、养猪千斤之类的,我也跟在旁边涂抹。他会作曲,发表在《解放军文艺》上红极一时的歌剧《红珊瑚》,他亲自作曲,尤其是珊妹的那段核心唱词:"十九年,随爹爹,乘风破浪,渔家女,从来是,照海梳妆……"被他谱得缠绵悱恻,优美动听。于是他便筹备成立学校歌剧队,让普二的一位亮丽的女生演主角珊妹,让读普三的我演男主角王永刚。遗憾的是,许多唱段都学会了,最后戏却没有排成,半途夭折,而戏剧的魅力却影响了我一辈子。这是否是一种宿命呢?后来,我被调往剧团,从事舞台美术和编剧工作,是不是与三年师范生涯有关呢?

那时候,每个班级都有一台风琴,是一种外形类似钢琴,通过脚下踏板送风,双手弹奏键盘的乐器,现在已经很少见了。虽然不及钢琴高贵,演奏的原理却是近似的。我自然也乐此不疲,常年课余操练,以至学校里每周要举办一次以班级为主的歌咏演唱会时,我班的大合唱,老师指定风琴由我弹奏。我还参加学校合唱队,排练了《黄河大合唱》,我虽然没有资格演唱男高音独唱《黄河颂》,张老三那段对唱却落在我这个五音不全的人身上。至今回忆起来,那次在学校文艺晚会上表演的《黄河大合唱》,还余音绕梁,激荡人心。我也曾尝试学习作曲,其实是不伦不类、一窍不通的,拿去给时任音乐教师的顾茂恩看,被他大大地鼓励了一番。后来想想,我有点浅薄得不知自己是谁了。

我的师范生涯啊,是我青春萌发的最纯洁最美好的时期。我的心灵受到知识的滋养,艺术的熏陶。那时候,正是国家三年困难时期,我们的生活是很艰苦的,一日三餐每个学生要拿一个泥陶罐子,里面装着三两米,掺着番薯干之类的杂粮,放在食堂大锅里蒸，菜蔬极为寒碜，肚子自然是吃不饱的，怎么日子还过得这么生动活泼、丰富多彩呢？

有一件事，是必须写几句的，让年轻的我永记不忘。有一天，学校通知，全体学生去宁海中学参加一个大会。什么大会呢？不知道。一进宁海中学大礼堂，黑压压的宁海中学学生挤满了会场，一种庄严肃穆的氛围让我们不知道将要发生什么。县公安局与学校的领导坐在台上，然后宣布，在宁海中学高中部学生中破获了一个反革命集团，好像是以爱好文学的名义成立的一个什么党，当场逮捕了两个主要头目。一位参与者痛哭流涕地交代并忏悔了自己的错误，他是我当年初中的同学。我感到触目惊心，不寒而栗。我胡思乱想，如果当年我也报考读高中，我也爱好文学，我会不会堕入其中？一个人的命运真是不可测的。也许一步之差就会堕入地狱。我庆幸自己读了师范。很多年后听说，该事件是个错案，撤销原判为无罪。即便如此，一个人的一生就这样被毁了，真让我感慨万端。这是我一生中第一次接受的残酷无情、醍醐灌顶般的政治教育。

当然，我们师范里的情景显然要清纯得多了，好像是一片阳光和春色。尤其是师生关系。三任校长张良圭、陈从长、孙愫贞以及两位班主任江国宝、支家骏好像对我都特别的好，他们个性各异，经历不一，培土育苗的心却一般地炽热。特别是张良圭老师，热情爽朗，心直口快，颇有长者之风，他总是勉励我不断奋进，多年以后，他总是在人前人后说：杨东标是我的学生。令我感动。他以我为学生而自豪，我也以他们为我之师而光荣。学生都是老师教出来的,学生稍有一点长进,最高兴的总是老师。没有师范这所学校和教我育我的老师们,怎么会有后来的我呢?

  三年的师范生涯终于就要结束了,我们读了心理学、教育学一类只有师范学校才有的功课,又到几所学校里去实习了两个月,初尝了当教师的滋味。回校以后,我们就要毕业了。年纪稍大的同学都开始悄悄地谈情说爱。我们这批年纪较轻(我才19岁)的同学好友,则常常坐在篮球场里话别。记得那个月夜,浓浓的离情别绪弥漫在夜色里,月光分外清朗,星斗正在远行,我们一起唱那首《毕业歌》——电影《桃李劫》的主题歌:"同学们,大家起来,担负起天下的兴亡……我们今天是桃李芬芳,明天是社会的栋梁……"唱得热血沸腾,激情飞扬,一起祝福我们的明天。明天是什么呢,谁也不知道,只知道国家处于困难时期,教育在调整,在缩编。第二年,师范就停办了,后来改为县办丝厂了。部分普二的同学则转学到宁海中学去读高中。按理说,师范毕业都要分配去当教师的,或城镇,或农村,但是,听传说,有一部分人连当代课教师都有困难。这不能不令人担忧。

  所以,那个月夜,那个弥漫着离情别绪的月夜,带给我们的除了向往和期盼,还有不测的迷茫和惆怅……

  后来,同学们都各自有了不同的工作岗位,我也转行到文艺界,我慢慢悟出了一点道理,师范学校之所以会涌现一批人才,是因为与高中的教学宗旨不一样。高中追求成绩,为高考而冲刺；而师范，则提倡为人师表，德智体全面发展，因此，体音美之类的功课显得特别重要。这很切合我的爱好，至今回忆起来，我毫无遗憾，是命运赐予我的合理安排吧。

慈城散记

对慈城最初的印象是一个记忆中的驿站。坐火车从宁波到杭州，然后又从杭州回到宁波，经过的第一个站是慈城，最后经停的站也是慈城。火车短暂停留后，便一闪而过，慈城可望而不可即。最临近的地方常常是最遥远、最生疏的地方，慈城便在我记忆中闪来闪去，闪成茫然一片。后来，读柔石的书，知道柔石年轻时在慈城教过书，那时便升起一种欲望，很想去慈城看看，因为我正在写有关柔石的一点文字。

第一次去慈城至今已十年有余了，我们去参加一个书画活动。于是，我们行走在慈城的山水间。师古亭、彩虹桥、抹云楼、秦观、杨简，还有应昌期、谈家桢，便像慈湖的湖水一样涌到了我的眼前。原来，慈城还是这样美丽的，这样厚重的，让我产生了相当大的惊讶。一个叫慈溪的县城迁走了，迁不走的是沉积在这块土地上的文化。记得当时有位文物部门的干部带我去参观，我们穿行在江南民居风味十足的大街小巷里，好像走进了浓浓淡淡的民间风俗画里。看古宅，看古井，看古墙上被岁月磨损的花饰,一边听他说慈城悠远的历史,杰出的人物,众多的状元进士。感受便美好得像秦观的词:"山抹微云,天粘衰草,画角声断谯门……"而最不能忘记的是他带我走进了两家古宅,都是列入重点文物保护的,说是状元第和进士第。可惜门庭已经衰落,院内杂草丛生,房子破旧不堪。他的语调刹那苍凉起来,我被深深打动。那时候,经费拮据,文物摊子大,处处需要钱。什么时候才修缮它们呢?什么时候才能真正地保护它们呢?他给我提了一个问号。面对他无奈的神情,我同样显得无奈。至今我已记不清他的姓名了,但是他的热心,他的敬业,他对慈城如数家珍的介绍,还有眼瞳里那种渴望,都让我忘不了。我突然产生了一种酸酸的感觉,那是一种内心被震颤以后的酸酸的感觉。很多年过去了,我都没有忘记那种感觉。

那种感觉终于被岁月的浪花淘去。一个敏感而凝重的话题终于被有识之士提上议事日程:面对慈城如此丰厚的历史文化,在现代化的进程中,我们该如何去认识、去保护、去开发?令人欣喜的是,随着市委、市政府新一轮城市建设的推进,一个以"江南第一古城"为目标的慈城规划已经确立,脚踏实地的保护与开发已蔚成气势。

这几年,或研讨,或采风,我常去慈城,每一次慈城之行都给我以新的惊喜。如今的慈城,忽然间——对我来说,我真的是一个忽然间的感觉,全然已非昔日的慈城,慈城发生了可以称之为神速的变化。先是城南那片绿地公园,绿成了一片绚丽的春色，让人眼前一亮；接着便有了孔庙、县衙、校士馆的全面修缮和建设。在古文化得到有效保护的同时，这些建筑或者称之为景点同时又被注入新的文化内涵。一处处全是一本本厚重的百科全书。随便去翻几页，你会读到那些灿烂的历史和文化，都会让人受益不浅。这就不容易，这就是大手笔。当然会花很多钱，必须要大投入，而且光靠旅游是收不回的。有眼光的慈城人懂得的是如何去综合开发，他们在保护旧城的同时，还要造一个五平方公里的新城。更有杭州湾跨海大通道的全境穿越，慈城的前景谁不看好呢？

忆柴时道先生

柴时道先生是我读初中时的美术教师。那时,我在宁海中学读书,才十四五岁。

柴先生有一张慈祥的脸,架着一副老式的眼镜,整日笑呵呵的,他上课,也是笑呵呵的,从来没有见他板过面孔,蹙过眉头。同学们并不因此而纪律松弛,听课散漫,那是因为他的课上得好,吸引着我们,让人生出兴趣。

有一次,他教我们画鸟雀家禽,他在黑板上画了一只蛋,什么蛋?他说什么蛋都可以。鸟雀家禽都是蛋变的。有一只蛋,就可以画出家禽鸟雀来。然后,他随意地加了几笔,就成了一只鸡;再画一只蛋,又加了几笔,就成了鸽子。他手中的那支粉笔,简直就是一根魔术棒,说画什么,就画出了什么。把我们看得一个个瞪大了眼睛,张圆了嘴巴,神极了。

由此,我们这些顽皮而淘气的小男孩,对柴先生佩服得五体投地。我的画画兴趣因此而勃发。

师范学校毕业后,我真的走上了画画的道路。我被分配到县越剧团去画布景，搞美术设计。我既没有读过美术学院，又没有经过专业培训，很怀疑自己能否挑起这样的重担。团里有一位素享盛名的老画师，叫俞锦林，全是民间工艺的画法，观众很欢喜，当然可以跟他学；但是，我更记住了柴先生与我说过的一番话，他说："只要你有兴趣，肯花苦功，没有学不会的本领。画画也一样，我也没有经过美院的培训，我也是靠自学的。"

这番鼓励的话，无疑给了我极大的精神力量。

在我从事画画的那些日子里，我有很多机会与柴先生在一起，如今回忆起来，印象最深的有两件事。

一件事是搞展览。二十世纪六十年代初期，为了配合党的中心工作，县里经常要举办一些专题展览。县委宣传部便抽调一些美术人员，集中在文化馆搞版面。版面上有照片，有文字，还有各种画面。画画的任务便落在我们这些人的身上，而柴先生则是美术组的核心。让我最难以忘怀的是——有一年冬天，室外飘着大雪，画室里生了红红的炭火，暖洋洋的，我们伏桌而创作。当然，画得最好的自然是柴先生，小县城里没有人能超过他。他的创作技巧娴熟，任何画题都难不倒他。人物、山水、造型、色彩都相当好。我们呢？常常围着他，请教他，把作品交给他修改。一经他的修改，我的一些画作竟然也像模像样了。

如同红红的炭火一样，坐在柴先生的身边，我是多么温暖呀。

还有一件事是柴先生帮我们画布景。七十年代中期，剧团开始排演样板戏。那时候，我已开始独立担任舞美工作。每次排戏，都是抢时间、抓进度的。可以想象，我一个人要完成一部大戏的所有布景绘制，怎么都来不及。于是，剧团便向县里各单位借人，借画家来帮忙。而每一次，柴先生总是一定要请的。

柴先生也很高兴来。

但是，画布景的活儿很累，不光需要画画的本领，还要有体力。《智取威虎山》里那些气势恢宏的林海雪原，高大的松林，幽深的山洞，都是画在五米多高的白布上。白布钉在木架子上，画笔用的是粗大的油漆刷子，绑在棍棒上，我们在满地的颜料罐上蘸了颜料，爬上扶梯，纵横挥洒，这对于已经上了年纪的柴先生来说，如何吃得消？

柴先生说不要紧，你们画上面，我画下面，接得起来的。有的时候，他也站在凳子上，挥着画刷，跳上跳下，弄得满头大汗……这样的场面，让我很感动。但柴先生从来不说苦，不说累，他总是尽心尽力帮助我们完成任务。那时候，是不讲报酬的，尽的都是义务，连吃饭都是各自回家吃的。最多也就请他们看一场演出罢了。

然而，柴先生依然是笑呵呵的，他愿意，他高兴，从来不说什么。

后来，我改行了，写剧本，搞文学，不再画画了。我最终没有成为柴先生期望的那样，在美术上有一番作为。每次在那条窄窄的柴家墙弄与柴先生碰到时，我都觉得有愧，对不起先生，先生曾经给我说过多少勉励的话呀。然而，先生呢，依然笑呵呵的，说：不是一样的吗，画画，写作，都是艺术创作，都会有出息……

　　柴先生，离开我们已经有好多年了，倘若健在到今天，该一百一十岁了。每当想起，无限怀念，顿生敬意。柴先生，让学生我向你深深地鞠个躬吧。你的品德，你的教诲，永远会记在我的心里，还有那亲切的慈爱的面容，笑呵呵的。

D先生

D先生从小务农,上山下海,插秧耘田,砍柴筑堤,种棉花,捕鱼虾,十八般农活件件皆精。

之所以称之为先生,是因为他还粗通文墨,打得一手好算盘,在农村,便可称之为土秀才了。又因为他的人品好,为人实在,办事公正,性格温和,便被推举为生产队长、会计、大队干部,又入了党,在农村,也算是出人头地了。

其实,凭着他的勤奋好学和聪明能干,他本可以另有一番人生光景的。读初中时,他一直当班长,可见他的品行与成绩,皆居前茅。读初二时,"文革"运动轰轰烈烈开始了,他与同学们去北京大串联,顿时开阔了眼界,天安门,颐和园,八达岭,游了一个遍。那时候,青春与热血正旺,向往美好的人生时时在心中萌动。可是,回到家乡,回到学校,他顿时呆了,学校已不像学校,教室全被砸烂,造反派分成两派,打得不可开交。他很彷徨、纳闷,书是读不成了,搞派性他也不愿意,便休学回了家。过些时候,征兵通知来了,他是可以去入伍的,也是一条人生大道,然而家长不同意,便没有去成。

于是,老老实实地做了农民。命运便这样安排了他。那时候,日子过得很清寒,结婚成家以后,一家五口蜷缩在一间不到二十平方米的泥地矮屋里,过着像全国农民一样的普通穷日子。他感恩毛主席,没有毛主席领导的中国革命的胜利,他的生活会更苦,也没有他翻身做主成了农村一名共产党基层干部的身份。

改革开放了,农村的面貌发生了翻天覆地的变化。他造起三间落地的新楼房。许多土地被征用了,他的村庄里的农民全都有了劳保,年终还有一笔不菲的土地股份金可得,再看看家乡的变化,令他感慨万分。新楼房,大马路,一片又一片的绿树草地,就像城市里的大花园。女儿们又都很孝顺,精心照顾着他和老伴。他又感触地说:我的晚年,享改革开放的福,过上了好日子!

他的女儿们都到宁波来工作了,都买了房子,买了汽车,于是他与老伴也迁居到了宁波。偶尔回村去住住自己亲手造起来的楼房,看看从小生活在一起的乡亲们,还有参加村里党组织的各类活动,真是一种老年的潇洒啊。

我之所以称D先生为先生,还有一层关系,我们认识了,不久便成了好朋友。他的性格、爱好都让我称道。

比如说,我们都爱看电视里的体育节目。女排、女篮、乒乓球、斯诺克等,常常是我们共同关心的话题。这几年郎平带领的女排达到世界顶峰,我们关心着重大赛事的每一场比赛。朱婷、张常宁、龚翔宇、袁心玥等为我们津津乐道,我们都认为,要不是疫情推迟了日本奥运会举办的时间,我们怎么会丢了冠军并名落孙山呢？又如斯诺克，我们对丁俊晖以及奥沙利文、特鲁姆普等球员，几乎如数家珍，没有一个名字不知道。不光如此，我们还谙熟斯诺克的比赛规则，红球与彩球的关系，做成斯诺克的精彩与妙处，没有这些知识的人怎么会看得懂并欣赏呢？有的时候，我因有事漏了观看实况播出，还是他给我"补课"的呢；有的时候，还是他的老伴因受了他的感染，也热爱观看体育节目，向我介绍比赛实况的呢。最近，我们又迷上了女篮。女篮异军突起，韩旭、李梦、王思雨，亚洲杯，亚运会，又如潮水一般涌进了我们交谈的海岸线。记得很多年前，我参加中国作协全委会，与江苏作家赵本夫同室而寝，每天晚上他必看电视里的体育节目，他问我看不看。他说，爱好体育节目是一种文化，是一种文化享受，是对力量和智慧相结合的欣赏。这话我至今印象深刻。体育运动超越了政治的功利，展示了生命的美感。而农民出身的 D 先生居然也有如此之爱好，与我相知相投，颇为知己，我怎能不称之为先生？

又如下棋打牌。我常常与 D 先生对弈象棋，基本打个平手。他善开局，我善终局，我俩都下慢棋，一局棋可下半个小时以上，相互毫无怨言，若换上另一个人，催将起来，我如何会适应呢？因此，我的棋友也仅 D 先生一人。至于打扑克牌，我们是有一个圈子的，而牌风最好，非 D 先生莫属，他话语不多，善解人意，胜不骄，败不馁，从来不论输赢，从没有喜形于色或怒形于色的表现，一句话，大气坦然得很。所以，大家都喜欢与他打牌。

又如出去旅游。他总是背了一个长镜头的高级相机（那是他花了大价钱买的），俨然一个摄影家的架势，然而他又从来没有以他的摄影作品示人，他的女儿说，真不知他拍了一点什么东西。我几次与他说，我帮你选出一些作品，出一本小集子，我来帮你写个序，也是自娱自乐，如何？他总是笑吟吟地说，慢慢来，慢慢来。几年来，没见过他的一幅作品。旅途中，也会闹一些笑话，为了让大家开心，他会主动说给大家听，以供大家一乐。有一次，去的是新加坡，上了旅游车，他说，昨天晚上，我出了一个洋相。什么事呢？导游说新加坡的东西质量好，比如肥皂香味很浓，所以洗澡时我就多擦了一点肥皂，擦了一遍又一遍，始终没有泡沫和香味，但却很耐用，我很奇怪，竟然还有这样好的新产品？第二天一早，我再去看这块肥皂时，我才发现，肥皂外面那一层防水包装纸，我还没有打开呢。满车哄堂大笑，他也乐在其中，可见，他自己调侃自己，还有几分幽默感呢。

年少时读书被终止了，成了他一生的遗憾，现在他便去读老年大学，学摄影，学电脑，求知欲很强，如今在电脑上打《三字经》，背诵如流，根本不要范本。他不抽烟，偶尔陪我喝一点点小酒，从不计较菜肴好坏。他从不闲言碎语，却非常喜欢读我写的书，看我写的戏，听我解读书法中的草书。我过生日了，他在微信里，给我发来一首贺诗："品味人生数十年，有苦有累也有甜。看淡一切身外物，唯有健康最值钱。"很有诗意和韵味。

D 先生真是我的好朋友，这样的农村秀才，很有文化味，怎么不可以称之为先生呢？

文学是他的一个侧面

——读顾茂恩《太平清话日日谈》及诗词而想起

老顾喜欢文学，文学是他的一个侧面，这是我所无知的，是我这个与他相识相交数十年的老朋友和学生所不知的。人有各种侧面，多侧面组成了一个立体的真实的有血有肉的人。性格品质如此，爱好兴趣亦然。长期以来，我们的文学作品塑造人物往往比较苍白单薄，原因之一是忽视了人是多侧面组成的这一基本原理，故刘再复有《性格组合论》这样的智慧性提出。

老顾也有多个侧面。最早给我印象的是他善音乐。我在师范读书时，他是我的音乐老师。记忆中的他极敏锐，讲话、唱歌很有激情。他钢琴弹得好，指法灵活，与我们一起练音准，音色好，是出色的沙腔男高音，老师又与我们说和声对位、大三和弦、小三和弦，写满黑板，印象颇深。我那时候也爱音乐，但唱得不太好，于是便课外学器乐，学作曲，谱了好几首《红珊瑚》的曲子，拿去让他指导，他一看，欣喜得要命，以为学生中出了一个作曲家，其实我是猪鼻孔插葱——装象，一窍也不通。就这样，他留在我的印象里，我也留在他的印象里了。

老顾后来去了文化站,又调到县剧团当行政副团长。那时候,我已经在剧团里做编剧了。我也写不出什么好剧本,却与稍长我几岁的老顾——我当年的音乐老师成了同事,这使我有几分欣喜。我们有点知音相惜的样子,说剧本,说艺术,说戏剧的走向,还说一些私事,他的某些坎坷经历,彼此甚为融洽,真正的友谊也就在那段时间建立起来了。

老顾的另一个侧面是一名理论干部。后来他又调到了县委宣传部,任科长。那时候,我们见面的机会少了,他总是配合党的中心工作,下基层,下农村,宣讲党的方针政策。老顾的口才很好,教师出身,但做教师的也不一定都能口若悬河。老顾讲起话来谈锋甚健,真的可以滔滔不绝。我相信这得益于他的广博知识和文化修养。他是个容易激动的人,说起话来,一口尚未褪尽的绍兴腔,脸会涨得通红,手会依旧不断地颤抖,但充满激情,感染人。

但是,我怎么也没想到,老顾还有一个侧面是爱好文学——不是一般意义的爱好,是非常投入非常扎实的爱好。半年前,在宁海的一个宾馆里,他给我带来了厚厚的六大本他写的书,全是用键盘敲打出来的文字,如果以十万字一本算,也就有洋洋洒洒的六十万字。分两大类,一类是以散文、随笔形式写的《太平清话日日谈》,共三册;一类是诗词,有律诗、词,也有现代诗,也是三册。写了五六年时光。日有所积,月有所累。翻阅着书稿,我很吃惊。老顾什么时候迷上文学了?文字间分明透着灵气。他说,他没有任何想法,只是想记录一点人生的足迹。

拣了一个闲适的日子,我把老顾厚厚的六本著作读完。惊喜之余,有一份不可抑制的感动。在这篇短文里,我不想对他的著作作出详细的评论,我还来不及细读,我只是想把第一印象梳理一下。老顾的文字最大的特色是极有个性。个性是文学艺术的要素之一。不是那种人云亦云的表面文章,敢于揭示思想,敢于说真话,说别人不敢说的话,耿直,有锋芒。他对五光十色的社会现象,保持自己沉静的心态,以他的目光洞察之,以他的文笔分析之,体现了一个正直的善良的人的责任感和良知,这颇不易。他在一篇序言中写道:"不媚俗,不迎合,不屈服于外来的压力而变形扭曲,尽力接近情感和生命的真实。独居一隅,自由歌吟,勇敢向前。"我们可以把他的这些话看作解读他全部文字的总钥匙。

老顾文集的第二个特色是内容广泛,涉及各个领域。他的散文写得更像杂文,天文地理,人文历史,政治经济,文化艺术,以及个人情感波澜,无所不及。大则宏观放眼,指点风云,慷慨激昂;小则委婉悱恻,多愁善感,曲径通幽,表现了他宏达而细腻的人生历程。他热爱生命,热爱生活,丰富的社会知识和生活体验来自他的勤奋读书,来自他的实践积累。

老顾的文思敏捷,文字鲜活,语言生动,这成了他著作的第三个特色。老顾行文,率性而为,他想说什么就说什么,他想怎么说就怎么说。没有框框,没有局囿,见灵见性,因此妙语警句如清泉喷涌而出。他甚至不讲谋篇布局,不讲修辞,像流水一般，只尽畅快，天真可爱极了，老顽童一个。当然，话要说回来，如果要结集出版，还得要精选篇目，还得要讲究章法。好比写旧体诗词，不单要懂声韵，还得懂平仄，还得讲对仗。我们写诗词，可以不让自己沾染太多的匠气，被形式捆死，却要基本上符合这个规约。当然，老顾的诗词写得有声有色，情景交融，一如他的文章，只是缺些规约。这里就不赘了。

  音乐教师的老顾，热爱艺术的老顾，行政管理的老顾以及勤于写作的老顾，容易激动而又多才多艺的老顾，对人生有太多感悟而又归于平淡的老顾，当然，还有其他，立在我的头脑里，诸多侧面，立体交叉，有血有肉，神形合一。他的尊名叫顾茂恩。

写在宁波美食节

"民以食为天"是中国人的一句老话。如果追根究底,则出自《汉书·郦食其传》,是郦食其劝刘邦要解决好老百姓吃饭问题的一句话,说明食物的重要。它既是老百姓日常生活的重要内容,也是政府部门的重要职责。它关系到社会的稳定。

吃的问题有几个层次,第一个层次是要有足够的食物让人吃饱肚子。改革开放三十年,我们解决了温饱问题。对于有十三亿人口的中国来说,这是一个了不起的奇迹。现在,生活水平提高了,生活观念、生活方式、生活质量发生了全新的变化,吃的问题上了第二个层次,即要吃得好,吃得健康,人们需要美食。

何谓美食?照一般人的理解,燕翅鲍汁、生猛海鲜、鸡鸭鱼肉就是美食,这是一种偏颇。豪奢未必就是美食。昔年曾听过一则逸闻,说是某年有外国政要访华,某地做了一个菜,纯以蟹黄为原料,雕成一只形态逼真的蟹,用筷子一夹,全是鲜嫩可口的蟹黄。这需要多少只毛蟹才得以制成?余下的毛蟹则全成了下脚料。美固美矣，未免有些矫情、奢侈了。连《红楼梦》里也没有这等吃法。

真正的美食，我以为是你最爱吃的、最想吃的、最喜欢吃的东西。它不单能促进你的食欲，饱餐之后还能给你留下记忆。如果说得文化一点，它具有精神与物质的双重美妙。比如说，宁波口味的那些家常小吃，常常是我最喜欢的菜肴。它可口、乐胃，正中下怀，还浸润着宁波特有的历史传承和地域风情。

宁波菜好吃。宁波菜独树一帜。宁波人讲究吃。依山傍海的地理位置，为山珍海味提供了丰富多彩、取之不尽的原料。东海大洋，东钱湖畔，四明山麓，什么奇珍异宝没有？千百年来，生活在这里的祖辈，上山下海，就地取材，形成自己喜欢的一系列烹饪特色，创造了自己喜欢的风味美餐。宁波菜以海鲜为主，采用蒸、烤、烧、炖、腌等法，爱用雪里蕻咸菜、苔菜、豆瓣酱、腐乳为辅料，菜味大多咸里带鲜、鲜咸合一，注重原汁原味，讲究鲜嫩香糯，形成了鲜美可口、精细软滑、和谐适中的特征。循着宁波人出外经商的足迹，甬菜传播到了海外。少小离家老大回，忘不了的还是家乡菜，咸泥螺、咸蟹糊、咸鳓鱼、臭冬瓜，吃起来津津有味，是扯不断的家乡情结。小小的猪油汤团，包裹着香甜的白糖芝麻馅子，同时也包裹着团圆吉祥的仁心，说起来，也便成了耐人寻味的文化象征。宁波人真是有口福，一方水土养一方人，怪不得宁波人中出了这么多俊彦精英呢。

当然,还有十大名菜。这便是宁波菜的代表作了。其中尤以冰糖甲鱼和雪菜大汤黄鱼最为知名。如今走进和义路的状元楼,还有余秋雨题写的状元楼的来历,美味和文化便这样相映成趣,交融在一起。当然,这些大菜是宁波菜中的大家闺秀,雍容华贵,讲究排场,价格自然不菲。而我,则更喜欢一些小家碧玉的家常菜。萝卜青菜,各有喜爱。须知,口味是最不能勉强的呀。

与朋友相约,平时饭局不算少。吃得最多的还是在江东。这就应了"吃在江东"这句话啦。这句已为宁波人广为流传的广告词,并不是某个人刻意创作出来的,也不是如主题口号般征集来的,而是广大群众在生活选择中自然形成的。谁说不是呢?江东的美食一条街真是一串又一串,一片又一片,蔚然成观。豪华酒家也好,或是面向普通消费者的方便小吃也好,门庭若市,从者如云。富裕起来的市民,如果要改变自己的饮食方式和饮食结构,那就上菜馆酒家吧。江东餐饮无愧为全市餐饮的先导,一批招人喜欢的餐饮企业不断涌现。

因此,便有了在江东举办的"宁波美食节"。

值得一提的是,在如今节庆多如牛毛的现状中,美食节大约是最实惠、最贴近老百姓的节日了。江东的政府部门以民为本,不断创新,美食节一届比一届办得好,一届比一届办得火热,引人瞩目,受到大众的喜爱。据报道,本届美食节既有餐饮方面的技艺表演、现场展销、各种惠民消费的倡议仪式,又有邀请市里知名书画家以美食为主题的挥毫舞墨,即席助兴,有展览，有笔会，有画册，供欣赏，供品味，真是美事一桩。我有幸忝列其内，秀才人情纸半张，换个快乐自在，不亦乐乎？

兴之所至，写下以上数言，权作画册之序，聊博一粲。

从"盱眙"两字说起

近年来,盱眙的名气大振,这不能不归功于龙虾。走进全国大大小小的城市,盱眙龙虾的店名,比比皆是。但是让人们记住盱眙也有点困难,原因是盱眙这两个字太冷僻,许多人都读不准它的音。在当地流传着这样一则真实的故事:一著名笑星到了盱眙,顺口就读成了"于台"。后来许多演艺界的明星都来盱眙演出,唯独这位笑星不敢再来。于是当地有识之士便决意策划一次让他再来盱眙的活动,还让他在表演中调侃自己的错误并予以改正。这实在也可算是一个招数。因谬求正,歪打正着。盱眙的知名度,不但不会因为有人读错而受影响,反而会更张扬。

盱眙的正确读音是 xū yí。我们不妨把它读成"需怡"。张目为盱,举目为眙,乃登高望远、高瞻远瞩的意思。这个深奥而怪僻的县名,其实含义甚好,让人有一种精神振奋之感。但是,如何登高?如何望远?你若不是亲历一番是难以体会的。前些日子,随几位作家朋友一同前往,可谓感触新鲜。从南京往北而行,是典型的长江中下游平原,一马平川,万顷田畴,绿树成荫，河网交错，称之为鱼米之乡当为不虚。薄暮时分，到了盱眙，又见到了碧绿的山。是大别山的余脉延伸到了这里。而盱眙的北面，又傍着一个浩瀚的洪泽湖，清清的淮河从城边款款流来，注入湖中。这样一来，一个盱眙，便把平原、山脉、湖泊、河流都集结到一起。结成秀美，结成丰腴，结成了历史的要冲。北宋大书法家米芾由国都汴京（今开封）南下就任，一路平川，入淮时忽见奇秀的南山，诗兴勃发，写下诗句："京洛风尘千里还，船头出汴翠屏间。莫论衡霍冲星斗，且是东南第一山。"并大书"第一山"三字，如今立碑山腰，已成为游览名胜之地。若说登高，也便在情理之中了。

盱眙自秦代建县，距今已有2200多年，可谓历史悠久。若让主人说起他们的历史掌故来，都会让人不胜赞叹。不过，在我看来，当今盱眙的出名，还是离不开龙虾的。这样，就要说说龙虾了。

宁波人原先是不大吃龙虾的。这固然因为宁波有太多的海鲜，但还有一个原因是那些野生的龙虾多产于阴沟污水一带，它们的身上容易寄生太多的细菌，所以早年尽管龙虾价格便宜，吃的人还是不多。后来盱眙龙虾进来了，吃龙虾的场面似乎有些热闹起来，但价格也贵起来了，相比之下人们信的仍然是海鲜。其实，龙虾的味道是海鲜不能取代的。这一次到了盱眙，吃了当地正宗的龙虾，真让人大开眼界，大饱口福。那天晚上，在盱眙连吃了三道龙虾，美其名曰"十三香"，只只肥硕饱满，麻辣鲜美，吃惯了海鲜，"十三香"便有点独秀一枝了。

什么叫"十三香"？这个富有诗意的名字，原来是指烹调时用十三种中药作为佐料。其实何止十三种，他们会用二十余种甚至三十多种中药佐入其中，且这些中药大多产自盱眙的山中，构成独特的盱眙风味。那真是龙虾盛宴，用大餐盆装着的"十三香"，竟然会上三次，每人每次分得四只。然后用双手剥而食之，弄得满手满嘴一片狼藉。但那种滋味却是平生未有所尝。席间有人设问，倘若嫌其繁杂，换一种吃法，即让厨师斩头去尾，剥出虾仁而烹之，如何？众人皆异口同声，那就一点意思也没有了。什么事情都需要过程，简约程序，轻而易举，直达目标，反倒少了其中情趣。此言极是。

盱眙龙虾为什么特别好吃？为什么会形成品牌？除了烹调特殊以外，还与龙虾养殖有关。翌日，我们坐在小汽船里，溯淮河之流而上，看到的是河网罗织，水域宽泛，处处插竿围场。主人说，这便是万亩龙虾养殖基地。淮河水质清澈澄明，岸边多芦苇，而芦苇根部滋生着大量杂草和微生物，正是龙虾生长繁殖的好环境。这样的龙虾，吃了也让人放心，故有龙虾野生的不及养殖的之说。

在盱眙县城里徜徉，龙虾的气息会扑面而来。龙虾雕塑、龙虾博物馆、龙虾文化广场、龙虾交易所，以及大大小小的餐馆酒家，让人觉得简直置身于龙虾的世界。盱眙真是把龙虾做成了一张亮丽的名片，引人注目，名扬天下，作用于他们的经济建设。当然，他们还有许多另外的名片，有兴趣的人不妨去领略一下。

【下篇】艺文缀珠

《诗心墨韵》后记

去年秋日，吉旺兄打来一个电话，说夜间灵感一动，忽然有了个创意，构想出版一本以他的诗作为内容，以我的书法为表现形式的作品集。我一听，也觉得好。首先，我们都是八十上下的人了，他长我两岁，今年正是八十周岁，而我，也虚龄七十九了。按宁波人的风俗，庆生做九不做十，也算到了杖朝之年。如果精选出他的八十首诗词予以书写，也不失为一种有意义的纪念。再者，我们彼此兄弟般的友情亦已近半个世纪，其间，风风雨雨，酸甜苦辣，回忆起来也是一部长篇小说，甚是珍贵。我曾经为他写过一部长篇文学传记，曰《如意之灯》，其中不少文字亦投射了我们的友情，倘若再出一本书法画册，将是又一次友谊之印证，不亦快哉。

过了中秋，我的文事稍闲，便开始动手，先是将吉旺兄筛选出来的八十首诗作了一点编辑，将其编为"四海商旅""山水文章""骨肉亲情""文友佳话""杂咏什篇"五辑。接着，开始逐一书写。记得两年多前，疫情伊始，我关门专注于临帖习书，至今已近三年，其中在书体上作了两次转换，一是开始由写行草转习汉隶，二是在较长时间摹习《二王尺牍》《孙过庭书谱》的基础上吸取当代著名书家之长，改变了行草的书风。我因曾在文联及书画院任职，有一批宁波知名书画家朋友，尤其是家乡来的几位书画家，时有相聚，往来频频，话题自然离不开书画，让我受益不少。虽然我从小也爱书画，工夫却并不用在这里，毕竟我是以写作为主业的。七十岁以后，写作日益减少，以怡性养神为目的的书法练习则大大加强，诚如一位书家所言，颇有"追赶日月"之志向。正因为如此，为我这次创作《诗心墨韵》铺垫了基础，我才有信心做好这件事。虽然常常写了又弃，弃了又写，深感书法攀高登雅之难，但有时有了自鸣得意之笔，还是十分怡乐的。

  我对吉旺兄的诗作，曾在《如意之灯》中有过一节比较客观的议论。他的诗作虽然不讲格律，确是越写越熟，越写越好了。他的诗作几乎记录了他丰富多彩的一生，或经商，或从军，或事善，或礼佛，或寄情于山水，或缱绻于亲情，有感而发，真情吐露，构成了他诗作的鲜明特色。尤其是以"四海商旅"为题材，可谓在诗词界独树一帜，诚为难得。所以，我觉得用我并不成熟的书法来表现，也是各得其所，均有所乐。

  感谢宁波出版社社长袁志坚先生慨然接受该书的出版，并为之作序。感谢中国文联副主席、中国书协副主席陈振濂先生题写了书名，也感谢陈承豹、林邦德、方向前、张忠良诸位文友为此书的出版出谋划策，也感谢诸多书画家朋友为我点评，颇多溢美之言,余视之为友情之勉。如今的书坛名家争锋,江湖混珠,熙熙攘攘,好不热闹。我已年届垂老,夕阳余晖,无意于其间获得某一荣誉,唯自娱自乐而已,也是对吉旺兄多年友情的一种知己酬谢,如此而已。

从一件往事说起
——序陈承豹《砚香斋笔谈》

承豹兄要出一本文集,嘱我写几句,以为序,我一时不知从何落笔,忽然间想起了一件往事。

那是1967年秋天的事,我在宁海县越剧团从事舞台美术工作,而陈承豹则师范毕业被分配在城南小学教书,十分热爱美术。那时候我们并不相识,一场轰轰烈烈打打闹闹的政治风暴,让我们与社会融在一起,我们同属一个派别,彼此也就认识了。

有一次,忘了参加什么活动,县里组团去杭州,团里有我和陈承豹,由于年龄相仿,观点相同,爱好相似,我们很投缘。我们住在杭州城隍山下的一个党校里。那时候,社会上派性狂热,斗争激烈,一个个都中了魔似的。我和陈承豹则每天无所事事,便相约去爬党校旁的城隍山。细雨后,空气中弥漫着桂花的香气,山道上的石级洁净如洗,一级又一级,诗情画意地向山顶蜿蜒而去。我们边走边聊,无所不谈。谈些什么呢?至今已五十余年,哪里还记得住。但是,有一点则记忆深刻，至今我俩都不能忘却。那就是——才二十几岁的我们竟会发出这样的思考：今后的人生道路往哪里走去？我们已厌倦了那些无止无休你死我活的相斗，眼看青春岁月如水逝去，能不为之惋惜？我对承豹说，我对眼前的这场"运动"真的是一点兴趣也没有了，我内心最想的就是读点书，学点艺术，潜心创作，并有所建树。承豹连声赞同，他说他的想法与我一模一样，他也志在艺术天地而非其他。两人越说越热切，越说越投机，真有相见恨晚之感。在那个阶级斗争高于一切、艺术噤声的年代，我俩居然有这样的胆识和憧憬，在这雨后桂香的城隍山上，吐露心声，惺惺相惜，真是难得！仿佛是三生约定，一见订交。

此后，便是各走各的人生道路，但很有点相似。他不久便到浙江美院读书去了，而我，后来也去了北京中国艺术研究院研究生部编剧班进修。再后来，我们都从家乡宁海来到了宁波这座得改革开放风气之先的城市。他在群艺馆里做美术干部，并担任市美协要职，从事美术创作的组织工作；而我也调到市文联，工作涉及文学、戏剧、美术、书法等领域，并继续为戏剧和文学创作而努力。

我们是在践行城隍山石级上的誓盟吗？分明是的，我们都为此而自信而自豪，犹如登山，一级又一级。

对于陈承豹来说，求学浙江美院是生命史上浓墨重彩的一章，不能不多说几句。仿佛是峰回路转，天地新开，一个崭新的天地呈现在他的眼前，这是一个充盈着强烈艺术气息的天地，曾让多少人梦寐以求！浙江美院现已改名为中国美院，这在全国同类高等院校里是独一无二的。学校环境之优美，校史文化之绚烂，师资力量之丰厚，都似西湖的湖水风光，一叠又一叠。一大批学养深厚的中国画大家云集此地，成了陈承豹的老师。诸如吴茀之、陆维钊、诸乐三、陆抑非、王伯敏、李震坚、方增先、宋忠元、顾生岳、童中焘、孔仲起、吴山明、卢坤峰、章祖安等，一个个都是响亮的名字，如群星灿烂。此时的陈承豹可谓如鱼得水，春风得意！他全身心投入学业，人物、山水、花鸟，皆有所学。尤其是花鸟画大家吴茀之先生，人品画品皆居极顶，他敬崇备至。每至周日上午，他会带着自己的习作去上门求教。吴先生会热情地肯定他的作品，赞之为"用笔大胆，用墨不浊，笔底很清，格调不俗"，同时又会给他指点努力的方向。吴先生那高深的学养和高超的技艺，如春风细雨滋润在他的艺术心田。他每每与我见面，会发自肺腑地说，真是如醍醐灌顶，受用一生啊。

数十年的勤学苦练，铁棒磨针，练就了陈承豹一手好画。他的山水画朦胧而简约，苍茫而老辣，高古而幽深，风姿绰约，别具一格。他多次入展全国美展，并多次获奖，他的画册出了一本又一本，可谓成果满满了。记得早年，我曾经看到过他的一幅《思乡图》，双目一亮。苍岩古树，小桥清溪，浓淡枯涩，浑然成趣，弥漫着一种可以触摸的激情。若非数十年的磨砺，何来如此笔墨？若非对家乡的深情眷恋，何来此种意境？是的，在画家的笔下，天地万物都是有生命的。辛弃疾云，我见青山多妩媚，料青山见我应如是。陈承豹是个钟情于笔墨画事的人，翰墨丹青、挥毫写意是他的生命的组成部分。因此，他纯粹，他的作品也纯粹。这是一种真正可称为画家的必须具备之品格。欣赏陈承豹的画，有时我也会想到在北京读书时，听美学老师叶朗说司空图二十四诗品"冲淡"篇，句云："素处以默，妙机其微，饮之太和，独鹤与飞。"其意境之美妙，恍兮惚兮，如悠游于太空。眼前，承豹兄之画作仿佛如是。

陈承豹是个多才多艺的画家，他不仅字画好，而且会拉琴吹笛，会诗词文章，会乒乓篮球。偶尔画事之余，他会写一篇声情并茂的散文，发给我看，也发给某个报刊去发表。偶尔话题相碰，我们会说上半天《红楼梦》而兴犹未尽。有时他也会评点我的书法，由隶至草，独具见识。现在，他把多年以来写的散文、诗词、画论、演讲稿结成一集《砚香斋笔谈》，我应该为之贺。这是一本与众不同、自成特色的文集，不妨作为一个画家的侧影来看。读了这些文字，你会知道作为画家的陈承豹，其人生道路是如何走过来的，其书画作品又是如何炼成的。家庭父母的感染，先生老师的教诲，家乡山水的熏陶，从中可以读出他的睿智和才情。我以为，在这些文字中，他的几篇散文写得尤其出色，如《画格师风皆上乘》《绿叶赋》《瓯江行》等，这些散文的最大长处是把画理、画趣、画意以及画家的交往逸事融入其中，成为画家的散文，而不是他人或一般的作家可以写就的。

想起了杭州城隍山雨后弥漫着桂香的石级，想起了订盟共约的青春岁月，想起了为追求艺术的纯粹初心，是共同属于我和承豹兄的，是只有我俩共同拥有的怀旧，我便感到莫大的动情和快乐。故此，我愿意以我笨拙的笔，为承豹兄写下这些拖泥带水的文字以为序。

奋斗人生的真实记录

——序林邦德《丁酉降》

出生在东海之滨小渔村的林邦德,以书法名世,人们更多领略的自然是其书法风貌。然而,林邦德还有多才多艺的另外几个侧面。比如画画,他的拟古山水,绝非一年半载可以炼成;又如他善音乐,在业余文宣队里练就了吹拉弹唱的本领,因此让他的艺术细胞显得丰富多彩。而这一次,他邀我为其作序的《丁酉降》,则显示了他的文学素养。对于一个书法家来说,能具有这么多的才艺是十分难得的。所有的文化艺术涵养都是书法的最好功底,为此,我们可以读读这本书,更全面地认识林邦德以及他的书法渊源。

《丁酉降》文字不算太长,却比较清晰地反映了林邦德六十甲子的人生道路。他以散文的笔法,亦叙亦议,亦歌亦诉,亦谐亦庄,真实而本色地记叙了人生中的种种艰难困苦、趣闻逸事以及努力奋斗后得到的成功和喜悦。他与时代同频共振。他善于运用故事和细节,善于自嘲和调侃,一如他日常的谈吐。生命中那些刻骨铭心的遭遇,那些至亲至爱的情感,那些矢志不渝的追求，都通过看似不甚经意的自由而散漫的叙说，表现得十分生动。从文学意义上说，这样的传记也是值得阅读的。

林邦德的童年，没有太多幸运的光环，倒是有几分潦倒与窘迫。父亲出海的苦难，外婆吸毒造成的败落，让他的家族每况愈下；他从小割草、放羊，初中毕业开始务农，每天面对黄土背朝天，让他产生了人生前程的渺茫和苦闷；而最大的苦难则是时代造成的饥饿，他吃不饱饭，对此，他真有切肤之痛。其间，还有他二哥被嫌疑的政治事件，让他升不了高中，让他的青少年生涯涂染了一种沉闷暗淡的色调。林邦德用那支调侃的笔，把这些经历写得令人啼笑皆非，笑中含泪。

青年的林邦德有两个重大的人生转折是值得记叙的。一个是参加胡陈港围海工程的业余文艺宣传队，爱好文艺的他，有了一展自己才能的机会。他学会了吹拉弹唱，又登台演戏，还写字画画摄影，广泛的文艺兴趣爱好，为他日后的书法专业铺垫了艺术基础。另一个转折，是他后来当民办教师，又考进了师范学校，成了一位正式的人民教师。其后，通过不懈的奋斗，他从一名小学教师成为大学副教授；从一个书法爱好者成为颇有名声的书法家。他从事书法教育工作，也进行书法艺术创作，获得了各种奖项。其中，最引人注目的是获得中国书协"十届国展"优秀奖。可以说，他把自己的"人生"两字，写出了最大的价值。这便是《丁酉降》一书的题旨，也是它面世的积极意义。所以，他会深情且由衷地说："我们这一代，尽管受过劳苦，挨过饥饿，经过彷徨，有过失望，但跟我们父辈相比，没有经过兵荒马乱的战争，流离颠沛的逃亡，国破家亡的痛苦，妻离子散的悲伤，我们这一代应该属幸运的一代。"

在阅读《丁酉降》书稿的过程中，我有一个感觉，越到后面，作者写得越好。尤其是《重养生》《冠庄人》等章节，既是自传的组成部分，又有相对完整的独立构思。单独成篇，都是好散文。因书法而健身，林邦德戒烟，遛狗，弄箫，吹埙，断食，游泳，打网球，把健身做得有声有色。文章写得如聊家常，如行云流水，融知识性、趣味性、哲理性于一体；《冠庄人》则是怀念国画大师潘天寿的一段情缘，林邦德为了祭扫潘天寿的父亲潘秉璋的坟墓，几经周折，诚心可嘉，终于完成了这一心愿。此文写得情深意切，具有人性的温度。

作为书法家的林邦德，自然离不开对书法的阐述。有两段话说得特别好。当有学生问及"获奖秘诀"时，林邦德说："在我看来，毛笔是有灵性的，日久自然会生情。当毛笔几乎成为你双手的延伸时，你才具备了一双匠人之手。但是，这还是不够的。你要成为一个真正的书法大家，必须首先是一个高洁之士，其次是一个饱学之士，最后才是一个技艺超凡之士。"这段话深切地说明了书法家的艺品与人品、书法与学养之间的关系，可谓隽语睿句，真知灼见。他又说："书法不应该用来比拼，用来竞技。因为它是跨越古今的艺术，它是沟通自然的艺术，它是让我们来汲取生命养分的艺术，它是用我们一生好好来爱的艺术。"由于是这样，"在纸上写每一个字，都是修行，生命中的每一刻，也都是修行"。他明白这个道理，会让他的书法境界登高望远，一览群山。相信这对于同行以及其他艺术工作者会有启示意义，也相信他的字一定会写得更加成熟，他的人生奋斗之路会走得越来越宽广。

林邦德是我多年的朋友了，又是同乡，我真诚地祝贺他的成就，也祝贺《丁酉降》一书的出版。写下数言，权以为序。

不拘一格写丹青

——读朱开益的画

朱开益者，取开卷有益。读开益兄画册，余亦得益有三。

一曰题材。古今文人雅士，画画必事梅兰菊竹、花草虫鱼。久而久之，形成定格，题材局囿，兴味索然。清人邹一桂《小山画谱》曰："自临摹家专事粉本，而生气索然矣。今以万物为师，以生机为运。见一花一萼，谛视而熟察之，以得其所以然，则韵致风采自然生动，而造物在我矣。"画理如此，艺文概莫能外。开益兄近年来画风渐变，每有新作展出，都让我眼目一亮，原因之一是他的画作之题材，均非传统之花草虫鱼，而是取材于自然万物。比如数根甘蔗，直贯整幅画面；几丛稻草蓬，乃田间秋收所见，画来生趣盎然。至今印象可谓不浅。而此册画作，更是以宁海山水风光、村野风俗为素材，大至沧海巨石，小至门楣墙角，心中波澜，笔底风云，笔濡墨染，蔚然大观。与传统取材，大相径庭。这固然缘于开益兄对宁海山水的深厚感情，他是余姚人，美院毕业后分配在宁海，自此四十余年，落地生根，开花结果，作为第二故乡的宁海之一山一水一草一木自是娴熟于胸，不写不快；而更可贵的是冲破题材局囿，需有一种胆略和勇气。开益兄孜孜矻矻，不断追求，踏遍宁海崇山峻岭、海岛渔村，删繁就简，信手拈来，进行了无数次的写生。野草奇花打草稿，不落常人旧窠臼。只有扎实的画外功夫，才敢不拘一格，"画与别人不一样的画"（朱开益语），才有"创作"两字之体味。如《石宕清居》《戏台藻井》，此类题材，开益也敢落墨，前者气势浑厚，后者趣味横生，不能不叹服。

二曰构图。开益的作品，非常讲究构图。视角别出心裁，画面精心摆布，多从自然景致感悟而来，有别他人模式。他的作品多用长条直幅，画得不好，很难收拾，他却敢于打破常规，出其不意，险中求胜，如《今晚祠堂有戏》一幅，两根柱子，数条短凳，纵横交错，上部空间处，横加一条电线，吊下一盏灯泡，不但富有生活气息，从构图艺术上说，错落有致，是非常巧妙的。又如《马头墙》，简约的白墙中间，以一株墨色浓重的老树当中直破，我想，胆敢如此着墨者大约不多。借用一句戏剧的行话，叫作"单刀直入"或"枪里加鞭"，十分惊险，效果奇好。如此佳构，不胜枚举，从中可见开益构图之苦心孤诣、匠心独运。

三曰笔墨技法。中国水墨画的最高审美境界当为笔墨功夫，力求气韵生动，画家无不为此付出终生的智慧才能。气韵从笔力中出，所以历来画家讲究笔墨趣味，傅抱石曾有"笔墨见高低"之说。开益积数十年之笔墨功夫，用笔用墨渐入自如佳境。他依形运笔，大刀阔斧，刚柔相济；用墨则枯湿浓淡，层次分明，虚实相生；用色则不火不温，以单纯见丰富，以简约见空灵。如《绿色海岸》两幅，野草芦苇，多层铺叠，由浓至淡，如风起云涌，摇曳生姿，墨色非常可爱；又如《一轮红日》满幅树枝，间有红日如晕，气韵十分生动。若非多年积累，焉得如此精彩？

我于画事，纯属门外。早年，我与开益兄曾共事于宁海县文化馆，他潜心于画艺，我事文学，隔行却颇知己；后来我调至宁波，但时有所聚，说来也是多年之交了。故此，敢受他之邀，为其画册写下三言两语，即便隔靴搔痒，言不及义，当亦可谅吧。

从耐读说起
——读陆爱国书法

某日,陆君爱国与我相约。他抱来一大卷拓好的书法作品,说是新近写的,打算办一个书展,出一本画册。然后打开,一幅一幅地读,读得我眼前一亮。我说,爱国,你的字越写越好了,读了几遍,还觉兴犹未尽,耐读。

作品的耐读,不是一件容易的事。文章如此,画作如此,书法也如此。好的作品总让人百看不厌,越看越有看头,越读越有意思。你可以从各个角度去品味它,立意、章法、气韵、笔墨、线条等,品出美感来,这就是耐读。而平淡如水、一览无余的作品不能耐读;看了一遍不想再看一遍以及破绽百出、捉襟见肘、败笔皆是的东西更不是耐读。

耐读扎根于传统,靠真功夫支撑。真功夫里包括学识、学养、笔墨技巧等基本功。基本功愈扎实,技法则愈丰富,创变的能力则愈强,作品就愈耐读。这大概是常识。当今有些搞书法的人,已经没有耐心去临帖了,坐不住冷板凳,恨不得一夜之间成了书法大师。时兴的被人称之为"江湖书法家"们,蓄鬓散发,名头吓人,招摇过市,漫天要价,大言不惭,你一不小心便会碰到。他们写的字离"耐读"两字距离十万八千里。所以有人感叹,书坛之繁荣,莫过于今天;书法之浮躁,也莫过于今天。当然,这些以作秀为手段的"江湖派",严格地说,并不能算是书法界的人,他们只是混迹书场,骗人钱财而已。

陆爱国是一个纯粹的书法人。他视书法为生命。几十年来,他潜心苦练,孜孜矻矻,千淘万漉,滴墨成池,营造自己的书法家园。他坚持临帖,从未辍止,年轻时楷书已经写得相当好,基本功已相当扎实,可贵的是至今仍未松怠。他苦练苦学,常常是通宵达旦,不知疲乏。平日相见,多是一脸倦容,那是熬夜的结果。

爱国说,他现在临的是百家帖,从大篆、甲骨、小篆、诏版,到汉简、魏碑、唐楷、宋书,及至近代的弘一法师,几乎把历史上的名家临个遍。他原本走的是米芾、王铎一路,渐渐形成浑厚、圆润、灵动、飘逸的书法面貌,而今他要吸收更多风格不同的书家,正草隶篆,熔于一炉。他说,这对他的笔墨有好处。这次展出与出版的书法,有 30% 是这些临池的作品,可谓取历代之灵气,收百家之精华。

很长一段时间以来,书法界已经不能满足那些太传统、太熟悉的笔墨,书家都在寻求突破,求新求变,亦属情理的事。但如何求新,如何求变,每人都有自己的理解。走得很远走歪了的也不乏有人。陆爱国则有自己的主见。他咬定青山不放松,万变不离其宗。

在坚守的同时，他也寻求突破，陆爱国非常在意整幅作品的构思构图和谋篇布局，非常在意审美的效果。这是他求新求变的一个准则。一幅好的耐读的作品总是具有审美价值，总是充满着强烈的辩证效果。书法是最讲辩证法的。刚柔相济，枯湿互变，大小结合，疏密有致，顺逆并用，变化万端，浑然天成，永远是值得书法家们实践并追求的。陆爱国清醒地认识到这一点。他有好几幅作品，表现得尤其好。如其中的一幅斗方行草，书的是一首古诗，较好地体现了书法的辩证之美，很让人耐读。

书法讲究气韵之美，即讲气势，重韵味。这也是书法创作的一条法则。孙过庭《书谱》里有一段对书法之美的描述："观夫悬针垂露之异，奔雷坠石之奇，鸿飞兽骇之资，鸾舞蛇惊之态，绝岸颓峰之势，临危据槁之形；或重若崩云，或轻如蝉翼；导之则泉注，顿之则山安；纤纤乎似初月之出天涯，落落乎犹众星之列河汉。"读来让人乱花迷眼，美不胜收，各种风格，斗艳争辉。书法艺术竟然可以与自然物象如此对应，如此相贴，真是艺术的造化和境界。陆爱国说，这也是他的追求。不管他现在的步子走到哪个路标上，他这样努力着。他的布局独运匠心，大胆破格求险，用笔纵横开张，线条适度夸张，点画恣肆狂放，都具有一种气势，一种韵味。这很难得。这也是一种求新求变，基于扎实基本功上的求新求变。

陆爱国的这次书展，还体现了作品的丰富性。有巨幅，有小品；有临帖，有创作；就书体而言，有他擅长的行书，还有正草隶篆，可谓各种书体俱全。人们欣赏起来，不单调，不枯燥，颇有可观性，可谓之五彩缤纷，好戏连台。他的最大一幅作品，写的是李白的一首诗，长达26米，宽5.6米，不能不说是巨幅。我一直以为巨幅不巨幅，其实并不重要，除了宽大的美术馆可以展示这一类作品外，你如何让人欣赏？但是现在很时兴。陆爱国不这么看。他对我说，其实，榜书是很难写的，这是对一个书法家的真正考验。这种又称"擘窠书"的大字，由于书写跨度大，视野范围又有限，落到纸上的真迹是很难把握的。只有娴熟于胸，才能挥洒自如。——这让我很长见识。

陆爱国正当年华，他的书法道路还长，还有很多路要走，他一定会更加成熟起来。只要坚持不懈，他的书法园地一定会扬花吐穗，果实丰满，更加绚烂。我致以衷心的祝愿。

从潘天寿和沙孟海开篇

——序《我们采访过的甬籍书画家》

1987年,我还在家乡宁海工作,时逢潘天寿先生90周年诞辰,县里决定举办隆重的纪念活动。我参与了组织工作。其间,收到了沙孟海先生撰并书的一副对联,让我们惊喜有加。联曰:

健笔运大斧劈,入神入化;
高名并雷婆峰,不骞不崩。

沙先生的字写得大气,联也拟得大气,字文并雄。短短的二十个字,把潘先生的神形风骨描绘得入木三分。潘天寿先生作为一代国画大师,其画作格调高华,气势磅礴,笔墨雄奇,开一代画风,以"大斧劈"美喻,再也贴切不过。而我又想,以此联来形容沙孟海先生自己的书法作品,似乎也很合适。沙先生树当代书坛之一帜,其书作雄浑厚重,刚健有力,如金石铿锵作声。两位大师,一雄立画坛,一领骚书苑,可谓"双雄并峙"。风格却如此相似，又同为宁波人，真是天造地设，人间奇缘。

他们都是从宁波这块土地走出去的，从这块以大山为风骨、大海为襟怀的土地上走出去的。宁波历代文人志士那种重气节、崇大道的品质熏染了他们，为他们强其骨，壮其魂，才使他们的笔底波澜横飞，悍气夺人，才使他们的艺术品位达到了超越前人的境界。他们走出宁波，辗转全国，最终都定居杭州。一个曾任中国美协副主席，一个曾任中国书协副主席，一个是浙江美院院长，一个是西泠印社社长。这是宁波之荣光，宁波之骄傲！在宁波的文化史上，他们是两面鲜艳夺目的旗帜；在中国的书画史上，他们是两颗熠熠闪光的星星。所以，我曾在《宁波赋》中有句："画坛潘天寿强骨悍墨，书苑沙孟海奇笔凌云。"

我们现在读到的这本《我们采访过的甬籍书画家》正是从潘天寿与沙孟海开篇的，我以为很好。当然，在潘、沙之前，宁波历史上也曾出现过许多知名的书画家，而把中国画和书法推上一个高峰的当是潘天寿和沙孟海。

同时，我们又可以把潘天寿和沙孟海作为宁波书画史上的一个新起点。在他们的影响下，书画之风，代代相传。一批又一批年轻的或者说已经不年轻的书画家继承了潘、沙的艺术精神，勤奋耕耘，硕果累累，开创了宁波当代书画艺术的新局面。这就是本书所介绍的一大批甬籍的或者是非甬籍而扎根在宁波的书画艺术家了。

正是有了这一群体的涌现，宁波当代的书画艺术呈现出一片灿若云霞、花团锦簇的可喜面貌。他们既是继承者，又是开拓者。有的已经成了大家、名家，有的正如破土之春笋，节节拔高；有的佳作频频，获誉于全国书画界，有的默默无声，致力于书艺和画艺的教学和传承，"化作春泥更护花"。都是可喜可贺的。这些年来，宁波的书画展一个接着一个，出版的画册一本接着一本，呈现出蓬勃兴旺的态势，其中有团体的，也有个人的，都让人双眼一亮，值得细细品味。在世风如此浮华的当今，能保持一颗纯粹澄静之心，执着于书画，笔耕于砚田，实在应该为他们叫好。

在继承发扬潘天寿和沙孟海的艺术精神之时，有一点我觉得是可以多说几句的，即我们应该学习两位大师严谨的治学精神。笔墨功夫自然是重要的。没有扎实的基本功，就没有炉火纯青的艺术境界。但光有笔墨功夫还是不够的，还得有学养。以丰厚的学养支撑你的书画艺术，艺术才有内涵，才有活力。潘天寿和沙孟海的国学修养都是一流的。他们知识渊博，阅历广泛，涉猎的面很广。他们不单画好，字好，篆刻好，而且诗也写得很好。他们学问饱满，著作宏富。潘天寿对画史、画论的深厚造诣，沙孟海对书法学、古文字学、金石学、考古学的精深研究，都是中华民族文化的宝贵财富，是我们年轻书画家堪为榜样的。你想攀登新高，必须具备这些丰赡的学识修养。我们现在有些年轻的书画家，不要说吟联作诗，就是抄写的唐诗宋词，也常会出现一些错别字，上、下联也会颠倒了，不懂平仄，有的还把诗词的作者弄错了，张冠李戴。如果是这样，你的笔墨功夫再好也不是要贻笑大方？还谈得上作品的品格？注重文学修养，学一点诗词曲赋以及哲学、辩证法，是书画艺术创作的必修课。我写这段话，是有感于我们宁波一些书画作品暴露出来的某些软弱处，不可忽视。愿我们共勉。

　　姚志明先生是我多年的老朋友了，嘱我为他主编的此本集子写几句话，我就信手写成此文，不知可作序否？感谢他们编了这本书，为宁波的书画事业做了一件好事。

云烟笔墨共波澜
——序华海镜诗选

书画家华海镜先生邀我为他的诗集写序,首先让我想到的是有关画家的诗画一体之说。

中国的传统艺术以综合见长。绘画发展到元代之后,诗书画印已经紧紧结合在一起。画作完成之后,兴犹未尽,为了阐发意境,寄感抒怀,在留白上题诗行文,收到诗情画意相得益彰之艺术效果,成为我国绘画艺术中所特有的一种形式。这样的作品显得丰富多彩,耐人寻味。因此,作为一个画家来说,其文学修养、诗赋才能显得十分重要。诗歌与绘画本来属于两种不同的艺术形式,前者依仗文字,后者付诸图像。叶燮有文:"画者,天地无声之诗;诗者,天地无色之画。故画者,形也,形依情则深;诗者,情也,情附形则显。"若两者能够结合,诗中有画,画中有诗,诗画一体,蕴藉隽永,互为映照,互为补充,达到珠联璧合之境界,乃为上品。我们说到王冕,马上就会联想到他的题画诗,有句云:"不要人夸好颜色,只留清气满乾坤。"成为千古名句。他的画作也摇曳生姿,千古流芳。可以说，这样的题画诗丰富了绘画的构图，点亮了绘画的主题，拓展了绘画的境界，真如烈火烹油，鲜花着锦。而如果画家的文学修养缺失，不能有诗意的表达，则画色亦会黯然，难免有画工、画匠之嫌。

海镜的诗词修养是值得赞赏的。作为书画家，他同时也爱好诗词。他已经出了一本诗集《心安居诗钞》，是我的文友王旭烽写的序言。他现在又要出诗集，又积累了大量的诗作，可见他的努力和勤奋。这在今天的书画家队伍中，并不多见。说明他不仅有才华，而且有定力。他告诉我，他中学时代就崇尚唐诗，尤爱杜甫，曾梦中作诗曰：梦通杜诗魂。成年之后，立志书画，并以诗文养之，这就很难得。他说，诗有诗的灵性，一触动，即可一吐为快，以补绘画难以表达之情。一代宗师潘天寿先生是我们宁海人的骄傲。潘先生似一根巨大的标杆立在我们的面前，也立在华海镜的面前，作为同乡后学，我想海镜一定是以潘先生为楷模的。潘先生的诗书画印四体融合，简直到了炉火纯青的地步。这给华海镜以深深的启悟。因此，学画不仅要学书，还要学诗，成了他的信条。他的诗、书、画三者相互滋润，便有了他如今的艺术面貌。

读海镜的诗，我有两点直感。一是他的聪明灵动，才情横溢。他的诗集分山水、情感、题画、杂咏等几个部分。其中他的山水诗与题画诗尤其写得好，这可能是与他画家的身份分不开的。一山一水，一草一木，心中豪情，笔底波澜。他的诗句如同书画的线条，形质使转，高低抑扬，枯而含润，行云流水。他写西藏的雄阔："天骨开张建筑雄，千年伟力聚此宫。高原辽阔人疏散，天地玄黄一镇中！"他写太行的壮美："横亘险峻更高耸，中华气概太行雄。何人修得如来掌，万壑千峰收画中。"他写桂林的清秀："一溪清碧引小船，群峰乱插漓江滩。九马画山扬蹄去，八仙踏波迎面来。"写恩施大峡谷，便有了如此之佳句："心在千峰万壑间，云烟笔墨共波澜。修身问道且悠慢，避暑山中月色寒。"这些诗句乃心声自然之流露，任性之呐喊，他真是做到把画融进诗里的。

  我的第二点感受，是他的艺术风格正在逐步形成。我多次在微信群里看到他发在其间的挥毫作画的镜头。他喜欢来到高山大川间，把丈余的宣纸铺在地上，面对巨峰巉岩，用大笔横扫，写生作画，挹精取神，十分痛快！因此，他的诗作也便染上了这样作画的豪迈和张狂。他作诗云："一升墨汁一张宣，任我掀风又作浪。"痴狂之态，跃然纸上。他的许多诗句，都写得豪情万丈："八屏十丈成全幅，长笔柔毫呈大千。""腕底龙蛇飞篆出，密林日透隐闻钟。""盛夏日高，使笔如刀，狂杀三纸，掷笔大笑。""千秋笔墨鼎扛力，满目诗情聚一株。""不如一扫长毫笔，掀天波浪最惊心。"这样的诗句在这本诗集里俯拾皆是。作为一种艺术追求，华海镜是自觉的，无论是诗，是画，是书法，他都追求那种横贯天地的豪气，一览众山小的雄风。前面说到潘天寿先生在艺术上的那种霸悍，那种刀削斧劈、高风峻骨，也表现在他的诗作里。潘先生有诗句云："老夫指力能扛鼎，不遣毛龙张一军。"豪迈而自信，正是他的画作强烈而生动的写照。潘先生不仅以画风影响了华海镜,而且也以诗风影响了华海镜。当然,潘先生在艺术上的雄健霸悍与生活中的勤勉低调、谦谦君子则成了强烈的反差,也是为后人由衷称道的,想必海镜从中会有所感悟。

我于诗律纯是门外之人,偶尔写几首诗附庸风雅,常为格律弄得苦不堪言。至于议论他人的诗作,更是零打碎敲,言不及义。写下三言两语以为序,纯是即景式的感受,不知海镜先生以为然否?

真水无香

——序《胡强书法篆刻作品集》

胡强赠我一枚闲章，镌的是"真水无香"。灯下细细摩挲这方淡青的印石，不禁喜爱有加。那素淡的纹理，犹如雾月变幻，或隐或现，或冻或化，让你生出无限的想象来。再看钤在纸上的朱文呢，兼工带写，以写为主，无拘无束，率性而为，纯是文人襟抱。而那个"无"字，我以为是该用繁体的，用的却是简化字。我便问胡强，可以这样吗？胡强说是可以通用的。因为印章是长方形的，要考虑字的疏密结体。此是我不懂的了。我于篆刻纯属门外，也只是凭感觉而已，说不出行内的条文。但是细细审度，真是有一种自然舒展的韵味。

我之所以喜爱这方闲章，当然也与喜欢这四个字的含义有关。真水无香，我不甚明了它的出处。有说源自印度梵文，佛教用语，佛经浩瀚如海，自然难以寻找。而又一说是出自老子的《道德经》，却是有误的。《道德经》里有"大象无形""大音希声"之类的词语，与"真水无香"的意境也近似，读了原文却没有这个词。

"真水无香"四字简约浅显，含义却极为丰富。它是一种至深的哲理，至高的境界。于人生，于艺术，于文风，概莫能外。它的核心是求真求纯，弃绝浮华。要做到这一点，真是不容易。世风如此喧嚣，人事如此纷繁，名利如此诱人，谁能沉下心来，修炼这等功夫呢？这就是禅意的高深了。一颗闲章，便成了座右铭。可以养性，可以怡情，可以励志，因此，让我喜欢。

喜欢这句话的，不单是我，还有胡强。胡强同时给我送来的还有一本他即将出版的书法篆刻作品集的样稿，并邀我作序。样稿里，也有一枚"真水无香"的印章，还有一段学书心得，说的是将散乱的心神凝于一处，从一个侧面对"真水无香"进行解读，说明他也是喜欢这话的。于是，我们便有了闲谈的话题，由人生及艺术。

胡强说，篆刻是一件非常寂寞的事。知之者甚少，知音者更少。但既然爱上了，不可改变。白天，他要上班，去县中医院，忙工作的事；夜晚，九点以后，才是真正属于他自己的时间。夜深人静，万籁俱寂，面对书桌，他可以"泡一杯香茗，燃一炷檀香，放一架古琴，执一支铁笔，握一方丽石，真石上人生也。"春夏秋冬，寒来暑往，天天如此，年年如此。执着、淡定、从容、沉着，在刀与石的缝隙中寻找快乐和价值，在狭小的空间里营造心境的祥和与温暖，这颇让我感动。著名历史学家范文澜说："板凳要坐十年冷。"胡强何止十年？二十余岁喜欢此行至今，倏已二十余年了。认识他的时候，我还在县城工作，印象中他是个充满朝气的青年；而现在，我的眼中他还是个青年，只是老成圆熟了。圆熟的不光是他的人生，更是他的书法篆刻艺术。他说，"为艺之初，在门外徘徊多年，不得其法，历数年磨砺，才渐入艺术堂奥。"这是他切身的体悟，想来不是虚妄之语。我细细欣赏他的印谱书稿，一方方全是有生命似的，散发出幽古而现代的灵气。白的纸，黑的字，红的印，仅仅三色，效果却奇特。其印风，苍润浑厚，峻拔质朴，是很有个性的那一种。

其实，胡强的书法也很好，大篆、小篆，朴茂华滋，古意高深，一手笔势飞动的行草，潇洒灵动，都让我喜欢。篆刻与书法都是紧密相连的。善印者岂能不善书法？可我也听到不少事例，说有些金石很好的人却不能书法。这真是一种奇怪和遗憾。有一次，某地要出一本集子，规定是每位篆刻家必须篆刻与书法作品各一，竟然难倒了有些人。而胡强，也是参加了的，一手好印，一手好字，让人叫好。这也是他孜孜不倦、锲而不舍努力的结果吧。

真水无香既是一种人生境界，又是一种艺术境界。艺术作品自然可以有多种风格，萝卜青菜，各有所爱。但真正要修炼到恰如一泓清水、无色无香的境地，绝非易事。毫无造作，不加修饰，自然天成，见情见性，总是艺术的极高境界。有了"真水无香"，心中便有了艺术操守的定盘针。当然，这不仅需要作者有一定的功力，还要有一股静气，大静之气，弃杂之气，滤己之气。我在读胡强的书法篆刻作品中，读到了他的这种向往和追求。

我有一枚闲章"真水无香",真好。感谢胡强的赠予,也愿与胡强共勉。

《宁海县当代中国画家作品集》序

宁海县当代画家的中国画作品即将结集出版,嘱我为之序。宁海是我的故乡。活跃在宁海书画界的那些书画家,几乎都是我的朋友。朋友有邀,不能不从,我受命执笔。

但是我又不懂画,我是画艺门外之人。我只能把它当文学作品来阅读。打开宁海县美术家协会主席王琛给我送来的画册样稿,一幅一幅地细细地读,读山水,读花鸟,读人物,也读画家的小传及那些风神飘逸、自信满满的画家小照。

读得我双目明亮,一身热气。

一股强烈的纯美的气息扑面而来。

并不是所有的画作都是有气息的。当今画坛,一些矫揉造作、匠气十足的画作充斥市场,很让我感慨。

但这本画册不一样,元气充沛淋漓。

何谓气息?我的理解,气息就是艺术之气,灵动之气,纯正之气,甚至可以说是生命之气。画也是有生命的,糅画家与作品的生命于一体,有一片精神光辉闪烁其间。因此,造成了一种大气象、大气概，是谓大气。行内有书卷气、金石气、山林气等多种风格之赞誉，最不能沾染的是江湖气、市井气。清阮元《与友人论古文书》中说道："是故两汉文章，著于班、范，体制和正，气息渊雅，不为激音，不为客气。"可见气息之贵重。文章如此，书画亦然。

气息又是一种艺术境界，一种学识修养，展示着眼界之高瞻，襟抱之宏大，气度之不凡。我从画册里——尤其是一批领军人物吴昌卿、陈林干、朱开益的画作里，读到这样的感受。这些作品选材独特，构思巧妙，笔墨老辣。他们的风格可以是多样的，迥异的，但提供的美学境界和艺术趣味都指向了从容淡定，豁达脱俗，足可见他们的落笔自信，率性而为。当然，这一切都是需要非常深厚扎实的笔墨功夫作铺垫的。没有笔墨功夫，哪来的气韵和气息？

因此，著名的宁海籍画家潘公凯先生可以说这样的话：宁海画家的作品，技法功底扎实，在全省是属于有水准的，倘若放到其他省份去观照，可属一流的。公凯先生为人厚笃，治学谨严，想来当非溢美之词。

读画册，也让我想到了令人尊崇的潘天寿先生。先生的人品画品，都是极品。犹如先生经常喜欢画的老松一样，虬枝铁干，顶天立地，一股凛然正气，充盈画幅。又如他的一颗印章：强其骨。为人为画以骨气为重。他从家乡走出去，经过多少刻苦和磨难，完成了人格和画格的完美，成了中国美术界的典范之一。他从家乡的山川林泉中吸取养料，又将一脉大气的画风遗爱给宁海当代的书画家们。书画家们有幸。

因此,颇让我自豪。自豪于家乡的朋友们,用笔墨色彩铺开了一个崭新的天地,用执着的精神承接了先贤的艺术生命,同时,也自豪于家乡的书画事业生生不息,如日月经天,江河行地。

是为序,是为贺。

石上游刃

——读晓峰篆刻随想

在众多的艺术门类中,篆刻也许是最寂寞、最稀有的品种了。面对以篆文为主要特征的篆刻,仿佛面对一个远古的年代,甲骨、金文、大篆、小篆,云山雾海,神秘莫测,可以说篆文是书法中最难写、最难读的字体了,识者能有几人?何况,还要借助于刀,镌刻于石,然后印在纸上,才能欣赏;更何况,篆刻一般不成为单独的作品(当然也有),总是依附在一幅画或一件书法中,署名落款,钤上印章。它只是一种装点、修饰,或者说依附,仿佛文章中的一个句号。写散文可以形成散文热,练书法可以形成书法热,没听说学篆刻的可以成为篆刻热的,大抵反映了这个艺术品类的基本处境。

然而,稀有不等于无足轻重,黄金不也是稀有的吗?稀有才可贵。其实,篆刻的内涵博大精深,大有学问,绝非无足轻重。一幅国画,一帧书法,若少了一颗或几颗鲜红的金石钤印,则少了精神,是一件不完整的艺术品。好比一个人西装革履,华贵庄重,如果没有一条精美的领带来装饰,总是一种缺憾。反之，如果有领带装饰，其作用不光是锦上添花，而是有点画龙点睛了。不是主角，胜似主角，主次互衬，相映生辉，谁也缺不了谁的。

由此，当我看到施晓峰的篆刻作品选时，不免生了一份钦佩之心。

读施晓峰的篆刻，首先让我生出感叹的是他刀笔的精准。他的篆刻选里有一方作品，内容为："绳锯木断水滴石穿学道者须要努力，水到渠成瓜熟蒂落得道者一任天机。"一数，竟有30个字，被精巧地镌在3.8厘米见方的空间里。一笔一画，端丽温雅，细如游丝，精巧恰如蝉翼上的花纹。若非锦心绣手，焉能制得？若非功夫娴熟，游刃有余，岂能造就？任何艺术都讲究精准，没有精准，哪来夸张、率性与变化？篆刻尤不例外。施晓峰从艺近三十年来，勤奋好学，注重修养，孜孜矻矻于印学，对圆朱文倾注了大量的心血。一刀一笔俱是功夫凝成，行家唐吟方有评："晓峰的圆朱文创作用力精准，技法娴熟，印风细腻委婉，得到了印坛的认可与关注。"我想这样的评语绝非溢美，只要你去读一读晓峰的篆刻作品，如此感受就会油然而生。

当然，仅仅停留在这一层面上来评说施晓峰的篆刻作品还是不够的。晓峰说："多年以来，我乐此不疲地在刀与石的缝隙中寻找那种细微的快感，陶醉在恬静、安雅、雍容、飘逸、散淡之中。"——我们不妨把它看成是晓峰苦苦追求的审美风格。他的作品风格是多元的。既有工稳平实，澄静淡定，也有婉丽清健，灵动温润。犹如一泓清清的泉水，甘饴、清凉，耐人回味，自成一种境界。我们不妨再读读著名书家陈振濂的一段评语："其铁笔精凝、静默、沉厚，远去尘俗。自经典中出，又取雅劲工稳为宗，妙作也。"诚哉斯言。

晓峰曾经为我刻过两枚闲章，一曰"三家村人"，一曰"偶而为之"；一为椭圆，一为长方；一朱一白，我甚喜爱。我于书法，虽然可自嘲为所喜的三家艺事之一，偶尔为之，自得其乐，但对篆刻却一窍不通。年少的时候，不知天高地厚，拿了刀也刻过章，噗的一声，大汗淋漓下刻成的一根线条也就如弦崩断，不可复生。现在读晓峰的篆刻，目睹精巧如斯，不能不佩服。任何一门艺术，都具有尖端性，虽然稀有，虽然寂寞，也是有攀登的乐趣和光辉的。

让艺术生命如瀑布一般壮美

——序朱田文《终归大海作波涛》

诗人、记者朱田文从小喜欢画画。学生时代，他喜欢画海中的小帆船，画着画着，小帆船便漂荡起来了——当然，这是他的幻觉，小帆船没有漂荡起来，是因为他喜欢画却没有老师教他。

他外公与沙孟海是亲戚关系，外公要去杭州看望沙孟海，让朱田文陪他去，朱田文高兴极了，他得到了一次瞻仰书法大师的机会，可以沾染点艺术的气息。谁知到了杭州西湖畔的沙氏家里，一位婆婆劝说他们：沙老病了，住院了，请不要去打扰他了。于是一老一小，打道回府。外公后来得到了沙老送的一幅书法，而朱田文错过了学习书艺的机会。

后来，宁波书画界搞活动，作为《宁波日报》记者的他，经常去观展览，看笔会，听座谈，写报道，此时此刻，他心中那根喜欢书画的弦就会拨响起来，成了隐隐的一种渴求。

真正让他立志书画（当然，他也不会离开文学）的一个重要节点是在杭州的浙江美术馆参观王复才大型书画展。他被王复才的作品深深感染。他十分喜欢王复才的那些画作，特别是那些巨幅的山水画，岛礁、海浪、断崖、飞鸟，浑然弥漫着一种浩大的气势，让他钦佩不已。他在完成这次展览报道任务的同时，师从王复才的种子也在心中萌发了。后来，这个愿望成了现实，他与他所敬仰的王复才老师频繁地交往起来，听王复才讲课，讲画理、画论、画史，还有书法，王复才为他修改、点评习作，有时候在课堂上，有时候在酒席间。一次，在江北一个书画创作基地，酒喝得云里雾里，飘飘然了，他便说：王老师，你教我书画，我为你写一本传记吧。话一出口，开弓没有回头箭了。

于是，便有了这本洋洋近二十万言的书写王复才艺术生命的《终归大海作波涛》。

"终归大海作波涛"是一个好书名。取自唐李忱的一首诗。书画家王复才很喜欢这首诗，经常会书写它，或题于山水画幅，或独立书写成书法作品。一次又一次。朱田文也很喜欢它，信手拈来，就成了书名。其实，我也喜欢它，我也常常用毛笔书写。严格地说，从诗品上论，这首诗在星光灿烂的唐诗天空中，它还算不上最明亮的星。它的格调也不能与李白的《望庐山瀑布》相比，然而，为什么又有那么多的人喜欢它呢？对于王复才或者朱田文来说，又有什么特殊的意义呢？因此，它让我牵动，让我联想。

李忱是晚唐的一位皇帝，即唐宣宗。据说，他曾一度隐居于深山，有一次他与严闲（一作智闲）禅师同行，远观瀑布，溯溪而上，高僧即兴吟出两句诗来："千岩万壑不辞劳，远看方知出处高。"李忱立即接上两句："溪涧岂能留得住，终归大海作波涛"。一首完整的气势磅礴的瀑布诗，由此合璧而成。此时此刻，唐宣宗李忱是何心情不得而知，他自有他的独特的人生感悟。而从本质意义来说，这是一首励志诗，通俗，明快，畅亮，气吞万里，横绝太空。瀑布有许多优秀品质，不辞穿天透地，不怕粉身碎骨，无所畏惧，百折不回，历代诗人都有歌颂之作，而李忱的"溪涧岂能留得住，终归大海作波涛"，则把它的远大志向展示得淋漓尽致、豪迈奔放。小小的溪涧算什么？寻常风景算什么？只有汹涌澎湃、碧波万顷的大海才是最高的境界，最宽阔的胸怀，最壮丽的归宿。人生如此，诗品如此，画品亦如此。

显然，这首瀑布诗对王复才是有特殊意义的。王复才出身贫寒，当过农民，从小爬山，涉溪，砟柴，割草，插秧，耘田，小学毕业便失去了升学的机会，他讷于言而敏于行，朴素厚实。他自小聪颖，会写会画，然而，那时他的面前，没有鲜花如锦，他只是靠着脚踏实地的努力，一步一步走出一条通向绚烂前景的人生道路来。他被推选为公社团委书记，又被推荐为工农兵大学生，进了有"艺术殿堂"之称的浙江美院。毕业回来，被分配在文化馆当美术干部，开始他真正意义的美术事业。通过多少番呕心沥血的勤奋努力啊，他获得了极大的成功，采风，写生，创作，入展，获奖，出画册，应邀为各地画巨幅的山水，当选美协的领导等，他犹如一条小溪奔腾不息地汇向大江大河，汇向波涛汹涌的艺术海洋。他画山画水画大海，他对岛礁和大海情有独钟，他的多重勾勒，多次皴擦，反复积染，表现出来的经万年风雨侵袭而裂痕斑驳的巨石峻岩，成了他鲜明而独特的艺术风格，也成了他本人奋斗不息的性格象征。这一切都在朱田文的《终归大海作波涛》中翔实地表现出来了，翔实得甚至可以成为教材。因此，用不着我去赘言了。朱田文在书写王复才的过程中，也获得了大量关于山水画的知识和技法，以及画理、画论、画史。他等于专心致志地接受了一堂艺术和人生的大课。

王复才的人生实践和艺术实践，正如那首他一直喜欢钟爱的瀑布诗。

朱田文说，他也喜欢这首诗，也不愿意虚度光阴，他也正在实践那首瀑布诗赞美的人生境界。王复才说，朱田文的山水画、书法都在不断地进步提高，他又会文学、能写诗，又画画，艺术素养比较全面。他感到很欣慰。这是惺惺相惜，互为至交。

我从朱田文的文中看到王复才，也从王复才身上看到朱田文，咬定青山，立志艺术，勇往直前，让生命如瀑布一样壮美，值得点赞。

从一首诗说起

《文学港》创刊三十周年时,出了一期特刊,嘱我写了一首诗。诗写好后,我用毛笔抄成,颇有点书法的样子,交给了杂志社。特刊印出来了,诗也印出来了,但没有释文,让我有点遗憾。毕竟写的是行草,有些字不好认。现在,编辑部又嘱我为《文学港》刊出200期写点文字,让我想起这首诗以及当时的遗憾,今录于下:

良港蔚成三十春,
千帆竞发弄潮生。
飞珠溅玉锦而绣,
劈浪踏波歌且吟。
香草奇花吐馥郁,
宝刀新秀结知音。
若非同仁耕耘苦,
哪得园中灿似云?

因为是庆贺,自然都是颂扬之辞。所谓"香草奇花""宝刀新秀"之类皆为滥旧,倒是末尾两句:"若非同仁耕耘苦,哪得园中灿似云?"则是肺腑之言。适合于初创以来,更适合于当下。

我在文联任职期间,曾分管《文学港》若干年。说是分管,其实我管得很少。全是编辑部的同志自己在跌打拼搏,日子一度过得非常艰难。《文学港》是一份纯文学的期刊,在物欲横流的当今,要让刊物保持格调,又要让刊物办得滋润,实在是一件相当不易的事。主编曾数次向我叹苦,日子过得十分拮据。后来也想了一些办法,终非良久之计。在这样的境况下,要让刊物提高质量,扩大影响,谈何容易?

荣荣担任主编以来,带有极大的开拓性,实实在在地做了几件事。一是增大容量,页码接近大型杂志;又将双月刊改为月刊。其时我已退休,闻说改为月刊,暗暗为荣荣捏了一把汗。杂志社本来就人少力薄,办月刊后工作量陡增一倍,经费何处来?人手何处来?稿源何处来?《文学港》的稿子历来平平,好稿子不多,如此一来,压力不是更重了吗?

二是想方设法,多渠道解决办刊经费。应该说,近年来宁波经济的飞速发展为文化繁荣提供了雄厚的物质基础,《文学港》理应受惠。市委宣传部和市文联给予了有力的支持。同时,杂志社又广泛争取社会各界的援助,其中,积极组织开展各项文学活动是《文学港》取得经济活力的有效途径之一。数年来,他们组织了"春天送你一首诗""宁波文学周""廉政小小说征文"等一系列的活动,收获到的不单是良好的社会效益,还有可以支撑他们办刊的经济效益。

三是成功地设立了"储吉旺文学奖"。《文学港》放在全国的大背景来看,只能算是中等规模的文学期刊,要在刊物如林的局面下,独树一帜,引起全国文学界的关注,非有不同凡响的举措不能奏效。而设立年度大奖,则是吸引名家名作的有力措施之一。主编荣荣的这一愿望得到了著名企业家、慈善家同时又是作家的储吉旺先生的支持。储吉旺先生慷然出资1000万元,设立了这一奖项。每年一评,每评大奖两篇,各奖10万元;优秀奖5篇,各奖一万元。这个奖项的设立,不说石破天惊,也是国内期刊界和文学界的一次非常大的震动。

从此,《文学港》进入了前所未有的良性的循环之中。名家和优质的稿子源源而来。刊登的作品不断被国内一些知名选刊选载,《文学港》的名字一时响亮起来!

而其间,饱含了编辑部同仁们的多少心血和艰苦,非是我们这些局外人可以体味的。

现在,再来读我当年写的那首诗,似乎比先前更贴切了。良港蔚成,千帆竞发,飞珠溅玉,劈浪踏波。一派欣欣向荣景象。所以,我愿意,再一次引用我的这首拙劣的小诗,为200期的付印唱几句赞歌。尤其是最后两句:

> 若非同仁耕耘苦,
> 哪得园中灿似云?

读书与逛风景

读书有点像逛风景,这是我突发的联想。

先说逛风景。生活中往往有这样的现象,你到某地去旅游,走马观花地逛风景,匆匆地走,匆匆地看,一连走了几个地方,回来竟是一片混沌,什么深刻的印象也没有留下。如果你换一种方式,有所选择地看一两个景点,最好是坐下来,喝一杯茶,听一番介绍,作一点议论,再读几副楹联,了解一点历史和地理,感觉就会大不一样,也许,那个场景就永远留在你的记忆中了。

读书也一样。天下的书那么多,你想看的书那么多,人的精力总是有限的,你怎么读得过来?最好的办法就如逛风景一样,有些地方可以走马观花,匆匆而过;有些景点却非慢饮细品、细看不可。这就是读书的"一目十行"与"十目一行"。

所谓"一目十行",原是古人对某些聪明人读书才能之夸耀,形容目光犀利,阅读快速。后人又有"一目十行非真读书"之说,说的是读书要有良好的方法和态度。其实,"一目十行"还是很需要的。对于一般性需要了解的书,你尽可读得粗一点、快一点。社会现象如此丰富多彩,信息时代如此瞬息万变,你多了解一点东西总比"局囿一隅"为好。我也常常有"一目十行"的读书习惯,翻起书报来,不求知之甚深,只求有个大体了解就行了。这样的好处,你可以用较少的时间获得较多的信息量。就如你到了某地旅游,多走一些地方还是能增进对该地全貌的了解一样。

但"一目十行"毕竟不是真读书,真正的读书,还得靠"十目一行"才好。那就是对于一些好书,一些值得一读的书,一些可以增强你的学养的书,真还得认真精读、用心细读才是。读书的速度可以慢些,理解力求深些,有的甚至可以反复吟咏,细加推敲,从中品出深层的意味来。这就需要精选好书。而不能对所有的书籍都做到"十目一行"。前苏联教育家苏霍姆林斯基曾经说过这样一段话:"你的周围有一个浩瀚的书刊海洋。要非常严格慎重地选择阅读的书籍和杂志。爱钻研和求知欲望旺盛的人总是想博览一切,然而这是做不到的。要善于限制阅读范围,要从中排除那些可能会破坏学习制度的书刊。"这话说得十分浅显而又意味深长。爱因斯坦也说过这样的话:"在所阅读的书本中找出可以把自己引到深处的东西,把其他一切统统抛掉,就是抛掉使头脑负担过重和会把自己诱离要点的一切。"

读好书当然要结合自己的思考。高尔基说:"书和人一样,也是有生命的一种现象,它也是活的,会说话的东西。"因此,

"十目一行"地读一些好书，可以让自己的灵魂进入书内，与书对话，所谓"掩卷遐思"即是。可以做一些读书笔记。或长或短，或完整或破碎，都无妨。最近读到毛泽东在读古书时的一些眉批，很受教益。这位伟人的出神入化般的点评，高屋建瓴式的议论，以及锦绣珠玑般的才学的喷发，都让我们这些庸辈人叹服。

　　读好书，还得有一个老实的态度。学问之海浩大，谁都难说对中国所有的汉字都认得出，说得清。遇到生字冷字，或者你没有把握似是而非的词句，最好能养成认真地翻阅词典的习惯，查一查，注一注，这次不认识，下次就认识了，也可免去在公共场所类似有些领导干部作报告时读错字引人发笑授人话柄的洋相。当然，这样说，有些吹毛求疵，但微言也可大义。联系我自己，我是努力这样做的。一本古文的《王阳明全集》，被我翻破了，角角落落注满红字，遇到生冷的字以及词句，我会翻阅各种辞书力求弄懂，花在读懂读通这本书上的功夫，没有比写《王阳明传》来得少。收获自然犹如坐着看风景，细细体味，妙不可言，其乐无穷。

《如意之灯》后记

2013年的一个冬日,与吉旺兄聚会,席间,他邀我为他写一本传记。其时,我正在写《王阳明传》。《王阳明传》花了我很大的精力。这部被列为"国家重大出版工程"之一的书,是中国作协直接组织的,我必须认真完成。退休之后我拥有了写作的黄金时间,再不用像在位时忙着各种琐事了,我专心致志地写作了十年,剧本、长篇传记、散文集、辞赋等,成果还算可以。但是,我明显感到自己心力不济,毕竟岁月不饶人,我已不再年轻。双眼昏花是常有的事,由于抽烟,呼吸道发炎也导致我苦不堪言。我想,我应该戒烟了,也应该不再接受长篇之类的创作任务了。

但是,面对挚友吉旺兄的热情邀请,我是不能辞的。

2014年6月,《此心光明——王阳明传》顺利出版。我如约来到如意公司。

吉旺兄与我是近半个世纪的朋友了,对他传奇的一生,我大多是熟悉的。但真正要动笔写他,还要做点更深入的准备工作。大约花了半年时间，我读了（大多是重读）他的所有著作，他人写他的书——其中有传记，有诗传，有通讯，有评论，还有反映如意公司发展、壮大历程的《如意报》合订本，还有一切与如意有关的文字资料，还有如《宁海县志》《储氏家谱》等有关书籍，我边读边做笔记，边构思提纲。与此同时，我又大约采访了近百名有关人员——他的战友、学友、文友、老同志、老同事、下属，还有他本人及他的亲人。他也希望我听听与他持不同意见人的看法，这当然很难，但是多少还是听了一些。我不会用电脑，也没用录音笔，逢听必记，一套掉了牙的老办法，笨功夫。就这样，一个比先前更清晰的血肉丰盈、感情饱满、细节丰富的储吉旺在我眼前立了起来。这半年的时间没有白花，有了这半年的工夫铺底，我的笔可以落到实处，不必担心漂浮起来。他的人生实在是太精彩了，他的故事实在是太生动太丰富了，我并不想把这本书的文字写得太长，但是还是写了那么长。宁波文学界的几位朋友，听说我写了40余万字的传记，都感到有点不可思议。没办法，就有这么多的东西可以写啊。

2015年元旦，我开始动笔，2016年1月底初稿完成。整整一年又一个月。十三个月的风霜雨雪、寒来暑往，我静心地沉浸在我的烟雾弥漫的书房里。可以说，我的这部书是烟雾熏出来的，也是用心血滴成的。2016年春节来临的时候，我终于将初稿画上句号。

生不立传，这是中国传统的观点。而国内外成千上万的口述或撰写的自传早已把这一格律打破。只要能为社会和历史留下一些有益的东西，活着作传又有什么不可？当然，价值是有高低之别的。有些有钱人，委人作传，沽名钓誉，附庸风雅，在这个物欲甚嚣的社会里也是常见的。

作家为企业家作传，是一个敏感的话题。为此，我亦想了很多。我曾经认真读过《乔布斯传》，作者是美国当代著名作家沃尔特·艾萨克森，沃尔特初始时没有答应乔布斯的要求，当然他也正忙着，后来，他还是深刻而细致地描写了乔布斯的一生。他觉得值。在他的笔下，乔布斯很真实。乔不仅具有非凡的毅力、意志、创新精神，开创了世界性的信息产业的新天地，而且他身上的那种疯狂暴戾、喜怒无常，既可爱又不近情理的性格都给我留下了深刻的印象。

《乔布斯传》给我提供的启示是多重的。其中之一，企业家对人类社会的进步是有独特贡献的。企业家的人生是芸芸众生中的一种生存状态，他的成功、失败、喜悦、悲伤，同样具有生命的意义。他可以给人们某种特殊的警示。作为客观反映人类社会的文学，可以把笔触伸入到社会的角角落落，而为什么不能描述一位成功的企业家？企业家在汹涌澎湃的改革大潮中所展示的独特的品格，难道不能大书特书？显然，社会上的某些眼光是一种偏见。《乔布斯传》受到了全世界读者的喜爱。它的发行量是巨大的。这是一部作品成功的重要标志。

在采访、构思、撰写《储吉旺传》的过程中，有一点感受越来越强烈，那就是——储吉旺是值得书写的。这是我得以花很大的精力、十分投入且认真地完成这部著作的支柱,而不是其他。

我时时为他的精神而感动。这种感动是超出朋友的感情界限的,是一个作家对传主的感动,是文学对生活的感动,是心灵对品质的感动。一个贫苦农家出身的孩子,经历了时代所提供的种种遭遇,有欢乐,有苦难,有顺利,有挫折,直至站到了改革开放大舞台的风口浪尖。他以自己顽强拼搏的精神,获得了事业上的巨大成功。他同时又是精神上的修行者,热爱文学,乐于慈善,珍惜荣誉,信仰崇高,坚持做自己喜欢做的事,做他认为有意义的事,从中获得人的尊严和价值。"知我者,谓我心忧;不知我者,谓我何求?"他不计人间的各种眼光和议论,踽踽而行,坚执地走自己的路。他说,他最大的安慰是一生没有虚度。

我的这本传记有一百多则故事构成。储吉旺一生都是故事,储吉旺非常善于讲故事,当然也包括讲自己亲身经历的故事。有血有肉的故事胜过一切空洞无物的说教。听了他的故事,我们才能体会到在这些跌宕起伏、曲折生姿的故事里,他的喜怒哀乐,他的悲苦欢欣,他的精神风貌。这是故事的魅力。许多故事让我怦然心动。我说给别人听,别人也怦然心动。当然,储吉旺也不是一个完人,他有他的性格脾气,他有他的行事作风。他有长处,也有短处;他十分理性,也容易激动;他八面风光,也有独处的内心悲苦。但是有一点他很鲜明,他要努力使自己成为一个向善的人,一个高尚的人,一个为社会作出贡献的人。而决不狗苟蝇营，卑劣低下。

所以，写这本书，是值得的。

传记的本质是真实。真实是传记的生命。传记有多种写法。我写的是文学传记。一般地说，编年史式的传记，文字比较严谨，也比较枯燥。文学传记则运用文学的手段，更注重构思、细节、心理刻画以及语言个性及节奏。文学传记的一个好处是，可以让枯燥的、缺乏趣味的叙述从较少人的阅读中解放出来，以小说散文化的语言，取得故事化、情绪化、艺术形象化的效果呈现给读者。阅读起来，更具有快感，从而也获得更多的读者。

但前提还是要真实。此前，我曾经写过两部长篇文学传记，一部是《柔石二十章》，一部是《此心光明——王阳明传》，我坚信真实是具有力量的。因此，文必有证，事必有据，无证不信，是我必须遵守的信条。古人倡导的"不溢美，不隐恶"是我必须坚持的原则。写储吉旺的传也同样。容不得我有半点的虚构，哪怕一个小细节，一个小背景。我总是将它落到实处。好的是这与写已逝的人物不同。人事俱在，只要你下点功夫，多作采访，分析比较，拥有第一手资料，你就可以以客观真实立基。

当然，文学传记有文学传记的行文规则。适度的渲染，心理的开掘，语言的夸张都是被允许的。尤其是注重感情色彩的描绘，可以让读者与传主的心灵接通，可以让作品更有艺术感染力，同时也获得文学书写的自由。我期望，我奉献给读者的储吉旺,既是真实的,又是一个有血有肉、有眼泪有欢笑的人物形象。

啰唆写来,应该收住。感谢所有关心、支持这部书的人,你们让我增添了写作的力量。我的笔力有限,但我已尽了努力。我希望我的交卷能及格,则为我之欣慰。

散文的诗性和智性之美

——序《鄞州当代作家散文精选》

一

鄞州作协主席卢小东给我送来厚厚一叠文稿，说鄞州要编印一册本土作家的散文精选，嘱我为之序，心里惴惴却不敢推辞。花了好几天的工夫，我把数十万言的文章一一读完，不禁读出满身热气。鄞州文坛真是藏龙卧虎之地，高手如云，佳作如叠，一本散文选竟云集了如此之多的才俊美文！所选篇目，描风绘水，镂云刻月，胸中风云，笔底波澜，蔚然成观。鄞州的山川湖泊、古埠新港、风情民俗以及历史变迁，都召来纸上。读其中有些篇目，会让我眼睛一亮，心头一震。如果从地域特色的角度来评析这些散文，肯定非常合适，但我又觉得以往同类的序言读得太多，无疑会落入大同小异的窠臼。于是不作此想。近年来，散文创作依然勃兴不减，大概是这个色彩斑斓的时代赋予的，同时又是与散文这种灵活自如的文学形式分不开的。但是，许多作者都会碰到这样一个问题，写着写着写到一定的程度,都会发生一些困惑,如何把散文写得更好?《鄞州当代作家散文精选》的不少篇目,给我们提供了一些启示。所以,我更想从审美的角度说点感受。我以为,注重散文的诗性之美和智性之美,可以成为散文创作的一支标杆。

二

诗性美是散文的基本特征之一。好的散文无异于诗,故散文又有美文之称。著名散文家杨朔有言,他是把散文当作诗来写的。他的意境开拓以及炼字炼句一直被传为美谈。当然,散文写到今天,无论其领域、手法、风格已大大拓展,我们很难以一种或几种类型去框囿它。无论大江东去也罢,小桥流水也罢,荒诞绮丽也罢,朴拙无饰也罢,都可自成一格。平白如话的文字里也许更见高深,更富辞情。但是,诗性总是一种禀赋,作品有诗性之美,如同果汁渗透在果实中,咬一口会让你口舌生津。

诗性是什么?是一种灵动之气,是一种诗的襟怀、诗的情思、诗的气质,也是感情的结晶。散文的诗性并不单单表现在语言文字里,同时还表现在它的构思、立意里。但语言毕竟是重要的,它是一个作家最鲜明最具表象的特征。我这样说,并不是要把散文写成诗一样,恰恰不是,有些诗人的所谓诗,不是毫无诗性可言吗?

读徐海蛟的《乡下人和他的甜酒》,让人感动。感动的不单是作品描写的沈从文以及他的那段美好的爱情,还有作品喷涌着的那种诗性诗情。正是作者拥有一腔暖暖的情,用那些精妙的文字,把一位作家的爱情轶事写得暖如阳春。读完赵嫣萍的《抬阁儿》,我被深情的文字打动,她的通篇文字都浸润在情感的泉水里。我在文尾写了一句话:"铺叙委婉,着墨蕴藉,一篇凄美如诗的文字,让人揪心,让人眼眶滋润。"由此可见,诗性总是和情感浓浓地胶粘着的。文章饱含情感,才有冲击力。包丹虹的《老人、冬瓜及沙耆故事》与王红元的《一些适宜在冬日怀想的事》都显示了女性独特的细腻,前者凄美、冷峻,后者温暖、圆融。是不是她们的人生体味各有不同?不敢妄加猜揣,但那些诗情才情却同样表达得畅快淋漓。当然,这样的作品还有不少,如《乡土的花》《万家灯火》《黄梅时节家家雨》《诗意走马塘》《东湖谁信更清幽》《两种叙事文本,我的阅读感受》等,都包含着浓浓的诗情,就不一一赘述了。

三

散文写到今天,我们的努力方向应该指向哪里?这自然是见仁见智的事。散文是各具个性的,可以有多种形态,而内在的智慧却都是不应该缺乏的。如果智慧性是散文的一座高山,则值得我们攀登。这也许是提高散文质量的其中一条途径。

读王蒙的文章,不能不为他的智慧表达所折服。他的幽默,他的调侃,他的自嘲,他的含蓄,他的信手拈来、嬉笑怒骂,常常使他的语言抵达入木三分、余味无穷的境界。我们的表达方式常常太过直露,太顺向思维,太循序渐进,缺乏智性的构思以及智性的表达。

散文提倡开掘境界。而支撑人性的高贵以及文化的良知,探索内心的复杂以及深邃,悲悯人类的苦难等都是文学宏大的命题,都需要靠智慧来表达。智慧是直抵事物的本质,是对真理的贴近,是对人生的大彻大悟,是对红尘的看破而又不看破。智慧是一种学养,一种人情练达。它可以通过思想、情感、构思、细节、语言等表现在散文里,有智性的渗透,文章会更精彩,更深刻,更耐读,更有潜在力量,因此更有一种审美效果。我也写散文,我常常为自己的文章智性苍白而愧惶。所以我说它是一座高山,值得我们为之追求,为之努力。

用这样的坐标来观照这本散文选,我们可以看到距离和不足。但是,我还是觉得散文选中的不少文章,是具有智性色彩的。或浓或淡,或显现或隐蔽,都是可喜的现象。比如,周长城的那组题为《鄞江杂记》的文章,展示给我们的不仅是景观优美的石宕、廊桥、古堰、枫杨林,还有生长于斯的一系列传奇人物——穿长衫的文保员,已经消失了的美丽的疯女人,令人酸甜难分的一对年轻的恋人,演绎着他们各自的人生故事。有他们,鄞江这些景观才有了色彩,有了生命,这不能不叹服作者的智性开掘;而卢小东的《四等舱》,为了心中的一个误会、一个内疚,把他坐四等舱的经历,智巧地叙述得娓娓动人,那个很有个性的北方小伙子,给作者淡淡的惆怅和温暖,同样也感染着读者；周时奋的《上海三章》与葛姬华的《花事飘摇》虽然叙述的是两种情状，前者宏大，后者细微，但浓重的历史沧桑感却深深地烙印在字里行间，读起来都让人有心灵的牵动。此外，又如《最好的奖励》《最后的眼神》《父亲的背》《吴越斜阳》《名字琐谈》《儿媳阿静》等篇目，都以非常鲜明的个人体验，展示了对思想对生活一种智慧的悟力，我以为也是好的。

《鄞州当代作家散文精选》是一本内容丰富、色彩斑斓、辞情优美、地域特色鲜明的好书，无论从哪个角度去评述，都是可以说一些话的。读后欣喜之余，写下以上数言，以偏概全，诚表祝贺，亦作共勉。不知可作序否？

鼎者,国之重器也
——《叶梦鼎传》序

一

叶柱先生邀我为其大作《叶梦鼎传》作序,心甚惴惴。我对叶梦鼎毫无研究,所知甚少,要写序言真是不敢。然却之又不恭,硬着头皮答应下来,心里却是一片空白。

初识叶梦鼎,是早年去宁海长街的西岙。那是叶梦鼎的出生地。西岙真是一个藏龙卧虎、钟灵毓秀的地方。浅山四围,绿树蓊郁,一条浅浅的溪流,是当年通向海外的渡口,如今还架着几座造型独特的石桥。一触摸,全是南宋的温度。石柱、石马、石羊、石人,散落在萋萋野草之中,令人顿生吊古之意。尤其是那株傲然挺立的古柏,虬枝残干,依然有绿叶勃勃,令我忽然觉得就是叶梦鼎先生那不屈的生命似的。

七岁那年,叶梦鼎离开了西岙。他被过继到东仓涧上舅舅家。原名陈吉甫的他改姓叶,既是舅舅又是继父的叶日宣为他取了一个名——叶梦鼎。鼎者,国之重器也。叶柱先生写道:

"历来把鼎喻为国之重臣三公、宰辅之位。日宣取梦鼎,其含意与期望亦不言而喻了。"日后,叶梦鼎果然做了南宋的丞相。这个丞相如何做?此是后话了。

叶梦鼎虽然过继到东仓,与长街西岙还是有扯不断的情缘。一是亲生父母在西岙,免不了总要去探望;二是他的启蒙老师郑霖也在西岙,这便是史上的巧笔。郑霖也是宁海历史上一位杰出人物,不仅满腹经纶,而且铁骨铮铮,风范照人,说起来,当又是一部值得书写的传记。他比叶梦鼎大整整二十岁。叶梦鼎拜他为师,顺理成章,也最适合不过。叶之学问、风骨与郑是一脉相承的。所以,当我站在西岙郑霖墓前时,我的思绪会如波涛起伏,由郑及叶,满眼历史风烟。

我年轻时也到过东仓,秀山明水,村落瓦舍,只是没有到过涧上。这对我不能不说是一件憾事。前几年,我从一幅照片上看到新修的叶梦鼎墓,安详地卧在盖苍山下,很有气势,墓碑上还刻有叶梦鼎撰的"东仓十景"诗。我想,我是应该去拜谒一次的。

但是,我对叶梦鼎依然朦胧,有如雾里看花。

二

我对叶梦鼎渐渐清晰起来,是读了叶柱先生的《叶梦鼎传》之后。我读了两遍书稿,好像还未全读懂。要真正读懂叶梦鼎并非一件易事。知道叶梦鼎名字的人多,了解他的人大约不会太多。读读叶柱先生的大作,可以引导我们了解叶梦鼎的人生轨迹,进入他的内心世界。

叶梦鼎的一生概括起来做了两件事,前半辈子读书,后半辈子做官。专业读书读了半辈子,叶梦鼎真是可以算一个了。他从七岁起开始在东仓读私塾,读了五年又师从郑霖,一读近三年,接着又潜心攻读于家乡的灵峰寺和归云洞,孤身只影,焚膏继晷,一晃又是数年。二十九岁后开始游学,拜访名师,鄞县著名学者赵逢龙便是其中一个。三十三岁时以优异成绩考入太学。当时的太学是南宋王朝的最高学府,集天下优秀学子于临安。叶梦鼎一读又是五年,毕业时中试释褐状元,已是三十八岁的中年人了。人生的一半,都花在读书上,也可算"皓首穷经"了。这满肚子学问,令我们后人说什么好呢。当然,从现代的视角来看,我们可以把人生的精力分配得更合理一些。然而,书总还是要读的。一个民族需要文化的滋养和传承,总不能以为赚钱才是人生第一要义吧。

叶梦鼎的后半辈子当然是做官。三十八岁出仕后,他做的第一个官是文林郎,信州军事推官。文林郎是个文散官员,而军事推官则是州府下属的官员,大约只有九品而已。他做的最后一个官也是最大的一个便是右丞相兼枢密院使。在宁海历史上,当是最大的一个官了。时已六十八岁。三十余年来,叶梦鼎换了大大小小四十多个职务,或京官,或州官;或文职,或武职;或教官,或史官;有时一年数职,频频迁易。旧时代,入仕为了出仕,读书为了做官,原是天经地义,只是这官怎么做却是因人而异了。有的人地位一变脸就阔，视百姓陷于水火而不顾，攀附权贵出卖良心，奴颜媚骨狗苟蝇营，也不是少见的事；有的人则耿耿忠心，勤政为民，洁廉自好，一身正气，最后都留在青史上了。历史上的宁海文人都有这样一点气节，当官当得堂堂正正，不辱使命。在叶柱先生的这本著作里，我们读到了叶梦鼎不管做什么官，都做得尽心尽力，兢兢业业。他为百姓兴利除弊，革旧立新，好事做了一桩又一桩，传记里都有细细的描述。

但是，叶梦鼎这个官当得有点苦。不是一般意义的苦，是那种凄怆悲凉的苦，积郁心头难以排遣的苦。这样，我们就要说到他所处的那个时代了。

那是一个什么样的时代呢？我们不妨把目光扩展到南宋末年的那个大背景。叶柱先生在第七章开篇写道："叶梦鼎身处南宋半壁河山风雨飘摇之时，神州板荡之日，君主昏庸，权臣当道，外患频仍，民生凋敝，实际上已经无可作为，徒凭一片忠心、一身正气立于朝纲。"可谓言简意赅、提纲挈领。

那时候，北方的金兵已被更强悍的元兵所取代，元邦异军突起，虎视眈眈，一个破碎的南宋王朝如何应对？"无可奈何花落去"，六十八岁老态龙钟的叶丞相受命于危难之际，可有回天之术？再看看朝廷内部呢，大奸贾似道大权独揽，一手遮天，欲奈之何？恩师郑霖被贾似道陷害，叶梦鼎难道不知道？他该如何作为？"廉耻事大死生事小"，还是回老家吧，然而皇帝不准。五次请辞，五次不准。叶梦鼎心中那片悲凉，那份痛苦，有谁可知？对谁可诉？想来是忧愤煎心的。

叶梦鼎曾经与贾似道有过几次抵牾。贾说，你不要顶撞我，梦鼎答道："事有当言，难以循默。"果然，贾提出的"公田法""拜妃子"等事件，叶就敢于直言相左。又一次，两人对令，贾颇自负地说："自出洞来无敌手，得饶人处且饶人。"他以自恃淫威来揶揄叶梦鼎呢。而叶则警示他说："但存方寸地，留与子孙耕。"针锋相对，可谓寸步不让！宁海人的刚烈秉性自古皆然，岂可与大奸同流合污？故方孝孺之老师宋濂有言："窃惟先生正位台司，屡挫权奸，直言峻行，无让古人。"

你看，这丞相叫他如何当呢？权柄在贾的手里，他的内心不悲愤才怪呢！辉煌的是表象，黯淡的是内心。孤忠亮节与无计可施双重地交织在他的身上。当危局实在不能支撑，他只好再次请辞，告老还乡。

家乡实在是个好去处。大凡封建士大夫不得志者，最后的归宿必然是山野泉林。著书立说，教书育人，亦是一种人生价值。叶梦鼎曾在家乡建过一处别墅，取名"水竹清居"，自赋诗曰："肯构幽居傍水流，猗猗绿竹度春秋。洗心竟与陶公并，养节原非阮子俦。棋局敲残还自适，丝竿钓罢且优游。细推物理宜行乐，何用浮名白我头。"正是悟透人生世态后的自我归结。然而，他的心还挂在气数已尽的朝廷上，朝廷也时时不忘他这个忠耿之臣。1279年的冬天，八十高龄的叶梦鼎，忧郁成病，逝于家中；是年，逃亡的南宋小皇帝赵昺在陆秀夫携同下亦投海自尽。老先生竟是与南宋同年而逝的。

三

宁海山水交汇地灵人杰，历史上名人辈出。在读《叶梦鼎传》的同时，我也翻阅了《宋史》以及《宁海县志》，又一次为宁海历史上那一些俊彦贤士所感动。尤其是宋末元初，一批杰出之士际会于风云。一代风范郑霖，名相叶梦鼎，诗人舒岳祥，史学家胡三省，农民起义首领杨镇龙，几乎都是那个时代的人，堪称一个群体。云蒸霞蔚，星光灿烂，令人惊叹！直到一百年后的方孝孺把人的气节两字张扬到了极致，在浙东的土地上凸起一座气节与品格的高峰。令我们后辈人一想起就会情不自禁，荡气回肠。当然，我也不排斥有一些反思。只要不是冷血的菲薄，谁能求全呢。但是我们应该清醒，宁海这片古老的土地，正是由于有了他们，才显得如此广袤而深沉，丰富而凝重，才有永不枯竭的精神源泉，滋养了一代又一代后辈后学，为理想的新生活而不屈地追求。开掘并继承他们的这些精神品格，对于今天人格的健全、精神的激扬是不可或缺的。鉴于此，宁海县文联组织撰写一批宁海历史名人的传记，无疑是很有意义的。

叶柱先生今年已是八十有四的高龄了。承担《叶梦鼎传》的写作，我一面觉得非他莫属，最为合适，因为他与叶老丞相同宗同族，作为后人，感情尤深，且历史研究及古文功底又好；而另一面我又觉得实在难为了他。一个八十四岁的老人，我们还要求他含辛茹苦、呕心沥血地捧出一本非常人可写的著作来，真是于心不忍，让人倍加尊敬。

　　《叶梦鼎传》全书八章，循序渐进，细密周到，旁征博引，言出有据，绝少虚构与渲染，这种对历史负责与求实的文风是值得我们年轻人学习的；作者文笔严谨，语言精练，条分缕析，不着铅华，得益于他深厚的学养及古文诗词的功底，也堪敬佩。我也曾想劝先生写得再白一点，可为广大读者接受，细一想，也就罢了。文如其人，各有风格。有心者自会认真攻读。何况，它还留给了历史。

南门外那条清凌凌的溪水

——序《宁海县作家协会三十年作品选》

阿门要我写几句话,作为此本集子的序言,其理由是——我是宁海县第一届作协(时称文协)的主席,他是现任的作协主席。我们有缘,曾经站在同一个位子上,我应该领这份情。虽然,我也婉言推却,但怎么都推却不了。

时光就像南门外的溪水一样,一晃间,已经流走了三十个春秋。

三十年了吗?是的,1986年成立宁海县作(文)协至今已整整三十个年头了。时光过得真是快。我离开家乡也快三十年了,让人生出一点伤感来。回忆起当年在县城里的种种人事、文事,恍如在眼前。那时的阿门还刚刚开始写诗,躲在小米巷口的那间逼仄的斗室里。我也与一批年纪相仿的或年轻的文学朋友们整日厮混在一起,说诗歌,说散文,说剧本,编《宁海文艺》,编《早春》,心无旁骛。说心无旁骛,专心于文学,有一个好处,就是可以少沾染一点官场的习气。官场的某些习气,有人称之为潜规则,很让一些纯正的文人看不起,正像他们看不起文人一样。后来呢,我离开了元气淋漓的宁海文坛,去了宁波。但南门外那条银亮的溪水一直流淌在我的心里,滋润在我的笔端。

此刻,我忽然想起了几句诗,一句是"人生曲曲折折水,世事重重叠叠山",也不知从哪里读得的;一句是"焦首朝朝又暮暮,煎心日日复年年"。这是《红楼梦》里薛宝钗的诗句。薛宝钗的命运要比林黛玉好得多,她怎么会发出如此深情而哀怨的感叹呢?看来,世人对她的内心了解还是浅。

说世事如山、人生如水,是说社会人生之曲折,也说世事变幻之神速。三十年过去了,宁海早已不是三十年前的宁海了,宁海文坛也不同于三十年前的文坛了。对我来说,似乎变得既熟悉又陌生。宁海日新月异啊。家乡总是要常常回去的,宁波与宁海又近,上了高速,半个小时就到了。有时候,我也回老街小巷去走走,一个人踽踽而行;东瞧瞧,西看看,期望与记忆对接。但小巷已是不多,一段时间未见,又变化了。文学也同样,十年间有多少东西可以说,我都说不全。阿门专门为我发来长长的一则短信,说了宁海一大批的作家和诗人,一大批在国内重要报刊上发表的作品,说了浦子与张忌的小说如何有影响,都让我振奋。宁海真是一块文学的土壤,代代传承,生生不息。犹如南门外的那条溪水,从远古流来,流到今天,依然生气勃勃。那条溪,方孝孺、柔石、潘天寿一定都在这里濯过足的,有这样一条溪水不舍昼夜地流着,宁海的文学,还不有声有色吗?所有的重重叠叠、曲曲折折,都成了美妙的景观。

　　说煎心焦首，是对文学的感慨，对作家的感叹。时代走到今天，都有点光怪陆离了，世事如此浮躁，物欲如此盛行，还弄文学做什么？谁还来关心诗歌与小说？谁还关心报纸与书籍？整天把玩着一部手机不正是当今的文化现象吗？而对于真正有追求的作家来讲，文学之路则越来越显示出荆棘和崎岖，心中若没有定海神针，如何走得下去？忽然间想到了柔石，那时候他在上海，暑溽相逼，他关在亭子间，熬着剧烈的胃痛，改着《旧时代之死》这部小说，真是煎心焦首。没有这样一点精神，是走不进文学之门的。因此，柔石后来点石成金，破茧化蝶，让后人尊敬。此刻，我的宁海家乡那些年老的年轻的文学朋友们，也一样，坚守，坚执，任社会是何等的眼光，不肯退却半步，煎心焦首地耕耘着自己的文学园地，在宁海的文坛上，不，应该说是在全国的文学界里，弄出一片哗啦啦的水花来，就像南门外那条清凌凌的溪水一样，活泼而明亮。由此，也让我生敬。所有的煎心焦首，都化成开心舒眉；所有的含辛茹苦，都结成了丰硕的果实，让我生敬。

　　最近，宁海籍的杭州作家赵福莲给我做了一篇访谈录，取题"文字骨肉亲，得失寸心知"，我很喜欢。她很有才气。有人说，文学是玩的，我一直没有这种轻松。文字之苦，寸心自知。既然我们都已吊在这棵树上，那就无怨无悔了。不管人家如何看，照旧走去。

三十而立。这是孔子教导我们的。我们应该有这样坚定不移的志向。值此文集出版之际，写下数语，是祝贺，也是共勉。权作序罢。

《韵流三江》序

佛教文化是一片浩渺无际、深不可测的汪洋大海。我对这片大海,只有敬畏之心,而无一点涉水弄潮的体验。可以说我对佛教知识,胸无点墨,一窍不通。因此,让我来写本书的序言,显然是力所不能及的。然而,可祥法师亲临寒门,真诚相邀,又让我深受感动。我想,写一点感受,发一点议论,也算是序的一种写法,也是对可祥法师知己相托的酬报吧。

我与可祥法师相交已久,好友储吉旺先生曾多次携我去七塔寺瞻光礼佛,于是与可祥法师也便熟稔起来,而给我印象最深的那一次,却是我与他单独相处的。那是一个春日的下午,我因受命写一篇七塔寺的散文,可祥法师领着我瞻仰圆通宝殿,给我讲释宝殿的各种来历典故,让我在动笔之前获得一种通灵。而其中,欣赏一副楹联,则成了我们交谈的重点,其首句便成了我的那篇散文的篇题:"佛从海上飞来"。联是晚清进士顾文彬写的,时任宁绍道台。全联是这样的:"佛从海上飞来,息足小普陀,无量无边,誓愿众生超苦海;僧似山中习静,栖心大自在，即喧即寂，始知尘世有深山。"真是难得读到的一副妙联！这副联的上联写了七塔寺的历史典故——其观音圣像是从普陀山迁来的，来历相当特殊而荣耀；下联写了七塔寺处于甬城闹市的地理位置，谓之"即喧即寂"，所谓喧，这里是闹市中心，街坊尘世；所谓寂，这里是佛寺净地，犹处深山。又有"佛从海上飞来"如此雄壮飘逸、开宗明义之首句，谓之为七塔寺的文化瑰宝，丝毫不为过。正如真正的好诗词，有一两妙句便可照亮全诗，七塔寺有了这副联，其历史、地理一目了然；有了这副联，七塔寺也神采奕奕而飞扬起来。

由此，便说到了寺院的诗词楹联之重要意义了。一座寺院，如果有好诗好联好书法为之点缀，真的如画龙点睛、锦上添花。禅诗禅联兼以书法是一种以文学、艺术形式呈现的佛教文化，秉承的是中华文化之精粹，给人以学识与美感，在寺院文化中占有重要位置。如张继的《枫桥夜泊》，由于有了这首诗，姑苏城外的寒山寺，便从历史走到今天，空灵凄清的诗情境界，引来多少人的慕名拜访。各种门类的艺术家们，或作画，或书法，或谱曲，或演唱，赋予了此诗以新的生命。这是唐代的张继所没有想到的，一首诗的生命力竟然可以如此之顽强。佛教重视人类心灵和道德的进步和觉悟，给人以圆满，以欢喜，因此它的文化的最大特点是气息高雅而别致，让禅理在美的形态和境界中呈现。它的风格圆融四境，契合天人，没有浮躁，没有世俗，没有烟火气，如一盏静灯，这盏灯的光也是静静的，温和的，纹丝不动的，仿佛给人植入慧根以定力。又让我想到弘一法师入禅后写的那些拙朴静谧的书法，写得如同孩童一般，闪着明亮无邪的目光。写诗如同参禅，参禅如同写诗，心要绝对的静，绝对的专一，方能步入境界。这也便成了禅诗禅联的一大特色，是其他题材的诗作所不能取代的特色。

可祥法师是一位品相庄严、才学饱满的大师，他不但注重于佛学的深切参悟和寺院的格局构建，而且特别注重对禅寺文化的建设，这就很难得。他的目光会看得很远，而且坚定。如他致力创办栖心图书室，举办各种文学笔会，出版刊物及各类图书，组织力量挖掘、研究寺院历史，举办书法展览等。他充满热情地把文化做到了一种高度，让我很钦佩。他自己也爱好写作，爱好诗词，爱好书法。他对作家、书法家、诗人都相当尊重。走进七塔寺，我们可以感受到浓郁的佛教文化氛围，看到许多楹联书法都出自全国一流诗人书家的手笔，从古代到当代，这固然是寺院住持们代代相传的结晶，也是可祥法师近年来苦心孤诣、精心弘扬的结果。要入可祥法师的法眼是很难的。他的艺术审美标准很高。现在，为了纪念七塔寺恢复开放四十周年，他又组织诗人、词家举办吟诵会，创作了这本充满诗情并多有感悟的《韵流三江》诗联集子，格调高雅，文采清丽，其中颇多佳篇，伴以精美的摄影图片，为七塔寺的文化艺术增添了新的一页，我为之庆贺。

写完以上一些文字，我的眼前又浮现出七塔寺庄严而优雅的图景。寺院里响着精美的平仄声，青石板上铺着隽永的诗句，就如书中那片秋叶般静美，让我又一次地心向往之，情为动之。

朴实的记录　真诚的倾诉

——序王茂水《永难忘却的记忆》

茂水兄的大作《永难忘却的记忆》即将付梓出版，我由衷为之高兴，他嘱我在文前写几句，我也便欣然从命。

认识王茂水已经三十多年了。1978年春天，农村的改革正面临着一场疾风暴雨，而极左年代的那些工作方法，似乎仍按惯性在运行。我是因参加县委的一个工作组来到西店公社团堧大队的——那时，还是这样称谓的。

我为什么选择西店团堧？团堧真是一块得天独厚的风水宝地，要田有田，要山有山，要海有海，一条弯弯的海堤通向烟水深处，把西店沿海的几个村庄紧密地串联起来。堤外，可见港湾潮涨潮落，船来船往；堤内，稻田泛绿，村舍连片。不远处，风姿绰约的两座小岛，相依相伴，巍然而立，当地称之为双屿。烧灰季节，一缕缕乳白的浓烟冲天而起，当地农民正在用蛎壳烧制质量最好的蛎灰，空气里处处可以闻到浓郁的蛎乡气息。这块风情独异的土地，令我这个文化人耳目一新，为之向往。

工作组的主要任务是什么？我至今也没弄明白。我们组里的Z组长，工作认真，生活俭朴，不苟言笑，方法刻板，对抓阶级斗争这一套还是有些经验的，看他有时神秘兮兮的样子，一定是发现了某个线索。而我，则如堕入五里云雾之中，不得要领。那时候，资本主义的尾巴还是要割的，而且割得毫不手软。说是昨天夜里有人偷偷驾小船出海了，捞来许多毛蚶，立即有人报告，毛蚶便全部被没收，堆在祠堂里，几天就坏了。

而我更大的兴趣则在于可以了解、熟悉农村各种各样的人，交很多朋友，王茂水便是其中一个。

王茂水当时是团堧大队的支部书记，他与我的一位文友袁哲飞是连襟，因此，由生疏而熟悉，我们一下子拉近了距离。

大队支部书记是中国农村最基层的领导干部，要当好却并不容易。一个大队几百户人家，事无巨细，样样要找到你的头上来。让王茂水最头痛、最心酸的是社员吃不饱饭。每到缺粮季节，他连吃饭也不得安稳，妇女们哭哭啼啼上门来向大队借粮，让他难以应对。就全国范围来说，浙东沿海可算富庶地区，沿海尚如此，中西部的温饱问题更不敢设想。这是我们这些吃国家饭的人无法体验的。王茂水身居农村基层，切身感受最深，老百姓的柴米油盐、饮食起居他是最了解不过的，面对社员生活困境，他也作过深层次的思考，唯一的办法是改变体制，提高社员的劳动积极性。为此，他想到了土地承包责任制，他想把60户以上的6个生产队分为12个生产队，他找上级直言己见，写信给报社反映，——当然，在那个时候，简直是天方夜谭说天书。谁吃了豹子胆敢同意？我前面说到资本主义的尾巴，还割得挺使劲挺认真的呢。"春江水暖鸭先知"，一股顺应时代潮流的浪花已经在王茂水的胸中，强烈地不可抑制地涌动了。当然，王茂水没有想到，不久，安徽凤阳小岗村的十八颗手印，如火种一般点燃了农村改革的熊熊大火。读王茂水《永难忘却的记忆》，我们可以从这些朴素而实在的文字里，看到农村改革的前夜，是怎样让人焦心而悬盼着。

在农村，王茂水绝对可以算得上一个人才。他不仅精于农业生产劳动，上山落海，耕耘犁耙，可称能手，而且会写会算会讲，是个有文化的人，十三档算盘打得飞一样，还能写得一手好字。农村的社会实践磨炼了他，也造就了他。在任五年，他为大队做了几件事：修筑机耕路，建造翻水站，办养殖场，有的做成功了，有的不怎么理想。他在书中都有详细的描述。

我在团堧工作组只待了三个月时间，单位有紧要任务便召回了我。我也不知道这工作组后来是如何收场的？农村改革大潮就要汹涌而来了，还是以阶级斗争为纲的工作组如何开展工作呢？后来，我再也没有碰到过Z组长，以及那些工作组的朋友，而王茂水则调到西店镇工办抓乡镇企业去了，成了我的朋友。时有往来，情谊益深，直至我调到宁波工作，还依旧着。

去年秋初，王茂水又约了我们几个朋友——大多是宁海文艺界的同行，有袁哲飞、干富伟、刘尚才、陈林干、王兴满、徐定常等，王茂水满桌海鲜地办了两大桌。西店的海鲜颇为出名,嫂夫人亲自把厨,新家的厅堂里,顿时酒菜飘香。说是新家,却也是建造多年了。当年他们一家五口蜗居在窄小的旧房,那情景早已不再。我们杯盏交晃,一个个喝得酩酊大醉。此时的农村,早已非当年了。西店真成了一个富庶的地区,日子已近小康。回想当初那些艰苦的岁月,王茂水不禁感慨万分。席间,他与我说起,他想把当年的农村种种,用文字写出来,也许可以写成一本书,说不上什么文化,却是真实的记录。我立即为之叫好。我说,你写,我为你写序。现在,才一年多时间,他的回忆录竟然写成了,厚厚的十多万字,陆续发在宁海县志办编的《宁海史志》里。我读着读着,眼前不禁涌起三十年前的风云,恍惚间,已是沧桑巨变,换了人间。

王茂水的《永难忘却的记忆》用回忆录的方式,再现了他大半生所经历的农村种种人事以及风俗,文字朴素,材料翔实,为后人认识和了解当年的农村提供了一本非常可贵、十分难得的读物,具有史料价值。作者以自己切身的体会,真诚的倾诉,见证了新中国成立以来农村走过的历程,记叙了经济的逐步发展,触摸了历史深处的隐痛,也印证了党的十一届三中全会以来的路线、方针、政策为广大农民所拥护的现实。如今,我与茂水兄以及诸位文友迈步于团堧村中时,我已经很难找到当年旧村的痕迹了。唯有那条弯弯的海堤依然延绵着,堤外的港湾依然潮起潮落,令人遗憾的是蛎乡的风气已经渐渐消淡了,而海涂上,有着更大经济效益的人工养殖的竹竿及渔网却密密麻麻铺开了新的风景,也铺开了农村的新生活。

人生智慧的闪光
——读储吉旺《商旅文思》

厚重如砖的四十余万字的《商旅文思》,是储吉旺先生新近出版的一本散文随笔集。之所以拟用"商旅文思"为书名,我想大约有两层意思,一是这些文章大多是作者忙中偷闲,见缝插针,在办厂经商的旅途中写就的,而且写在手机上;二是,如果把办厂经商比作一次长长的旅行,一生的旅行,作者是很有一些深沉思考和深切体会的,升华至文化的高度,便有了这么多的文字,也便有了这个书名。

读罢书,我也静静地思了一会儿,三点感受很深。

一是书里有作者的人生智慧在闪光。储吉旺一生跌宕起伏,丰富多彩,本身就是一本厚重的大书。童年的贫寒,入伍后的青春焕发,蒙受冤屈时的困苦悲怆,下海起步的艰难,驰骋于国际商场的风云际会,各种荣誉如彩虹般的绚丽,以及他的慈善大爱之心赢得社会尊重等等,构成了他传奇而精彩的人生。而艰苦创业、更上层楼成为一名成功的企业家则是他的立足之本。天下成功的企业家很多,善于思考、并将他的成功经验智慧地进行升华总结者不多。储吉旺是其中一个。《商旅文思》一书中，有多篇涉及作者对于经商的感悟。怎样才能成为一个企业家？一个企业家应该具有什么素质？企业家需要什么样的"十勉"？如何才能把企业做强做大做久？他都有切身的体会。所以，他才有"内心强则企业强"之灼见，"企业家没有退路"之警戒，"最累的还是企业家"之感叹。为什么会累？他在文中写道："无穷无尽的优胜劣汰，无穷无尽的创新离愁，企业家如何打开智慧之门，激励社会继续奋进，这才累；企业家如何利用数字化、信息化手段办好企业才最累。归结成一句话：累在没有文化上。"——这不能不说是当代企业家最真切最先锋的体会。

我想，他的这些文字对于当代各行各业的人都是有启示意义的。我们完全可以把它看成是一种人生智慧，它不仅可以作用于正在创业或创业已成的人们，也可以作用于我们社会的进步和事业的提升。

二是我在《商旅文思》书中，强烈地感受到感情的清泉在汩汩流淌。文章总是贵乎情，发乎情。作者的大部分文章都是基于感情上的有感而发。战友之情，同学之情，文友之情，夫妻之情，都会让他不吐不快。作者多情，文章也多情。他在《卖西瓜的小女孩》一文中，满怀深情地记叙了一则他亲身经历的生活小故事：有一次，他在路上看到了一个正在卖西瓜的小女孩，小女孩一边卖瓜，一边还在读一本厚厚的英语词典，这使他很触动。他便关心起这个小女孩来，他联想起他年幼时，也曾帮家里到茶院街上卖菜秧的种种遭遇。他猜想这个女孩家境也一定像他年幼时一样的困苦。他的同情心油然而生。他买了三只西瓜,把口袋里的几百元钱掏出来全部给了女孩,并表达了助学的愿望。作为慈善家的储吉旺,他一生中这样的故事实在太多,他在这本书中写得并不多。但一篇也够了,足以滴水见阳光。他缅怀亲朋好友的离去,滴水涌泉,衔环结草,字字句句见深情;他关心员工,问冷问热,听到冷空气要来,会立即发出添加衣服的通知;他写"结发同枕爱不移",表达的是夫妻之情,记叙了与夫人相濡以沫,白头到老的真情实感,读起来都会触动人心,让人感到作者一颗柔软的爱心在跃动。

第三,书中洋溢着不同于一般文学作品的朴实文风。储吉旺从来不把自己当作家,但他从小就怀着文学梦,一生笔耕不辍,勤奋写作。他善于用故事和比喻来吸引听众和读者,他总是想把故事表述得生动而精彩,诸如狼和小羊、兔子和乌龟之类的童话,浅显得老幼皆知,他会反其意,作出新的诠释,用来表现对企业管理的某些深刻见解,富有哲理意味。他的文章语言朴实,极具个性化。他把行文视作说话,这其实也是一个写作者的语言境界。他平时快言快语,直来直去,兴之所至会滔滔不绝,口若悬河,他说话行文朴素生动,形象逼真,他的语言都是生活化的群众语言,尤其是方言,如若用普通话或书面语去破译去代替,就会走了味儿,失去光彩。比如,他说办企业要以"现金为王","身边有三分铜钿,小企业讲话像铜铳;身边没有三分钱,大企业讲话如蚊虫";他形容夫妻关系,就像牙齿和口舌,"吃饭时牙齿偶尔会把舌头咬破,但舌头会记牙齿的仇吗?它们依然相依相伴。"然后生发下去写道:"俗话说,日里打相打,夜里摸脚梗,夫妻吵嘴,如刀断水;夫妻恩爱,讨饭绷袋。"一连串的方言,表达了传统美德。书中此类俗言俚语,生动活泼,举不胜举。因此,他的文风显得朴实清新,自成一格,让某一类缺乏生活的作家,很受启发。作为朋友,我祝贺他的新书出版,为百花园中增添一种别样的花朵。

敲开春天的大门

——读潘志光《冬天与春天》

案头放着一本厚得像一块砖头似的书，潘志光的新著，《冬天与春天——储吉旺诗传》，读着读着，心中便拨响了琴弦，一股暖暖的春风荡漾在周身。

以诗作传，并非易事，何况又不是叙事诗的方式，而是以抒情短诗的方式描述传主。但我非常赞赏这种构思，即将传主一生中最具光彩、最有张力的闪光点逮住，以短诗的特质、语言、想象艺术地表现传主，同时也寄托诗人的情思。分篇阅读，它是一首首单独成章的短诗，如珠子一般可爱；串联起来，又展示了传主完整的一生，恰如闪光的项链，实在是一种巧妙的写法。当年我写《柔石二十章》，走的也是这条路。当然，诗歌和散文是两种不同的文学体裁，诗歌的描述点会更细节化，更注重艺术的想象和夸张。有的时候，逮住一句话或一个动作就可以生发出精妙的立意。

诗传叙述的是全国优秀退伍军人、宁波市改革开放三十年创业创新风云人物储吉旺的故事。读完全书，一个真实可信而又生动的人物形象就站立在我的面前。这也许是作品最成功之处。储吉旺许多事迹为我们所熟悉，他的人生经历充满着强烈的传奇色彩。作者紧紧抓住他的热爱祖国、坚强拼搏、聪明睿智、同情弱者，以及多才多艺等鲜明性格，多侧面地塑造这一艺术形象，使得这个人物有血有肉、有棱有角、有声有色。几首写与外商打交道的诗都非常出色，"他微笑地伸出手去/把威廉先生深埋在心底的/压价秘密/像端一碟小菜似的端到谈判桌上/灼人的焊光照亮了角角落落……"（《斗智》）。写他的思想品格，"酒杯里盛着的不是酒/是醇厚的民族尊严"（《干杯》）。"谈判桌上的五星红旗/划出一道底线/时而唇枪舌剑/时而莺歌燕舞/墙上火炬状的壁灯高举"（《民族的尊严像长城似的站立着》），高举着的正是主人公的爱国情怀和民族尊严。作者通过这些精妙而隽永的诗句，使人物形象升华到一个高度。

诗传中有不少短诗是写储吉旺的慈善爱心的。这是诗集中最能打动读者心弦的审美元素。储吉旺的一生做过大大小小许多善事，大至给社会各界包括慈善事业捐款七千多万元，荣获"中华慈善奖"，小则和夫人扶着要饭的老婆婆走进饭店一起吃一碗炒面，无不洋溢着他的慈善心肠。有一首《送一元钱》的小诗，说的是储吉旺三十年前的事，那时他还很穷，他同情一个乞丐，潘志光的诗是这样写的："送一元钱/就是打开一片温暖的一把钥匙？/三十多年前/三十元工资/像一小捆烧饭的木柴/抽了一根，少了一根。"比喻生动真切，让人遐思不已。诗人总是善于捕捉形象的比喻来状物抒情，从而达到艺术渲染的效果。诗人还写储吉旺的许多荣誉以及他的爱好,读书,写作,写字,办报,正是这些丰富的不同的侧面,把诗人所描述的主人公写得立体丰盈。

  诗传的另一个成功之处是诗人的语言特色。潘志光的语言质朴、形象、从容、淡定,极具个性色彩,正如他对诗的阐述一样,"诗是饭桌上的萝卜、青菜、土豆、南瓜;诗是夏日在田间劳动时的绿荫;诗是行走在山路上的清泉"。我们不妨看作是他对自己诗歌语言风格的诠释。他出身于一个普通的农家,对农村、农民充满着深深的感情,在他的诗作中,我们处处可以看到田野的花草,农家的柴垛、麦苗,可以听到牛羊的叫唤,山泉的叮咚,蛙鼓的声音。许多口语化的农谚,经过诗人的艺术加工,变成了优美的诗句。而这些优美的诗句,又源于诗人对生活的熟悉和真挚的感情。他与主人公的某些相同经历——出身于农村,成长于部队,恰恰成为契合这部诗传的坚实的情感和语言的基础。

  从冬天唱到春天,唱的是诗人对时代的热爱,对生活的激情;从冬天唱到春天,唱的是主人公曲折人生的追求,攀登高峰的喜悦。打碎寒冬的大锁,敲开春天的大门,我们都会走上人生的新境界。这正是这部诗作厚实而又深邃的意义所在。

我与滕氏兄妹

一

在我们民族的传统里,多子女是个正常的现象,而子女多成十有好几却是不多;如果这十余个兄弟姐妹,个个喜欢文学,个个与文学结下不解之缘,则尤属罕见。我所熟悉的滕氏家族,就是这样的一个群体。他们是:滕延青、滕延洪、滕延娟、滕延振……当年其父曾开过一家小店,名曰"甡泰",甡者,众多也。我忽然觉得这一串众多的名字,仿佛就像一根坚韧而又长青的藤蔓,不断地延伸,串成一派家族的景观,文学的景观。

现在,这个家族的兄弟姐妹们要出一本文集了,书名为《涓涓思念》,委我写几句话,作为序言,我非常乐意。

我乐意是因为他们都是我的朋友,都是一些赤屁股打交道的朋友,彼此亲近,知根知底;而且,都爱好文学。于是,文学又奇妙地把我们串联在一起。这就是所谓文缘了。大江小河奔泻千里,溯本归源还是家乡的那一脉清清浅浅的泉流,如今一提起滕氏兄妹，就让人生出浓浓的乡情乡谊乡思乡愁，我不能不欣然执笔。

二

老大滕延青，略长我几岁。记忆中的他在很年轻时就架了一副深度的近视眼镜，一副老成持重老夫子的形象。倘若为他画一幅漫画，他的近视眼镜一定是他最好的特征。记得当年他考进杭大中文系是何等的兴奋！这一喜讯也感染到我的身上，让年轻的我生出歆羡，生出钦佩。延青为人厚实，谈吐文雅，不事张扬，一身书卷气。我常常坐在他的朝东的洒满阳光的书房里，海阔天空，谈笑风生。他说《红楼梦》，从宝钗说到袭人，从黛玉说到晴雯，一肚子的学问融进了自己迂迂的眼光；他也听我说文坛的信息，总是瞪着那纯真的眼睛，不住地赞赏或不住地感叹："呵，是这样的，是这样的……"他写诗歌，写小说，写散文，也写童话寓言，纸面总是溢着才情。只是，他的很多时光被教学占了，他是一个非常出色的中学语文教师。

老二滕延洪，原是我初中的同学。比起他的哥哥，我总觉得他似乎更有文学的才情。初中的我们，当时还有一位袁哲飞，三载同窗，以文会友，一颗文心，恰似破土的幼芽在跃动。当时最令人向往的发表园地是学校里的黑板报，滕延洪是我们三人中见报率最高的一位。初中毕业后，我们三人分手，滕延洪升高中,袁哲飞去教书,我则因家境窘迫读了师范。此后的生涯自是各走各的路,各有各的坎坷曲折,而文学依然是我们三人心中的一盏不灭的明灯。历史有时是会捉弄人的。阴差阳错,歪打正着,你要进这扇门,却走进了另一扇门。后来的延洪,凭着他的才智,成了县会计师事务所的所长。然而,对他这样酷爱文学且才情横溢的人来说,我仍然觉得是一种遗憾。犹记得在那小县城中大街的一家服装店的财务室里,我们谈诗论文。他一边飞快地打着一手好算盘,一边流水般地背诵着李白的《将进酒》和《蜀道难》。

老三滕延娟,在当年县城的文学圈里,可算一位出挑的女作者。她比两位哥哥更积极地活跃于当年的文坛。小说、散文、诗歌,以至小演唱、快板曲艺,四面出手,处处开花。有一出对口剧叫《一面锣》,还是她与我的联手之作,发在当年的《杭州文艺》上,从革命战争写至当时的阶级斗争,虽然全是荒唐年月的荒唐腔调,也让我们实在地兴奋了一番。当年宁海文化馆的《宁海文艺》上,几乎每一期都会见到她勤奋的身影。她读书颇多,记忆颇强,说起文学来,便激情飞扬,眉飞色舞,滔滔不绝如江流,一发不可收。惜我们现今见面日少,偶有相聚,忆起早年对文学的钟情,她也会发一番感叹:岁月陡增,两鬓染霜,人生奈何?其实她是不用感叹的,近期读她的散文新作,文字老到已非昔日之她了,她的《月荷花》写得何等清新动情啊,若能将新著旧作结集一册,我当为之贺啊。

老四滕延振,当然要比我年轻好几岁,说起来却是我的同事。当年我们同在一个剧团里工作,我当编剧,他做演员。他演丑角,功夫娴熟,算得当年县里的一个名丑。他本身就是一个喜剧式的人物。他不善言辞,几分讷讷,一上舞台却神采飞扬,妙语连珠。酒后饭余,他乐于自嘲,说一串串自身发生的糊涂故事,逗得人捧腹大笑。其实他肚子里极聪慧,人缘也极好,你若把他真当成一个糊涂人那就是你自己糊涂了。不光如此,演员之外,他还通晓文笔。团里要写一个演唱,或是改编一个什么剧目,也少不了他。他是那类以文自娱自乐的人,只求耕耘,不图收获。灵感激情来了,连日连夜,一挥而就。剧本写了一个又一个,长篇写了一部又一部,虽则未能发或未能演,让人一读,他也乐在其中了。当然后来他改了行,去了文物部门工作,发表作品的机会却是多了起来。新近,一部长篇付梓出版,也算圆了他的一个文学之梦。

我当然还可以一个再接着一个地写下去,但是他们的兄妹已比我年轻得多,我所知的已并不太多,然而即便如此,我完全可以相信,他(她)们每人都是一个又一个丰富而饱满的故事。而文学,则是构成这些故事的元素之一。

三

我之乐于为此书作序的另一个原因是,这本集子的题旨及文笔深深地打动了我。这是一本用血肉亲情编结起来的文集,自有特色,别具一格。篇什长短不拘,字里行间,洋溢着浓浓的父母子女之情和兄弟姐妹之情。娓娓道来也罢，长歌当哭也罢，说的全是肺腑之言，吐的全是真情实感。而其中，他们对父母的思念之情，尤其是对母亲的眷眷之情，则是全书的灵魂。

我自然是认识滕氏兄妹的父亲母亲的。那位父亲，颇有点像我的父亲。一个老实本分的小商人，粗通文墨，不苟言笑，精打细算，劬劳一生。可惜他过于操劳，不幸中年早逝。父亲的离去，对于滕氏家族来说不啻是一个晴天霹雳。梁断柱折，一个拥有十余人的大家庭将如何面对？而此时，正是他们的母亲，这位可敬可爱的母亲，毅然决然地别无选择地挑起了这副家庭的重担，挑起了为旁人所不能知的人间苦难。

延青的母亲，心地善良，乐观豁达。有时候，我会到延青的家去聊天。进了他的家门，延青的母亲便迎面而上，一脸的喜色：呵，东标来了，东标来了。面孔笑得像弥勒佛一般。我才问了一声好，她便哈哈哈大笑起来，声震屋宇。这是一种坦荡的，开心开怀的，纯粹无忧的，彻彻底底的，甚至带有一点孩童天真的大笑，令我至今一想起来，犹响耳畔。可是，谁能知道，在这笑声的后面，她的身上藏着多少生活的辛酸？她远比一般的母亲有着更重的压力。延青的父亲去世之后，她真正跌入了人生的谷底。偌大一户人家，要吃、要穿、要供子女读书，这位戴着一副高度近视眼镜行动极为不便的母亲，这位胖得连走路也显困难的母亲，这位像老母鸡一样羽翼下护着十一个子女的母亲，表现出何等的坚强坚韧坚忍和坚毅。

她挽着篮子，背着箩筐，到跃龙山去扒松毛丝作炊火柴，一步一步艰难地行走在人间苦难的山道上；她坐在城隍庙的小书摊前，一分钱一分钱地积聚着最低生活费用；她里里外外一把手，大大小小一肩挑。她所承受的负荷，我这个与她偶有相见的人是很难描述的。延振有言："我父亲去世后，她似乎担起了世界上所有的苦难。"我被深深地打动。

滕氏兄妹为什么一个个都有出息？为什么一个个都沾上文气？读了书稿，让我恍然明白，原来根子在于父母，尤其在于这位平凡而又不平凡的母亲。她知书达理，尊崇文化。年轻时的她也会唱歌，也会跳舞，也会吟诗，也会写字。她以她的教养熏陶了子女，她以她的精神孕育了子女。她的墓前，有一副对联，是延青拟的："懿德垂风范，良箴育俊彦。"这是滕氏兄妹共同的心声。

因此，让我们看到了在宁海这个县城上，曾经有这么一个多子女的家族，一个个都可以在文坛上弄文舞墨，蔚为奇观。

写滕氏家族，我真是有不胜的感慨，太多的话语。记忆深处的清流会源源而出。他们是一部卷帙浩长的长篇小说。一个个性格鲜明，一页页跌宕起伏，那就留给他们自己做吧。

与诗共舞

——写在阿门诗集《门里门外》出版之际

阿门又要出版诗集了,邀我为他作序。

近年来,由于我的虚名,邀我作序的不算少,我却有苦难言。耗去不少时间不消说,这序言岂是轻易可写的?每每执笔而坐,总觉得有点勉为其难,捉襟见肘、力不从心是常有的事;再说,如今写序言多半是说些肤浅的颂扬的好话,倘是说几句真话或者有不同的意见,本人尚未多言,旁人已捡起"打击""扼杀"之类的帽子,向你飞来,让你瞠目结舌,不能应对。

然而,我还是愿意为阿门的诗集写几句话。这当然是因为阿门的不同寻常。寻常人有的东西他没有,而他具有的东西很多寻常人却没有。这是不是有点像诗?诗的语言常常有悖于正常的语言逻辑,诗却比正常逻辑的语言更有感染力,更精彩。他是个双耳失灵的青年,他的身世令人同情。一个自幼失聪的青年,如何生存于这个竞争激烈、优胜劣汰的社会?阿门所经历的艰难的生活道路,犹如一杯酒,甜酸苦辣,各种滋味都有,旁人是难以体会的。生命中有大悲苦,阿门的生命中至少有小悲苦。我记得水角凌那间低矮的简陋的斗室，在夜雨声中敲打着难以排遣的寂寞。那时，我曾与他相对而坐。那时，还没有现在阿门的新居，还没有现在阿门的生存环境。他在生活的煎熬中煎熬着那些憧憬式的诗句，他在点亮诗句的同时点亮自己。他以自己的坚忍不拔，赢得了自己生存的权利以及社会的承认，于是就有了他当选代表上北京的自豪。

但又不全然，阿门在我的眼中，更是一个纯粹意义上的诗人。

写诗易，纯粹难。二十年来，阿门执着于诗歌创作，痴心不改。他说："面对近似情人的诗歌，我已无力反抗或者逃避。""感谢诗歌拯救了我，感谢诗歌助我找到了安身立命之所。"这话说得很动情。他感谢诗歌，一定是从内心深处喷发出来的真情感。没有切身的感受，没有椎心泣血的感受，他是不会说这样的话的。他把自己的生命与诗歌融为一体，他觉得自己很踏实，很知足，很幸运，很有价值。

大凡诗人都有一颗诗质的敏感的心灵，阿门似乎也不例外。每次相见，总见他大呼小叫，激情飞扬。他开口是诗，闭口是诗，笑着是诗，沉默着也是诗。他目无旁骛，专心如一。不管人家如何看诗，他以为大家都会像他那样看诗；他不能没有诗，以为大家也不能没有诗。热爱若此，不可不谓纯粹也。

我的印象中，早年的阿门写的是爱情诗，我不知道他的爱情有否如他诗歌那样美好，他自嘲曰："谁会跟聋子一起去浪漫／一个二踢脚，从地面／跳到空中，炸成的碎屑／被扫帚收获／浪漫多么可怕。"反正有了诗便有了爱情，这是诗人的纯粹；后来，又觉得他很会写一些实用的或谓应景式的诗，作用于或服务于某一特定需要，其实那样的诗最难写，弄不好便直白，但是于我看来，即便那些近于直白的颂歌式的诗行，于阿门来说也是一种纯粹。"呀啦索 / 今夜无人入眠 / 无笑不甜 / 呀啦索 / 今夜有诗见证 / 颂歌再起。"试想，对于失聪的他，对于多说话戴助听器的耳朵便会疼痛难受的他，还企求什么诗外的东西呢？他曾十分动情地与我说过，我与世无争，无是是非非之争，我只是想写诗。

当然，阿门现在的诗作，风姿仍在衍变。他其实并不如他自己所怀疑的那样"是否已经江郎才尽"？经历了风风雨雨，他的精神正在逐步强大，他的诗作正在日趋成熟。最好的例证便是，他现在仍保持着旺盛的创作热情，若无相扰，一天可以写一首诗。阿门的原名叫赵鸿伟，但现在没有人再叫他赵鸿伟了，大街小巷的人都叫他阿门。叫他阿门就是认可他的诗歌，认可他的价值。

对于诗歌，我实在是个外行人，尽管年轻时也写过诗，尽管我现在偶尔写一些格律诗。但对于阿门，我却有些话可以说，虽然说的并不深刻，却是真实的。

生命的暖色
——王剑波及他的散文

认识王剑波,大概是"文革"的后期,一算,竟近半个世纪了。那时候,我还在县剧团当编剧,剑波好像还在读高中。我与县文化馆的徐祉瑞、袁哲飞组成一个创作组,写戏,有时也与他们一起编编《宁海文艺》。此时,王剑波的稿子来了,写的是诗,很见灵气,立即被我们选中了。剑波后来说,当时看到自己幼稚的文字变成铅字时,内心是如何的激动啊。也许,自那时起,文学的种子便在他的心中播下了。他被通知到县里来参加文艺创作会议,我们认识了,是文学牵的线。

剑波那时候很年轻,十八九岁的样子,带着泥土气息,平实纯朴,透着灵气。我也才三十几岁。

那时候,剑波的日子过得很苦,甚至有些黯淡。他的家在宁海最僻远最穷困的西部一个叫桑洲的地方。虽然父母都是教师,但大抵在乡村学校里教书。他跟在母亲的身边转来转去,读书读得断断续续,而上山下田的劳动包括砍柴放牛、种田割稻等却一件都没有断续过,直至后来他插队到青珠农场种棉花。那个十八九岁的年龄，正是憧憬美好未来的青春年华，他的内心是如何向往乃至挣扎的？他后来有一段文字是这样写的："在火辣辣的太阳下，抬头看着总也到不了边的棉田，厌倦情绪就像风中的火苗，一簇一簇地从心底升起……"文学在哪里呢？前途在哪里呢？他无法摆脱命运的安排。

终于，那些岁月过去了。他迎来了高考。一篇题为"路"的作文，释放了他发自内心的积蓄已久的情感和苦闷，也压住了他数学成绩的不足。他被录取了。

我与他再次见面是在他读书的台州师专。他读他喜欢的中文系。我随剧团演出到台州。我去看他，他很高兴，没有茶叶，他觉得很不好意思，泡了一杯糖茶给我喝，糖放得很多，又甜又腻，至今仿佛还甜着。然后，我们又去游东湖。记不得说些什么了，但是里面肯定有文学，有诗。他那纯朴的样子依旧，他的文学初心依旧。

毕业后，他无疑成了社会的新鲜血液。后来，他调到了宁波，当上了领导干部。我们偶有相逢，友好之情如昔，却很少谈文学。我知道，他重任在肩，哪有这份闲心？直至他退下来以后，整个世界就属于他自己的了。

一次，我们一起坐在赴宁海参加某一个活动的车子里，我们相邻。

我说，你现在有足够的时间了，可以再写作了。

他说，想是这样想，我写不好。

我说，你的文学底子很好。

他说，我从头来。

实际上，他已经在一篇又一篇地写着他的作品了。他写影评，写书评，也写散文。我的长篇传记文学《如意之灯》，他写过一篇评论《提灯前行的人》。数十年的积累形成了他的喷发，他完成了从一个党政干部到作家的华丽转身。转得很漂亮很洒脱。他开始在报刊上发表作品，一篇又一篇，都是整版整版的文字。

直到今年初夏，他把装帧精美的散文集《是谁在呼唤我的名字》第一时间送到了我的手里。我双手捧着这本书，捧着家乡的那片山丘，清流，先是极度贫穷而逐渐富起来的乡村，捧着作者那深沉的情感和绵长的思念。心里一热，感慨万千，几分惊喜，几分钦佩。

读剑波的散文，我看到了一个滋润着人性之爱的世界。他把年少时的那些"苦难"，写成了温暖的记忆。那个时代，那个山村，那个家庭，王剑波经历了多少艰难困苦，不是一般人能体会到的。如果让当代的某些作家来写，一定会写成残酷而黑暗的苦难，而剑波不是这样的，他的文字就像山间泉水一样清亮，他的感情就像当年看露天电影一样纯真。他在《后记》中说："我不歌颂苦难，也不过分渲染可想而知的挫折。我想写的是，一个少年在时代的风雨中如何不甘沉沦，凭着本能向着光亮而行，人生观、价值观又如何在善良的人性影响下，得以确立与完善，……从中也可以看到一个小镇少年，在黯淡的日子里精神上的追求。"这段话说得是何等好啊，我们完全可以看成是一种时代风雨对他的锤炼,因此而造就成年之后他那平和沉稳、谦谦君子般的气度。

剑波的这种"温暖",源自对家乡山水、亲人的感情。静静流淌的清溪,山岙里星星点点的村落,山腰上那个裹在云雾里的汽车站,夜色尚未褪尽的风灯,以及灶膛前的那些火叉、火钳、火棍和火锹,被作者描写得那么细致而生动,那是因为这里生活着作者的至亲至爱,两个奶娘、外公、大外婆、父母亲以及众乡亲,都是怎样地爱着年少的王剑波啊,请看作者深沉地叙述:"在那些饥馑的日子,我的两个奶娘吃的是番薯、南瓜,甚至吞糠咽菜、食不果腹,却用甘甜的乳汁喂养了我……"读到这里让我怦然心动,人间的真情大爱便从纸面溢了出来,溢成了一股暖流。作者在塑造这些人物的同时,也完成了对自身的塑造。一个多情多义、知恩图报、朴实真诚的人物形象也跃然纸上。作者极具个性化的人生体验,让人感觉到在那个岁月中的清纯和明朗。没有矫情,没有修饰,更没有仇视和怨毒。他的文字很清纯,以至后来,经历了身居市里高位,字里行间却没有一点官场的气息。

行文至此,让我想到了今年初春,剑波邀请我与诗人陈云其、陈剑飞、陈启信几位文友的桑洲之行。我们行走在宁海、三门、天台三县交界的大山里,从清溪源头至王爱山岗至桑洲老街,目睹已经变化并在更大变化着的山山水水街道村庄,剑波如数家珍一般与我们追忆当年的情景,他的生命原初状态,言语间是扯不断的深情。其间,碰到许多当地的乡亲好友,与他亲切地打着招呼,叙着家常,叫着剑波的名字。那天晚上,我们都喝了很多的酒。这酒是剑波从宁波家里带来的。他说他平时不喝酒,也不善酒,放在家里也没用。今天算是物尽其用了。没想到,他喝得比我还多。我惊疑地问:你能喝这么多?还说不会喝酒?他笑了:今天不一样啊,来来来,我们吃菜,都是家乡土菜。是啊,餐桌上是满满一桌道地的山村野味:土猪肉、溪坑鱼、土豆、玉米、番薯、麦饺筒……还有,淳淳的人间真情。

淡淡而又顽强的绿色
——读杨小娣散文集《一缕青韵》

读杨小娣的散文集《一缕青韵》,给我的一个感觉是她的语感很好。朴素、清新、细腻、恬静,构成了她语言的基本特色。她的述说也离不开春风秋月、花草虫鱼、山川游览以及文章阅读,但她的文笔如一缕清风,一抹绿草,饱含着情感的滋润,摇曳生姿。她写花店"春天执拗地撕开了冬天的一角,顽强地钻了进来,并骄傲地展示着它温馨多彩的面貌";她笔下的富贵竹,"养些水,就可以染绿整个冬季";写过年的山村"三面围山的小村俨然一口大锅,一整夜都在炒着噼里啪啦的豆豆";她写一堵平平常常而又饱经风霜的高墙,不仅有斑驳的纹路,而且"墙上时间骤然丰富立体起来,仿佛是一个电影屏幕,映射着我头脑中缤纷的场景"。而对宁海这座县城的街道,她说"天寿路,可以说当我开始熟悉宁海经脉一样的街道时,这个词语就像血液一样流走";西安的骡子,在她的眼中"长腿长脖,骨骼清瘦,眉眼间透着愁思与疲倦";云南的丽江"临河的石桥小街,旁边挂着一个个红灯笼,日暮氤氲的灯光中，飘着迷离恍惚的音乐"。她简约的文字中，总倾注着饱满的感情，因此使语言变得鲜活，并且佳句迭出。

对于散文作家来说，语言的把握是十分重要的，但光有这一点仍然不够。杨小娣的散文给我的又一个感觉是行文注意开掘，善于把优美的直观抒情升华为朴素凝重的人生感悟。这种感悟直抵思想内核，闪出精神的火花。"时间真是一种强大而恐怖的力量，它不动声色、不露痕迹地改变了许多事物，如水滴石穿，令人不知怎么感慨！"这是她面对母校变化发自内心的感叹。"原来在老家，过年不仅仅是一个抽象的概念，也不再是一个空洞的词语，是关于童年的无限回忆，是亲情乡情的细缝密针，是自己前世今生的完整汇合。"这是她对温馨老家的切身感受。在经受家庭感情波折后，她已不再在乎喧闹和铺张，"沉淀了滚滚红尘，我也会选择：不要浮丽，不要繁华，不要海誓山盟，不要名缰利锁；只要一双包容、温暖的大手牵着我走过春夏秋冬，走到老，走到死。"值得赞赏的是她的这种人生态度始终是积极明亮的。她有痛苦，有迷惑，有惆怅，然而，过滤了晦暗与潮湿，心境会变得明净起来。她的字里行间总是有一种温暖的基调。她在《闻到桂花香》一文中写道："有时候很恍惚，今天我走在人生的哪一步，是什么样的心情与心境？然而闻见桂花香味的时候，绵延了几十年的回忆美好地执着地泛上来，令我觉得温暖和踏实。"这样的情绪贯穿在整本集子里。在《月湖寻春》里，她说："月湖公园的热闹春景一寸一寸地温暖着我的心灵，心中有春，处处是春，瞬然觉得自己看人看事似乎又通达了许多。"心中有春,才处处有春;心中有温暖,笔下才有温暖。不平坦的人生道路,也会让她勇往直前。应该说,作者的这些心灵体验是有审美价值的。

杨小娣说,她只是一株安静生长着的草木,透露出一痕淡淡的但又顽强的绿色。这番话既是她不张扬、不委顿的基调,又是她对自己散文作品的最好诠释。读杨小娣的散文也使我联想到当今的一些散文创作,尤其是年青女性作家的散文创作。由于年轻,又由于是女性,题材的雷同化,情绪的类似化,是一个不容忽视的问题。她们或沉溺于生活琐事、儿女情长,或简单地叙说陈年旧事、亲朋好友,或皮相地记录游玩历程、读书心得,导致当今散文领域的矫情化和庸常化。散文变得甜软和闲适。或许我们可以推辞于散文是个人化的写作,但作品总是希望有人读的,一旦印成书籍流传,作品也就具有了社会性。因此,我更赞成这些散文作者和散文作品在题材和立意上有一个新的突破。文学所崇尚的人性关怀,对人类苦难的悲悯情结,对生命、灵魂的体恤和关注,并具有社会学、哲学、历史学、文化学的高度,是永远值得我们追求的。由此观照杨小娣的散文,我觉得她是在努力着的,我希望她会更加努力,自觉地思索一些问题,有所领悟,有所超越。

采撷生命的活性元素

——读董联军《寸草春晖》

董联军的《寸草春晖》，收集了多篇散文。我以为写得最好的是"岁月如歌"那一组，因此，也是全书中最有光彩的篇目。

比如说，《岁月如歌》那一篇。作者写的是故乡的一些往事，儿时的，年轻时的，掷铜板、车木床、磨番薯粉、看花地、砍柴等，作者巧妙地用金、木、水、火、土五个标题把它们联结在一起，分则单独成篇，合则水乳交融，既空灵生巧，又丰富多彩。不仅如此，文章所展示的具象都是非常鲜活的。他写二哥的掷铜板，"姿势十分潇洒，抬起一条腿，向后翘，手臂向前伸出，如白鹤展翅，吧嗒一声，打准了"。少年的童趣全在这一掷中迸溅。年轻时很美的二奶奶，后来眼睛瞎了，"我"早上的第一件事便是"把椅子背到太阳照到的墙角上"，然后由我的妈妈牵出二奶奶，"在温暖的阳光下，慢慢地给奶奶梳头。奶奶头发很长，母亲总是一丝不苟把头发梳好，盘好，再插上银发簪"，读着这样的文字，一缕浓浓的亲情如同暖暖的冬阳一样洒在读者的身上；写农村床的变化，从"半间床"到"车木床",再到"席梦思",舅舅的一句"世道变得真快",不仅折射着时代的变迁,还对"文物宝贝"的失落留下了深深的遗憾——从而反映了农民价值观的变化;写村里做番薯粉,水井边非凡热闹,十五个吊桶七上八下,嘹亮的蛙声和叽叽嘎嘎的凹水声响成一片;浙南山乡的风俗人情和生存形态,都被鲜明地勾勒出来,十分耐人寻味。五篇之中,尤其叫好的是"土"的那一篇,短短的篇幅,充满张力,内涵很深。作者为我们叙述了这样一个委婉而凄美的故事:种花给村子里的农民带来了发财的希望,于是,一家家"篱笆围起来,寮棚搭起来,狗养起来,电灯也牵到花田中间,一到晚上,四周的田野,灯光闪亮,人来狗叫,小山村俨然一座不夜城"。(可以说,没有亲身经历的人是写不出这样美妙的文字的。)接着,作者写到了茶花大王的女儿霞,美丽聪慧,天真清纯,她与年轻的"我"一起在寮棚里看花,吃苹果,啃瓜子,看连环画,猜谜语,然后在月色下,她们幸福地相偎着,一起查看花田,初恋的波浪在心湖中荡漾。可是,由于种花市场的衰落,霞的一家因负债而在村子里消失了。写到这里作者的笔锋一转,再见到霞的时候,已是相隔十几年后的90年代末期,大街相遇,霞浓妆艳抹。彼此相认已非昨日了。后来听说,她离婚了。作者为我们留下大篇大篇的空白。霞的父亲是如何度过困难时期东山再起的?霞嫁给了谁?为什么离婚了?她的感情遭遇了什么?她还记得那个美妙的月夜吗?作者一个字也没有说,作品戛然收笔,给读者留下了无穷的想象,呈现出一种空谷传音般的凄婉之美。

又如《那一声呼唤》，作者运用了强烈的反照手法写自己在小镇上吃饭时的所见所为。一个衣衫褴褛的老大娘来到饭店门前，想买一碗白米饭，受到老板娘的冷眼训斥；而她来到一家卖麦饼的小摊前，主人则热情地送她一个刚烤好的麦饼，而她又坚执不受；双重的表现凸现出老大娘自尊的人格。一直目睹着这件事的"我"问清了缘由，原来她是为寻找儿子而来的，却面临着缺钱的困难，"我"迅即掏出20元钱送给老大娘，然而大娘却怎么也不肯接受，当"我"匆匆离开时，老大娘还为平白无故受人之恩而追悔不已。作者文尾写道："20元钱不是施舍。20元是我内心的感动和对生命的尊敬。午后的阳光照耀着老人，她慈祥而美丽，像一尊雕塑屹立在大街上。"这样的文字，简洁，深沉，充满力量。作者的笔触是扎实的，又是温暖的。在司空见惯的小镇风貌深处，洋溢着人道和人性的光辉。

我之所以用了一点文字赞赏这几篇文章，是有感于散文写到今天，暴露了某些审美疲劳。有位评论家说得好，他所欣赏的散文，"首先必须是活文、有生命之文，而非死文、呆文、繁缛之文、绮靡之文、矫饰之文"。现时，缺乏生气的矫饰之文实在太多。写风光，陈述风光的传说轶闻；写喝酒，堆砌酒的历史与典故，雅致，华丽，同时也枯燥，苍白。仿佛千人一面，千篇一律，浮光掠影，反复雷同，丝毫没有生命的活性元素，没有作者的切身感受、切肤之痛；还有一种甜腻的散文，见花落泪，闻鸟惊心，文字绮丽，美得无可挑剔，让人觉得像吃了一颗甜蜜的糖，甜得发腻，然而还留下什么呢？什么也没有了。这一类的散文也非少见。散文如果这样写下去，是要砸了散文的。因此，我赞赏那些真实、鲜活、清新、泼辣的文字，作者是真正的有感而发，他为文的动因一定是拨响了内心深处那一根情感之弦。不吐不快。如此才会言之有物，才会声情并茂，才会椎心泣血。

董联军的散文题材广泛，文笔也很好，当然，水准也不整齐。我之所以特别说一说《岁月如歌》一类的篇什，也有这样一层的意思，即希望董联军对自己的散文写作走向，有比较清醒的目光。希望他立足于他那块生他养他的土地，捕捉那些形象鲜活的素材，深而掘之，渐成风格，他的散文园地一定会开出更美的花朵。

温暖笔调下的浙东风情

家乡的小河是难忘的,也是最美丽的。读了叶龙虎先生的散文集《家乡的小河》,让我强烈地感受到这一点。他用温暖的细腻的笔调,描绘了那个遥远的而又并不遥远的年代,浙东农村浓郁的风土人情,那些老街、老屋、老人,犹如一幅又一幅色泽鲜明的风俗画,朴拙而多姿,风味独特。正像他自己写的那样:童年和少年的记忆就像一坛深埋在地下的老酒,越久越醇。当时以为是苦难,现在回想起来却是那样的美好。

他写油灯,"一根晒干的灯芯草或一条棉纱线,一头浸在油里,一头伸出灯盏沿",然后用煤头纸引火,"小纸卷对着火缸有了暗火,然后拿到嘴边'吼笃'一声,就有明火了"。他写童年的灶跟间,过年时,"灶跟间的两只铁镬迎来了一年当中最热闹的时刻。里头镬蒸着蒸粉团,外头镬炒倭豆、瓜子。昏暗的火油灯光,氤氲的热气,映着大人们红彤彤、笑盈盈的脸"。他写凉亭,"旧时,凉亭随处可见。那么多年了,家乡的很多凉亭我还能数过来"。凉亭上有醒世的对联,凉亭里还有做善事的大娘烧的热茶；他写车盘头，"过去的河塘多是泥塘，岸边杂树丛生，一蓬蓬刺棚里挂着青的红的小灯笼似的'刺笼棚'，现在想起来都会酸得溢出口水"。"那地方绿树成荫、鸟雀啁啾、流水潺潺，是孩子们的快乐所在。尤其是那些远离村子的车盘头，很幽静，或许还藏着一代又一代年轻人的浪漫。""小时候，遇到正在赶水，我就安静地蹲在小河边，摘一些小花小草丢在水车附近的河面，盯着车板将它们一格一格地翻上来……"字里行间，充满了童年的无尽乐趣。那些生动的已经淡去的场面一经作者描绘，立时便鲜活起来。若没有深厚扎实的生活功底，若没有对生活的细节细致的观察，若没有对生活的真诚热爱，哪里会有这么动人的文字如汩汩清泉流淌？叶先生是生活的有心人。孩提时代，青年时代，那些在浙东农村的经历，都成了他的人生财富，都成了他写作的源泉。

　　叶龙虎的语言很朴素，没有一点花哨，但注满了深深的情愫。因此，有着浓郁的感情色彩成了他文章的一个闪光点。他在写车盘头的那篇文尾说："车盘头并不是作为一种简单的农具留在我的脑海里的，它是旧日岁月中的书签，一翻开就能勾起我对那头偷懒老牛的怀念，勾起我对过去时光的追忆。远去的车盘头有我人生中的一段经历，我留恋那些慢节奏的老时光，老牛、车盘头以及那缓缓流淌的河水，定格成了地老天荒。"透过这些文字，我们能触摸到叶龙虎心中的那片怀恋过去时光的热度。正是有了这片热度，这些文章才变得如此深情生动，如此感染读者。

尤其值得一提的是，作者对他那位慈祥的父亲的热爱之情，可以说通贯全书许多篇目。这颇让我感动。"冬天睡觉，我就钻在父亲的两腿之间，抱着他毛茸茸的腿，在他梦呓般的童谣中，带着他的体温进入梦乡。"这样的文字，包含着多少浓烈的情感！"正月初三，父亲挑着一担小夹箩，箩里一头坐着弟弟，一头坐着妹妹，我跟在母亲的后面"，去外婆家；十八岁的"我"要当兵去了，"我发现一向坚强的父亲眼睛红了，背过去在偷偷抹眼泪"。父亲腰痛，并不知道得了不治之症，"他说橡皮伤膏贴贴会好的"（这样的语言可称极妙，朴素生动，在叶龙虎的散文集里，多处可见）。父亲勤劳了一生，没有留下任何遗言，匆匆走了，成了作者永久的思念。爱父亲，爱家乡，爱农村一草一木，爱过去贫瘠的然而又是美丽的时光，正是有了这样一些朴素的浓郁的感情支撑，这本散文集变得内涵饱满而深沉。

一本好的散文集，其意义是多种的。《家乡的小河》还让我想到了另外一个话题。改革开放后，农村的面貌急遽变化，那些简朴的落后的甚至带有一些原始的生产工具、生存环境大多已经不见了，要见也只能到博物馆中去参观。但是这种参观的感染力是极其有限的，它怎能与当年农村活生生的形态比？于是，我便想到借助文字描述的重要。叶龙虎的散文正是为这些遗产的失落弥补了难能可贵的文字。豆瓣酱是如何晒成的？碗打破后是如何修补的？水缸里的天落水又是怎样澄清的？为城乡之间千家万户传递信件、物件的"信客"又是如何工作的？叶龙虎巧妙地捕捉了一个又一个生动的题材，然后极其细腻地为我们铺开了那个年代的生活情境。我们可以这样说，农村的各种生活形态，亦即农村的历史文化形态，也是人类文化的重要财富。社会文明进步了，老的形态失去了，失去了便无可再生。那些农村的千姿百态的人文景象，是一个个充满魅力的精神空间，同样值得我们怀恋和追忆，是我们社会不断进步的曾经有过的一个驿站。叶龙虎的文字因此而有价值，有意义。我又想到，时下的许多散文越来越显得庸常化、空泛化，一些年轻的作者不知道如何开掘自己曾经亲身经历过的那些丰富题材，总是沉湎于自己的一些小感情而呻吟，语言工巧、纤秾、绮丽，但辞藻背后的"情"，则往往苍白无力，缺乏鲜活、清新、独特的内质，读了叶龙虎的散文，我想是会有所启发的。

休闲与圆梦

——读胡积飞《我之休闲》

积飞是我初中时的同学,那时我们在宁海中学读书,十五六岁的样子。我们坐在旧式的木结构的教室里,相隔没有几桌。那栋楼,后来才知道是著名的"左联"烈士柔石在宁海当教育局局长时建造的,后来称为"柔石楼"。楼的旁边是一个篮球场,一下课我们便打球,半个场地,活蹦乱跳,十分快乐。但积飞是否喜欢打球,我连一点印象都没有了。

其实我对他整个儿印象都不算深。他是住宿生,他的家在离县城15公里的桥头胡,他住在学校里,他自然与另外一些住宿生形成一个圈子,而我的圈子却是一批住在城关的走读生,而且都是出名的顽皮,不像住宿生那样规矩老实,因此,圈子的分野就自然而成了。

后来,我读了师范,他读了高中。再后来,听说他不读书回农村了,也不知道是什么原因。除了知道他的年龄与我相仿,且知道他聪颖灵动之外,我真的不知道他更多的东西了。

长大之后,我们时有见面,聊的也只是近况,他先是务农,后来就职于一家企业,后来又就职于另一家企业;他爱好文艺,能写会唱,偶有短文短诗见诸报端。而那段属于我们共有的称之为同学的岁月,早已淡去了。直至今天,他把他的一部书稿完整地寄给我,我读了之后,才真正走近了他,才使那段模糊了的岁月重新明晰起来。

少年的他,曾经经历了那么多的风雨;

青年的他,曾经有过那么多的劳苦和迷茫;

中年的他,现在的他,又是那么的乐观、豁达、充实而又自信!一个绚丽多彩的人生之梦,终于圆成现实。

一个人是很难选择自己的人生道路的,尤其是在学生时代。社会像一只无形的手,总是在推着你,让你依顺着时代的指示而前行。胡积飞自然不能例外。当年的他,如果不是无奈辍学去"务农",也许他的人生会是另一番光景。一个不经意的转折,便让他永久留在了农村。但人也不能老是沉浸在遗憾里。有文化有灵气的胡积飞,也不甘人生的平庸,因此,他执着地追求着自己的爱好与愿望。用积飞自己的话来说,除了生活、生存之外,他把自己的业余时间——休闲的时间,过得十分充实。他旅游、弈棋、跳舞、写诗、写文章,休闲成了他圆梦的最佳方式,在轻轻松松的休闲里圆了他的梦。

人生能拥有这样一个中年和晚年,何憾之有?我在读积飞的这些短文时,被深深地感动。他的精神点燃成文学火花,绚烂而多彩。他的休闲方式,值得我们这一代人赞赏。因此,我为我的老同学真诚地祝贺。

诗心慧眼识慈城

早年写过一篇文章,说的是对慈城的一些美好而粗浅的印象,那时候,慈城还冷落着。那些青山绿水,粉墙黛瓦,石板巷道,木雕石刻,以及浓重的地域风情、人文历史都以原生态的美呈现着,不免有些寂寞。尤其是看到有些可称文物的建筑已频颓落,又无力修缮,不免相惜,于是便撰文发一点声音,有些微弱的声音,期望引起有关部门的注意。那时候,面对一个庞大的需要全面整修的古县城,要靠有限的政府财力去解决,真有点杯水车薪的尴尬。

但是,回过头来想想,冷落也不一定全是坏事。人们对一些有价值的东西缺乏认识时,或者说还不具备足够的力量去改变其颓势时,冷落也是一种保护。它要比零打碎敲、修修补补式的动作来得好,更要比"破旧立新"式的毁坏来得好。它可以积蓄力量,凝聚智慧,孕育共识。终于一个全面保护、开发慈城的规划形成了,并以全新的机制付之行动和实践。

曾几何时,我们欣喜地看到,慈城变了,变得如此风姿绰约。在保持传统风格和历史内涵的基础上，慈城展开了全新的画卷。对旧城的保护和新城的扩建如两翼齐飞，一批可供人们品味的景点，如孔庙、县衙、校士馆、清道观等以新的面貌惊现，绿地、公园，铺开锦绣地毯，街巷仿佛依旧，慈湖更加妩媚，一个名副其实的"江南第一古县城"完整地呈现在人们的视野里。游人如织，从者如云，旅游业做得红红火火。我不能不发出惊叹，它变化之神速，构思之精美，堪称旧城改造的大手笔，可谓破茧化蝶，点石成金，化腐朽为神奇，融古意于现代。

由此，就有了我手中的这本书稿——赵嫣萍的散文专著《闻香识风景》。

《闻香识风景》是一部描述慈城风光风物和文化的散文专著。可以把它看成一本旅游手册，然而我更愿意把它当作一部文学作品来读。这本书的最大特点——不是一般化地对所述景点作皮相的面面俱到的介绍，而是用秀美的文笔娓娓动人地倾诉着作者对这块土地的热爱和赞美以及领悟。作者将可以看到的表象与透过表象的内蕴以及自身的情感，较好地糅合在一起。一般地说，旅游手册之类的文字是很难脱俗的，游记散文也不容易写好。之所以不容易，是因为游记散文给予读者的应该是个体生命的体验，个体视角的展示，而不是集体经验的复述。散文中的我，永远是作品中的"这一个"。我们现在看到的许多游记，太多的是流于对客体的表象描述，而且这种描述常常是千人一面的、众口一词的、千篇一律的，而缺乏抵达作者心灵深处的个体触动和联想。从这个层面来说，我们可以对赵嫣萍的这本书有更高的要求。但她正是在这样努力着的。

她以自己的诗心慧眼看着慈城的古意新貌，并落墨于文字，从而使慈城变得生动形象、立体丰盈起来，使慈城呈现出一种异样的个性的美。她写棉花有棉花的颜色，写白茶有白茶的芳香，写杨梅有杨梅的滋味。她写杨简，把他置身于慈湖皎洁的月光之中，让他的思想变得如月光一般澄明；写姜宸英，遗憾与惋惜跃然纸上，虽然有一些世俗之论，却如姜宸英一般真情性；写周信芳，把周的艺术与人生融为一体，让人吟味。从中，也让读者看到了作者的修养、率性和真情。写得最为浓郁和饱满的当是全书的第二部分，作者把慈城的一砖一瓦、一草一木凝结成一方文化，发出深深的赞叹。涟涟慈湖水，悠悠师古亭，最好该在黄昏时与她相遇，获得的是一份宁静与安详；明清风格的校士馆，是中国封建时代知识分子的命运场，那一对沉重的铜环，曾经敲打过多少童生试子的灵魂？古县街，如今已修缮一新，唐代县令房琯以及后来的张颖要构造的难道仅仅是一种森严规范的建筑格局？得以传世的更是明月清风，公正廉明……作者在一路游走中发出感叹："慈城就是这样，闲适间遗留着古老的文化墨痕，随意走走，迎头撞上的或许就是一位文化大师，一座千年老宅。你不得不停下脚步，细细打量，慢慢探询。惊诧之余，顿生景仰之情。所以，想读懂这座城镇，目光需要回溯，心怀需要沉浸，还须用她的存在方式解读她：悠长、缓慢、从容……"作者这种喟叹和解读，成为该书的一种鲜明而温暖的基调,并点亮人们在阅读时的审美火花。

在尚未成书的文稿里,我还发现了一份材料,似乎是江北区文联策划的这套旅游丛书的创作意向。其中写到,这部书"第一不承担慈城旅游的全部内容,但却是慈城旅游的精华,展示慈城旅游的亮点、特色,以及区别于其他古镇的不同点";我很为这个共识叫好。这也许正是此类书籍写作之要义。不求全,才有精华和亮色;不求全,才能摆脱平庸和浮泛;不求全,才有别于一般意义的旅游手册。我乐于为此书写下三言两语的序,应当包含这样的赞赏。

观剧随感

作为评委,我有幸观看了第二届中国越剧节的全部剧目,眼前一片五彩缤纷、花团锦簇。一个地方剧种,演绎出二十一台如此丰富的剧目来,让人觉得越剧是富有生命力的,是扎根在广大观众的心田中的,而且也是与时代同步前进的。

让人耳目一新的是,许多剧目充盈着浓郁的创新气息。越剧是善于吸收、敢于创新的剧种,她从来没有停止过前进的脚步。二十一台戏中,新的题材,新的形象,新的手法,层出不穷,令人目不暇接。让人信服地感到越剧不仅可以表现缠绵悱恻的儿女情长,可以表现生活气息十分浓郁的家长里短,而且还能表现金戈铁马、叱咤风云的宏大场面;其叙事方式,也不只是过去那种传统的从头至尾娓娓道来,而是吸收运用了电影、电视、话剧里的一些手法,有倒叙,有插叙,有淡化,有跳跃。剧情推进简约、凝练、巧妙、大气,加快了戏剧节奏,增强了审美效果。我想,这对于越剧的开拓与发展,无疑具有积极的意义。浙江省小百花越剧团的《结发夫妻》,让我看重的,不光是她那种全新的表现形式，人物跳进跳出，故事可断可续，而是作者将朱买臣休妻的那个老故事作了全新的诠释，它所传递的一对老夫老妻的恩恩怨怨，接通了当代社会的婚姻现状，让观众有所映照，有所感应，有所共鸣，这就很高妙。《烟雨青瓷》等剧目跳出了编故事的窠臼，揭示了对人性的复杂思考，也是一种很好的尝试。这些实践说明了经历百年之后的越剧，正在从传统越剧向现代越剧转变，勇于创新正是她的动力。

看了许多戏，也让人想到一个老话题，戏要好看。好看才是硬道理。为什么改编的《九斤姑娘》《一缕麻》等剧目会获得广大观众包括我们这些评委的喜欢？原因很简单，戏好看。轻松愉快，雅俗共赏，人物个性鲜明生动，故事情节环环紧扣，尤其是语言，生动活泼，机俏浅显，有许多台词唱段都是经过数代民间艺人不断修改加工而保留下来的，当代的剧作家怕是一时写不出的。而不少原创剧目则缺乏这种丰富性和生动性，不善于从横断面上去开掘，甚至有些故事的背景和线脉也没有说清楚，让人总是一知半解、云里雾里的。我们不能对观众玩"深沉"。为什么一些有思想有作为的编导的精彩构思，常常收不到炽热的剧场效应？观众对于那些关系太复杂、背景太隐晦、语言太含蓄的东西，是看不清楚的。看不清楚，戏剧效果就会打折扣，审美感受就会受影响。看戏不是看小说，容不得观众去掩卷沉思。而且，观众走进剧场为的是什么？他不是为接受教育来的，他是为愉悦来的。只有让观众看得津津有味，欲罢不能，牵肠挂肚，观众才会坐得住，才会让自己的感情随着剧情而起伏，喜则大笑，悲则生泪，冲击到心灵则会浮想联翩，思绪万千。

要说遗憾，所有的遗憾，还是文本的遗憾。——这话说得似乎绝对了一些。但是一剧之本不够扎实，往往是致命的，无可弥补的。我们欣喜地看到越剧界的优秀青年演员一拨一拨地涌现，这无疑是越剧事业繁荣的最基本条件，而且，舞台综合艺术的呈现，越来越精美大气，早已非当年的简陋和单调了。然而，观看了这么多台剧目之后，总觉得还有一种不满足。这个不满足究竟是什么？恐怕还是剧本问题。剧本的软弱，是这次盛会共同的软弱。我向来以为，并不是什么题材都可以写成戏的。戏有戏材，无奇不传，有丰富的传奇的戏剧因素才能够构成戏。因此，对时下流行的当地政府命名作剧的现象尤应谨慎才是。否则，花了很多钱，排了一个只能参加会演而不能作为上演剧目的戏，岂非劳民伤财？至于如何表现，如何叙述，也涉及艺术修养和功力的问题，不管你创新也好，探索也好，一些戏剧的基本规律还是不能违背的。比如，强烈的戏剧悬念总是吸引观众关注剧情发展的一个基本因素，鲜明的不同一般的人物形象，总是审美的一个基本特征。又比如，一台戏，总得有几块开掘很深、细致入微的"肉头戏"，精彩出招，扣动人心。只有推到极致，才能大放异彩。你违背了，观众会不满足，戏的感染力会削弱。这当然不是本文三言两语可以说清的。重视编剧，重视文本，重视剧本的扎实与提高，永远是值得警醒的。观剧兴奋之余，写下三言两语，随感而已。

十六天的二十四台戏

——第九届中国戏剧节漫议

一

当今的戏剧面貌发生了大变化。戏剧观念、叙事方式、舞台形态，都是前所未有的。舞台越来越流动、立体、自由。二十世纪八十年代，戏剧家们也在探索、尝试一些新的表现手段，总觉得有些磕磕绊绊的，格格不入，而今——比如这次我在第九届中国戏剧节上看到的二十四台节目，技巧却日臻圆熟，显示了戏剧美的圆融与和谐。若不是一度创作或多或少还存在着一些问题，还带来一些遗憾，真是可谓精品迭出、力作纷呈了。中国戏剧节，毕竟是展示中国舞台艺术的平台，与中国艺术节一样，具有大气度。

若说变化最大的还数舞台美术。旧时的一桌两椅早已不复存在，即便是上个世纪末的一些舞台样式也显得落后。声、光、电、色全方位进入舞台，真水真火满台闪烁，演员蹲下身子，随手一捧，就会捧出一条清凌凌的小河。钢构铁架，搭成恢宏的现代化建筑，左右移动，升降自如，也不知道要花多少钱，才能体现设计者的艺术意图，若去外地演出，保准得用很多很多的搬运工及几辆大卡车，还有火车皮等。天幕、侧幕，还有台前的两侧，全被舞美设计者用实景堆砌。你看天幕的顶端，随便打开一扇窗，便会钻出一个人头来，真如变魔术似的。《黄土谣》的表演区是三孔窑洞的实景，天幕则是黄土高坡，顶端有山西的老农蜷着身子在山路上来回走动，或者笼着袖子晒太阳，真是黄土高原的一幅图景。舞台美术可以壮观到如此的场面，强烈地刺激着观众的视觉神经，实在让人震惊。昔年的舞美理论被打得落花流水，比如说根据戏曲的本质特征如何处理舞美的虚实关系，长期以来是戏剧家们讨论的话题，如今早已成为一个绝妙的讽刺。渲染气氛也罢，烘托人物也罢，喧宾夺主也罢，风格不一也罢，只要我有招数，观众觉得好看，管它什么？——也真让人说不清道不明了。

　　当然，也有不乏精彩的。比如河北梆子《窦娥冤》，当窦娥含冤被斩时，三条誓愿被物化成相当精彩的舞台形象：一束红光（表示血柱）冲天而起，千点白絮（表示雪花）飘洒而下，纷纷扬扬，素妆红裹，交相辉映，构成美丽至极的意境，联想到的是那条无辜善良的生命被扼杀，震撼心灵。而黄梅戏《雷雨》和话剧《黄土谣》将室内景的某一部分从整体格局中分解出来，推移至前台，形成特写，则是电影特写镜头的巧妙运用，效果也十分的好。

　　舞台美术的大胆创新和变革说到底还是一件好事。不变才不好。只是也要允许百花齐放多元并存。犹如书法，或朴茂，或清健，或圆融，或方峻，或沉穆，或飞逸，千姿百态，风格各异。明快简洁的，虚拟写意的，也是一种美，不应被菲薄。花钱多少肯定不是优劣的标准。标准是舞美总该有思想，有意境，有构思，又贴切，作用于人物，还要好看。

二

所有的遗憾，都是文本的遗憾。——这话说得似乎绝对了一些。但是，一剧之本的某种软弱，却是这次盛会的共同软弱。这番话，我过去写过，现在，又不知不觉吐出来了。虽是老生常谈，却是不吐不快。谁都知道，戏是靠千锤百炼修改出来的，但是有些戏任你怎么修改，或者说，已经改得相当完整了，仍然还觉得欠缺什么，这是为什么？在这里我不能不说到昆剧《英雄罪》和豫剧《山月》。这两剧的整体水平都是相当不错的，前者大气，精美，考究，极具形式美；后者则细腻、委婉、朴实，很有乡土味。然而，看了以后觉得有一种不满足。这个不满足究竟是什么？恐怕还是戏的文本——题材本身的问题。也许是中国的观众并不欣赏类似莎士比亚《麦克佩斯》里的反面人物作为主人公，也许是"招夫养夫"的故事很难诠释传统道德与现代观念的矛盾统一。也就是说这样的故事、这样的事件、这样的人物究竟意义如何？写到这里，想起了前些年文坛争论的一个热门话题，说的是一位战斗英雄在战斗中不幸伤残，生理功能俱失，一位善良的女子对他十分同情，十分敬慕，愿意终生伺候他，因此而获褒奖。——这个故事让人棘手，是歌颂？是批判？抑或是歌颂和批判兼有？争论起来捣成了一盆糨糊。可见题材之重要，它具有某种先天性。选材要优，选材要严，选材要独具慧眼，真是不容易的事。许多编导（当然也包括我自己），还有文化部门的决策者，吃的正是这个亏。

话剧《黄土谣》是这次会演中最出色的文本之一。

作者叙述了这样一个故事：黄河边上的一个村支书在弥留之际，把三个儿子召到了身边，他交给儿子的"遗产"是一笔债务。一年前，他为了带领乡亲们致富，集资办厂，结果厂倒闭了，共欠了全村老百姓和国家贷款十八万元的债。这十八万元的债务由谁来还？村党支部制订了一个摊派到全体村民头上的还款计划。三个儿子也同意承受分摊在他们身上的四万元钱。然而，老支书的眼睛就是不闭，最后的一口气就是不肯咽。老支书的心思，大儿子宋建军的心里是清楚的，这债务怎么可以让村民来承担？可不能让老百姓骂共产党啊。于是，宋建军提出，由他们三兄弟来归还。三兄弟包括妯娌之间各有各的理由，各有各的想法，激起矛盾波澜横生……宋建军——这个具有责任感的汉子终于脱口而出，一言九鼎：这十八万我一个人还！

顿时，剧场里爆发出一阵经久不息的掌声，看到这里，我的泪水潸潸而下。观众以流泪来发泄情感。

一件普通的债务事项，爆发出一种极不寻常的核力。这十八万元拷打的岂是台上几个角色？同时也拷打着每一位观众。设身处地，如果发生在你的身上，你将如何对待？你是否也具有宋建军的境界和气魄？崇高与平庸，承担与推诿，利人与利己，谁都无法躲闪这一严峻的选择。

直面生活，关注底层，是选材选得好；积蓄愈久，喷发愈烈，是艺术铺排得妙。《黄土谣》因此而产生震撼人心的力量，因此而美。

戏毕竟是一种技巧，一种艺术，而不是耳提面命的教科书。好材料还需要巧剪裁。独运匠心，是谓构思也。

京剧《廉吏于成龙》为什么被大家交口称好？演员的光彩当然是重要的一个方面。看尚长荣和关栋天的精彩对手戏，全场掌声雷动，观众情绪活跃，这是戏剧的效果和奇迹。但演员的表演是建立在剧本的基础上的。若没有剧本提供的人物形象，则很难让演员有真正意义的创造。

《廉吏于成龙》按理说是一个相当凝重的戏。新任福建按察使于成龙到任后，发现前任官员草菅人命，铸成一起所谓"通海通贼"的冤假错案，造成当地上万平民锒铛入狱。而要平反这一冤案必须与亲定此案的驻节福建、权倾朝野的康亲王周旋。这样一块硬骨头的戏，如何表现？不板着面孔不端肃板正才怪呢。智巧的剧作者竟然把它演化成两场喝酒（其实一场是喝水）的戏，轻松活泼，妙趣横生，笑料迭起，煞是好看！舞台上没有剑拔弩张，没有慷慨激昂，没有山呼青天，把一场严肃的政治斗争智慧地化成满场的笑声！这就是作者构思的巧妙。旁敲侧击，举重若轻，谈笑风生，寓庄于谐，堪称高招。

戏剧舞台上有背面敷粉之说。所谓敷粉，为的是白净。之所以要从背面敷者，为的是让其自然透出，不落痕迹，其效果却要比正面大涂更好。古人做文章，画画，均有此法。文章不从正面做，画画也不是简单地描绘事物的本身，而是从侧面去表现，常常会收到意外的效果，写戏不妨学学此法。我以为《廉吏于成龙》亦有此理之妙。

突破平庸，贵在独创。艺术总是以个性而存活的。而创造扎实丰满的人物形象则是最值得我们追求的。尽管桂剧《大儒还乡》还有一些异议，有人不喜欢过于对应现实，冤假错案，坑农害农，虚假政绩，拷问官格等，现实中的东西都在古代再现了，也有人说板着面孔说道理教训人并不见高，如此之类大约自有其道理。而我想说的是大儒陈宏谋真还是一个非常感人至深的人物形象，真让我久久难忘。一个年逾古稀官居高位行将退养的老人，被皇上钦定为"一代大儒，百官楷模"，临行之际，忽然发现自己在位时曾经亲手制造了一桩冤假错案，而此案又是经过乾隆皇帝亲自批准的，而且是铁定的不能更改的，他陷入了深深的痛苦。面对舞台上这一形象，作为一名普通的观众，我的心中有一种激烈的冲撞，不可遏止。我不能不承认自己已被感染。不管是否有影射之嫌，这个人物是厚重的，丰满的，有血有肉的。这就是该剧的最大成功。相比之下，有些戏的人物形象还是单薄了一些。

我也很愿意说说甬剧《美丽老师》中张美丽这个人物。这个戏演出时显得还不成熟。粗糙之处可见，还需打磨。但我对于张美丽这个形象感触殊深。或许得益于电影文学剧本《美丽的大脚》，或许是有感于戏剧舞台太缺乏文学因素的注入。这个张美丽可不是一般化的人物。她以她鲜明的个性存活。一个粗通文化的海岛妇女，丈夫死了，儿子死了，她把她所有的爱倾注在她办校的孩子身上。这本身就有一种人性的东西在闪耀。她有感于另一位女教师吕薇的行动，说出一句十分酸楚的话："我哪里算个女人啊！"让人震惊，令人动情。一个女人，没有丈夫之爱，没有子女之爱，她的内心深处是一片孤独和寂寞。因此，就可以理解她为什么会那么爱海岛的孩子，就会理解她与电影放映员王树的私情。——当然，如何在舞台上有分寸地把握，是一件需要智慧的事，但这才是张美丽，才是血肉丰盈的张美丽。我以为不能简单地一以否之。艺术毕竟是艺术，何况现实社会已经变得那么复杂而深刻。

　　二十四台戏是说不完的，身为评委，想说的还有很多。

听顾锡东老师说写戏

顾锡东老师离开我们已经近二十年了,日子过得真是快。每忆起老师生前与我们一起相处的情景,心头总会涌起一股暖意,仿佛就在眼前一般。

那是二十世纪的八十年代,浙江的戏剧创作显得相当的热闹与活跃,这是与文化部门领导的重视和顾锡东老师等一批著名的剧作家引领分不开的。

那时候,老师住在朴素而简陋的省文化厅招待所里,二楼东首的第一间,师母也是在的,照料着老师的饮食起居。我还在宁海这座小县城里当编剧,每逢戏剧节、创作会议、观摩活动或到杭州出差,我总是要去拜望他,有时就在他那里吃饭并且喝一点酒,听他闲聊,聊戏剧创作信息,聊编剧的要领。

有一段时间,顾锡东老师与我反复讲一个观点,说写戏要讲究大雅通俗,大俗通雅,雅俗共赏。

何谓大雅?何谓大俗?

大雅是指事物美好到精致和极致;大俗则指大众化到极致,

普通到极致。雅,自然是件好事。但是雅到变成空中楼阁,就会"高处不胜寒",曲高而和寡。而俗,——这里当然是指向善的俗,而不是"恶俗"——却是一种率性自然、心融和谐的价值取向和美学标杆,由于它是大众的、朴素的、浅显而又深刻的,往往会收到十分佳好的结果,实际上是一个大雅的结果。苏东坡就有"以俗为雅"之说。因此可以说,大雅寓于大俗之中,不俗也就不雅,俗雅其实是一体的,有着不可分割的内在联系,大雅通俗,大俗通雅,最后达到雅俗共赏,便顺理成章了。

戏剧从本质上来说是一种俗文化,或者称之为通俗文艺。因为接受它的是观众。有的观众有文化,有的观众不怎么有文化;有文化水平高的观众,也有文化水平一般的观众;要获得不同文化层次的观众普遍的共鸣,是很难的,唯一的办法就是要做到雅俗共赏。顾锡东老师举例说:"戏有立于俗而能通雅者,如《梁祝》《白蛇传》;立足雅而能通俗者,如《红楼梦》《西厢记》。我写《五女拜寿》立足于俗,承蒙雅人不鄙弃;我写《汉宫怨》立足于雅,似乎俗人也欣赏"。这是他的自谦,也是他由衷的经验之谈。

顾锡东老师一生的戏剧创作,正是这样身体力行的。他一生写了八十多个戏曲剧本,几乎都是雅俗共赏的佳作。流传最广,上演最热,观众最为喜欢的当属《五女拜寿》。依老师自己所言,《五女拜寿》也是属于俗文化一类的,却收到了雅俗共赏的效果,这足可证明老师提出的大雅通俗、大俗通雅之论说。他有感于"文化大革命"中某些人势利的嘴脸，遂构思出杨继康五个女儿五个女婿因他的政坛风雨之升沉而有不同的反应，极大地赞颂了杨三春、邹应龙于患难中见孝顺之真情，也无情地讥讽了以杨双桃、丁大富、俞志云等为代表的那种势利小人，从而揭示了人情冷暖、世态炎凉这一人间最为普通的现象，使这个剧目获得了最广大的接受面，无论是身在高位的领导干部与知识分子，还是极为普通的平民百姓，看了此戏都会潸然动情，都会有切身感受。顾锡东老师有许多写普通百姓普通人情的戏，都相当好看，我们不妨看看他创作戏剧的剧名：《三救郎》《三弟审兄》《四喜临门》《五女拜寿》《辛七娘》《杨九妹》等，皆以数字串之，也无不反映了他的通俗、浅显、为广大观众所喜爱的审美倾向。所以雅俗共赏，说到底就是一句话，戏要好看才是硬道理。这也是我近些年来写戏的切身体会。顾锡东老师写的戏，十分注重戏的可看性，他曾经说过这样的话，他要为剧团写戏，为观众写戏，为演员写戏。为剧团写戏，即戏要有上座率，可以养活剧团；为观众写戏，是言观众喜欢看，坐得住，观众喜欢了，剧团的日子自然好过了；为演员写戏，是说一出新排的戏对于培养团内的演员相当重要，演员各有行当，各有所长，因地制宜，因材施教，因演员而设置角色，实在是别出心裁，颇见功效。

写到这里，还想再说几句关于选材的话。顾锡东老师也曾经与我多次说过这样的话，要解决"戏要好看""雅俗共赏"这个话题，对于写戏者来说选择题材很重要。也就是说，写戏必须要选好题材，选好题材，才能写出好戏，写出观众欢迎的戏。并不是什么题材都可以入戏的。戏有戏的规律，文章有文章的规律，写戏必须选用戏材。什么叫戏材？戏材讲究有强烈的故事性，有感情起伏，有传奇色彩。而现在的戏剧创作现状则不大注意这些基本道理，以为什么都是可以写戏的，领导出于对当地宣传的需要，以为凡是当地的先进事迹、本土名人都可以写成戏剧，谓之"本地元素"。这样做，这样的戏，缺乏材料本身的戏剧元素，也缺乏作者对生活的强烈感动，往往不可能成功。参加一下会演，得个什么奖，也便"偃旗息鼓"，刀枪入库，成为过眼云烟。花了很多钱，搞了一个难以保留的剧目，可谓劳民伤财。而只有从戏剧的本体出发，符合戏剧创作规律，即从可以入戏的"戏材"出发，才能写出有生命力的戏来。回顾一下我国丰富的戏剧史，大量的优秀剧目还活跃在当今舞台上，哪一出戏题材本身不是有着强烈的戏剧因素？我也是一个老编剧了，一辈子写了二三十个大戏，回忆一下，尝过选好题材的甜，也吃过选不好题材的苦，是很有一些话可以说的。回想顾锡东老师曾经对我的谆谆教导，要我解决好题材问题，犹觉声声在耳。

痛悼魏峨老师

3月1日上午,我在天一阁参加陈启元先生的书法研讨会,忽然手机响了。是浙江越剧团张伟忠打来的。伟忠告诉我,魏峨老师走了。是昨夜走的。定在3日上午召开一个告别会。师母要我们告诉你。我一时愣了。悲哀、痛楚、惊愕,猝不及防地一齐涌来。我不知怎样回答才是。

3月3日,我怎能不去呢?不去见我老师的最后一面呢?

那一天风雨大作。清晨7时,文联派车送我去杭州。风也急,雨也骤,我的心情也如风雨一般不能平静。魏峨老师怎么会走了呢?知道他身体不好一直住院,知道他每况愈下未能好转,这一天怎么来得这么突然这么快呢?

魏峨老师是我省乃至全国知名的剧作家,他与双戈(钱法成)老师合作的《胭脂》《于谦》《柳玉娘》曾经风靡全国,风靡那个年代。那一代的戏剧观众哪一个没看过他们写的戏?后来,他又写了很多戏,一个个都非常好看。他的戏生动机趣与深沉凝重兼有,与现在的大多编剧板着面孔写戏,有很大的区别。他真是戏剧界难得的写戏的大才。他的离去真是我们戏剧界的一大损失。

我与魏峨老师交往甚多，也甚深，我曾经写过一篇文章《魏峨老师》，收在我的散文集《说戏与戏说》里，我在文中流露的那份情感，见证了我俩数十年的师生情谊，在这里，我不想再重复了。我想说的是，他退休后，搬至新居，直至生病期间，我去探望了他三次。每次都牵动着我的心。

第一次去看他是在2006年的秋天。那时省里正在搞戏剧节。宁海越剧团有我的一个改编剧目在演出，团里的夏永盛非常乐意送我去看他。

魏峨老师的新居充满阳光，简朴，明亮。我想此刻的魏峨老师的内心也一定非常明亮，他在这里与何慧芳老师一起安度晚年。他们的儿子和女儿都定居在美国。他们也刚刚去过美国，住了一段时间，但是每个细胞都浸润着中国文化的夫妇俩，怎能耐得住这份异域的陌生和寂寞？还是回来的好，他这样告诉我。他与我说了很多，依然是过去的乐观豁达，充满睿智。年事渐高，当然不会整天想着写剧本。但是他依然想。他说他想写一本关于白居易在杭州做太守造白堤的戏，正在构思。当然并不急。我也祝福他，期待他大手笔为我们再写一部好戏。他问我在写些什么？他知道我从文联岗位退下以后，大多数时间致力于写戏，重操旧业，他很高兴。他说你转了一圈还是回来了。我告诉他，我在为余姚写《王阳明》，他说这个戏不好写，如何绕过唯物唯心和农民起义的两个难点？我说魏峨老师，时代不一样了，如今对王阳明的评价已非"左"的年代了。他有所触动和深思，哦，是吧？我又告诉他，我还在写《宁波赋》，受命之作。他说赋不好写，得有深厚的古文功底。我说，《王阳明》也罢，《宁波赋》也罢，到时候都要请老师来指点。可是，后来他竟病了。没有看一眼我的两件作品，成了我一生中的一个遗憾。当然，更大的遗憾是没能看到他正在构思的《白居易》。

得悉他不幸摔了一跤以致脑中风而住院，已是 2010 年的事。四月下旬，我出差杭州，急匆匆赶往医院。他虽然消瘦了许多，气色并不怎么差，眼睛也依然明亮，只是说起话来已经言东及西、答非所问了。但偶尔也有几分清醒。我拉着他的手，他看着我，脸上有暖暖的笑。我很悲哀。曾经风华奋发驰骋于剧坛的一代名家，竟是眼前这等模样，令我心酸不止。我退出的时候，看到他目光竟是复杂的，你怎么去想都可以。

我最后一次去医院看他是与钱法成、方葆元两位老师一起去的。那时的情景已让我们预感不祥了。他静静地躺着，无力地闭着眼睛，身上挂满各种输液。何慧芳老师弯下身子，在他的耳畔轻轻地告诉他，老钱来看你了，方葆元来看你了，杨东标来看你了。他的眼皮动了一下，想努力地睁开双眼吗？却睁不开。他只是轻轻地动弹了一下。魏峨老师，我们来看你，你是知也不知？你什么时候可以忽然清醒过来与我们依然谈笑风生？我默默地站着，悲凉的情绪弥漫全身。

3 月 3 日，风雨一直没有止过，杭甬高速公路上一片迷茫。

我想起魏峨老师送给我的一首诗:"风雨初相识,忘年志趣投;别来当刮目,珠玉耀明州。"对于我的作品,无珠玉可言,而他的殷切相勉,却可以一直温暖我的心。而今他走了,留给我的是永远的怀念。

怀念天高兄

缅怀天高兄,让我想起了几件往事。

1979年的夏天,我有幸参加浙江省文化厅(局)召开的首届莫干山戏剧创作年会。当时我还在宁海剧团里当编剧,剧团要我重新改编平调传统戏《金莲斩蛟》,带着改好的本子,我上了莫干山。盛夏的莫干山云淡风轻,凉意袭人。我被安排在一幢别墅的顶层,恰好与顾天高住在一起。顶层是斜尖型的,低矮处头要碰到天花板。中间隔了一层板,把我和天高兄一分为二,所以实际上住的是单间。一个多月时间,我们几乎都在埋头写作,各顾各的,很安静,记得天高兄那时候正在为浙江话剧团写《天涯断肠人》。

于是,我认识了天高兄。我们的友谊也自此始。

我比天高兄小七八岁,他自然是我的大哥,无论年龄,无论资历,还是写戏经验。我们开始各种话题的聊天,聊剧本,聊剧团,聊家庭,聊生活。天高兄身居省城,见多识广,很让我钦佩。只觉得他有一股北方汉子的气魄,声音洪亮,说话爽快,且富有表情,不愧是演员转行编剧的。时间久了,相互便随和起来。我甚至笑他才四十几岁,已胖成这副样子,他说,你不要笑我,你以后也会像我一样的。我一直庆幸没有被他言中,谁知近年来,也胖得实在难受,时时会想到他曾经给我的预言。

此后,我们几乎年年见面,在莫干山创作年会聚会。那时候,顾锡东、钱法成、魏峨、胡小孩等一批老剧作家牵扶着我们——当然也包括天高兄以及张思聪、包朝赞等一批中青年剧作者。

天高兄自然而然成了我们这批人的"领头羊",于是便有了西湖剧社。天高兄任的是社长,顾问便是前面说到的几位老师。

西湖剧社团结了我省一批中青年剧作家,勤奋创作,锐意进取,很有成果,也搞了几次活动。如请余秋雨来作了一次讲座,又到温州张思聪那里搞了一次像模像样的采风活动,参观并感受了正在蓬勃兴起的浙南经济,如龙港新城,又讨论了我的一部新作《明月何时圆》等。这个剧本后来被浙江越剧院三团采用,参加了浙江省戏剧节并进京演出,也是我创作历史上的重要一页。此后,我还与徐沙兄受天高兄之托,赴福建三明参加了武夷剧社的活动,算是与兄弟剧社的一次友好交往。总之,那时候,在天高兄带领下,剧社办得生气勃勃。

1987年,浙江省文化厅推荐我去北京中国艺术研究院研究生部编剧班读书,毕业回来,带来了一部新作《野杨梅》,惹了一场小小的风波。这个戏的素材来自我的家乡宁海,那里连续发生了几起典妻的案子，汹涌的改革大潮中竟然泛起几片封建残渣，让我陷入深深思考中。其时正好在北京看了中央戏剧学院院长徐晓钟导演的《桑树坪纪事》，很是震撼了我。因此，便有了《野杨梅》。剧本很快被余姚姚剧团沈守良、寿建立看中，不久被推上了舞台。1989年是一个非常敏感的年份，《桑树坪纪事》原定是要参加首届中国艺术节的，由于揭示了当时农村的封建愚昧现象而下马。《野杨梅》是否面临着同样的命运？因为又一届浙江省戏剧节即将开幕。质疑的声音顽强地冒了出来。时任浙江省文化厅厅长的钱法成同志，坚持不能用简单的办法对待创作剧目。他亲自来宁波看戏，座谈，提出修改意见，使得这个戏能继续参加浙江省戏剧节并得奖。而当时，对钱厅长最有力的支持者是时任浙江省文化厅艺术处处长顾天高同志。他几次来电与我商量，怎样把这个戏改好，怎样更体现正面的力量，尽管我很不情愿地在最后一幕加上一大段概念化的唱腔，我还是非常体谅两位领导的一片苦心。许多争论细节我是在若干年以后听到的，钱法成厅长说，这是余姚姚剧团的戏，这是杨东标写的剧本，更应慎重。其呵护关爱之心，让我感动汗颜。我对他们两位顿生敬意。

我从宁海文化局调至宁波市文联工作后，由于岗位转换，工作重心和业务属性发生了一些变化，我有一段时间较多地从事文学写作而离开了戏剧创作，心里总觉得愧歉，愧对顾锡东、钱法成等几位老师，也愧对天高兄的期望。这一愧疚直至2005年我退休以后才得到释解。我有了充分的写作时间，我几乎每年有一部新作推上舞台。《王阳明》《五月杨梅红》《严子陵》《海兰花》《十里红妆·风雨情》《葛洪》及新编《梁祝》，还有江苏锡剧《望岳情》等（其中有几个是合作的），共16部大戏结集的《杨东标剧作选》和《杨东标戏剧新作选》先后出版。我算是对得起我的老师和兄长了。其间，天高兄与省里的一些专家一次又一次地来看我的戏，参加座谈，提出中肯的修改意见。我每次听到天高兄的热情鼓励和精辟的分析，总有一种感动。天高兄，你的头发都已经白了，你如今已是省里为数不多的戏剧界老前辈了，你还不知疲倦地抱着对戏剧的热爱之心，风尘仆仆，来宁波，也去全省各地，指导戏剧创作，你应该好好休息了。而他，则表现得兴奋异常，有一次看了我的《五月杨梅红》，高兴而感慨地与我说："我在好几个场合说过了，在我们浙江的舞台上，出好戏的，还是我们西湖剧社的几位社友。"看他兴奋的样子，我也兴奋起来，让我想到当年在莫干山小楼里我们推心长谈的景象。天高兄，我多么想再与你这样快意畅谈啊。然而，你却永远地离开了我们，让我怅然若失。

关于《梁祝》的改编

我喜欢越剧《梁山伯与祝英台》,是一种发自心底的喜欢,是一种经得起时间冲洗的喜欢。这一生中,不知看过多少次《梁祝》,听过多少遍《梁祝》,《梁祝》总是有一种迷人的魅力,优美凄婉,曼妙动听,动人心魄,令人回肠荡气。可谓百看不厌,百听不厌。此即经典吧。不光如我,也不光是一些越迷,以至达官贵人以及平民百姓都喜欢。比如东航的一位将军,我称之为余政委者,一说起《梁祝》来,便情有独钟,话语深情,令我非常吃惊和感动。又如我的一位挚友吉旺兄,他对于《梁祝》,也是出奇的爱,说起《梁祝》来眉飞色舞,言溢于表,他会把繁忙得烦人的工作事务撂于一边,携夫人去静心地看一场《梁祝》,看得泪水盈盈,尽情尽兴。文化这个东西,真有点奇妙,欲罢不能,欲休还说,真还是少不了它。

基于这种感情,2006年的时候,茅威涛、郭小男邀我参与改编《梁祝》,我欣然允诺。伉俪俩堪称中国戏剧界的精英,一为主演,一为导演,担纲新版《梁祝》的主创,自是一件引人注目的事。尽管文本改编的方式，有一点特殊——他是约请三位编剧分别为之执笔，最后由导演统稿——但我仍然感到兴奋。毕竟是我喜欢的《梁祝》啊。而且，凭借茅威涛的实力与名声，肯定会红遍大江南北，以及中国香港和新加坡等地。好评如潮，争议也不少。说二度创作以及综合艺术，自然是非常精湛的。然而，观众对于这个文本，还是有意见的，我也有一种不满足，或曰是遗憾。我对于署有我改编名字的文本，感到一种不满足。

《梁祝》应该如何改编？十个编剧会有十种不同的思考和笔墨。其实，它涉及的是一个如何对待经典的问题。经典是不可以轻易颠覆的，但经典也不一定十全十美。尤其是时代不同了，观众的审美要求也在发生变化。如何恰如其分，恰到好处，继承又创新，尊重而又不泥于，实属一个不易的话题。古人说画美女，多一分则太肥，削一分则太瘦，说明分寸感的重要，它是美学的一条原则。我以为，改编《梁祝》首先是要尊重它，尊重它的那些核心艺术。它的人物形象、故事内核、优美唱段都是不可轻易改动的。观众耳熟能详、能哼能唱的东西，你轻易抹去，观众是要骂娘的。但是，《梁祝》也有一些拖泥带水的东西，拖沓冗长，节奏缓慢，交代过场戏多，水词儿不少，这就需要我们精心处理，细致把握，有所创新。

2008年的夏天，陈云其等约我再次改编《梁祝》，使我的这些想法和愿望得以实践。我采用了思考多年的以春夏秋冬四个篇章为结构的框架，定位于精编。把一些经典唱腔，诸如"我家有个小九妹""十八相送""楼台会""十相思""立坟碑"等全部或基本保留，——设想一下，如果没有这些唱段，《梁祝》还能称其为《梁祝》吗？大厦抽走基石，生命失去血肉，还能说些什么呢？编为四个篇章结构的另一个好处是给表演提供了很大的空间。尤其是春篇和冬篇。《梁祝》是一出非常注重营造情境的戏，四季交替恰恰是人物命运的走向和归结，会给观众造成强烈的视觉以及情感的冲击。从《蝶双飞》主题歌的贯串，到梁祝两家时空的灵活转换，以及红白灯笼的舞蹈，不仅简约了拖沓的场面，而且催化了情感，使得感情更加饱满，从而更强烈地演绎了人间大美遭到毁灭而又涅槃永生的题旨。从演出效果来看，观众是可以接受的，而且接受得心悦诚服。整个戏由原来的近三个小时，浓缩到不满两个小时，也符合当代观众的审美需要。

我的这一创作愿望，在宁波市艺术剧院陈云其工作室的操作下——以一种全新的组合方式，将它推上了舞台，我自己获得的不单是喜悦，也是一种艺术创作的满足。我的几位文友储吉旺、郑学武、徐长春、张文宽等观后或赋诗或撰文或来电饶有兴味地与我谈兴奋之情绪，实在也算是知音相惜，诚意感人。因此，从文本意义上说，我更喜欢这个《梁祝》的改编，虽然，从表演水平上说，是不能与茅威涛他们的《梁祝》同日而语的。但是，观众喜欢，作为戏剧，没有比观众喜欢更重要的了。

精编《梁祝》只是一个改编本，从文本的意义而言，创作的含金量和价值其实并不大,它既不是原创,也没有对主题、情节、人物做出重大的改编,观众看到的还是原来那个《梁祝》,但我以为并不影响我的改编意义,我保留了原剧的精粹,而注入了形式上新的构思。

波澜恣意　风云舒卷

——观郭小男执导的三台大戏

郭小男曾经以执导《金龙与蜉蝣》等剧的成功，赢得中国戏剧界的"黑马"之誉。在去年举办的浙江省第九届戏剧节上，他执导的三部大戏——浙江省小百花越剧团的新编越剧《藏书之家》、浙江歌舞剧院的音乐剧《蓝眼睛，黑眼睛》、浙江京昆艺术剧院的新编京剧《东坡宴》，以新的艺术面貌引起人们的瞩目。三台大戏内容不同，形式有异，却各具丰采。他对舞台艺术的激情思考和大胆实践，很大程度地开发了戏剧园地的艺术潜能，表现了他在驾驭、编织气势宏阔而风格各异的戏剧场面上的艺术功力和素养，给我们提供了多重的审美感受和创作思考。

创作宏阔大气的舞台意境，是郭小男的一贯追求。同样，他把这一追求体现在《藏》《蓝》《东》三部剧作里。大气的舞台意境，首先要凭借文本基础的提供。导演选择或接受什么样的本子，需要经验和涵养，更需要独具慧眼。可以说，作为导演的郭小男，对这三部戏的剧本创作，提前进行了介入。从策划到构思,以及不断修改剧本,他把自己的智慧渗透在剧本创作之中。三部剧作的题材,一是反映宁波天一阁藏书的故事,一是关于苏东坡治理西湖的故事,一是描绘奥地利少女格特鲁特与中国留学生杜承蒙一曲浪漫的异国恋情,无论从文化意义或人性意义上说,都显得大气磅礴、凝重有力。这样的题材,一经开掘,便呈现出内在的丰富性和厚重性。忧国忧民的苏东坡,把藏书事业融入自己生命的范容,以及阅历半个世纪风雨而矢志不渝心中情感的华知萍,三部戏都把主人公的坎坷的命运,与时代与民族紧密地结合在一起,透过这些戏剧人物的塑造,可以眺望民族的生存情结,具有深厚的文化底蕴和积极的人性深度。我们现在从舞台上看到的形象和意境是感人的,具有冲击力的。如《东》剧监狱里的一场戏,是非常精彩的一场戏,通过皇帝、苏东坡与两个弄臣之间在如何为官上的巧妙冲突,接通了当代观众的关注热点,鲜明地烛照了当代官场上那些卑劣灵魂,给人一种历史的警示。《蓝》剧则把浓重的半个世纪的沧桑,把生离死别的爱情故事升华到民族的生存情结,展示了人性中最美好的情感,创造了堪称崇高的意境美。而《藏》剧所展示的空间,似乎与《东》《蓝》两剧有所不同,它更注重的是一个心理空间,而不是地理空间,这个心理空间酿造出一种玄秘、沉郁的氛围,让观众心悸而心动!比如占了全剧很大比重的"女子不许上楼"的情节,被一层层展开的冲突推到了极致。它可以从一个侧面揭示藏书楼中惊心动魄的矛盾冲撞,塑造了范容等一系列人物恪守祖训,执着于藏书事业的性格风貌。在逼仄的地理空间里，心理空间显得异常辽阔，因此使该剧获得了一种张力，显示出大气。郭小男在三台剧目平面的形象推向立体塑造时，调动了多种艺术手段，多变的舞台调度，众星拱月的造型亮相，声光服饰的合理运用，别具一格的舞蹈场面等，都让观众的心灵为之震慑，情感为之浸润。

  郭小男的这三台戏的另一特色是突破旧格，着意标新。戏剧走到今天，如何与时代同步？如何获得鲜活的生命？创新是一个永远的话题。没有创新就会停留在平庸与滞后上。郭小男从浙江省文化厅接过这三台大戏的重托起，就有一种强烈的创新的渴望。他思考的是如何丰富地全方位地展现浙江新的戏剧面貌，他必须超越自我，超越固守的剧种意义，他选择了越剧、京剧和音乐剧，他想让每一个剧种都发生一些变化。《东坡宴》的原名《关于疏浚西湖及多渠道集资的情况报告》，作为剧名，它显得有点怪异饶舌。这也许并不重要。郭小男所要表现的真正想法是要给京剧"松松绑"，在轻松愉快中让京剧生动起来，舒展起来。因此，这出戏的结构、人物、语言以及整个样式都获得了一种自由度，一系列东坡肉、东坡酒、东坡豆腐之类的膳食，作为外存的形式，串起了整个戏的结构，从中折射出残酷的政治较量。其实，凝重的内涵决定了这出戏不可能会是"玩"的，只是让观众在诙谐幽默的调笑中去感悟更深切的东西罢了。当然，插科打诨也应该是有分寸的，我也不甚赞成过分的以及浅俗的调笑。但，就整体而言，这出戏仍然饱含着深沉与凝重。通过打磨，会更具新的光芒。而《藏》

剧（王旭烽编剧，茅威涛主演）则是郭小男精心创新的另一剧目。近年来，茅威涛已经不能满足越剧舞台原有的艺术形象塑造和艺术风格的呈现，她曾经说过这样一段话："越剧唱惯了才子佳人，长期被人们定位在亮丽、婉转、清新上，缺乏理性的、深刻的东西，我希望能有所开拓。"她的这一主张和思考，与郭小男是心心相通的。因此，《藏》的探索和实践，注定了他们承受的风险和艰辛，也注定了是他们的一大步跨越。一个悲怆的藏书故事，限制了戏剧的通俗性与观众面，却蕴藏着独特而深厚的文化底蕴。郭小男是在和编剧、主演等主创人员的共同努力中，为我们展示了一个全新的越剧。他们更注重人物内心复杂性的刻画，更注重主题多义性的展示，甚至让观众扑朔迷离，并不断地调整着审美走向，让戏剧大量融入小说家的主见。主人公范容坚而迂的心理冲突，不近人情的表现，剧情所提供的主题倾向，是赞赏藏书的艰辛还是批判他的迂执？都难以一言道清。这是一件非常残酷的事。而郭小男那种张弛有致、举重若轻的艺术手法，以及运用多种舞台手段——包括灯光、服装、"单水袖"舞蹈等，都展示了他的突破旧格的创造力。我们可以更多地把《藏》剧视作是一出独特的心理剧。

可以说，展示在观众眼前的三台大戏，十分注重舞台形式的创新。以舞美为例，无论是《藏》剧拥有硕大而沉重的那座转盘的藏书楼，还是《蓝》剧中横贯舞台的凌空飞架的不锈钢支架，以及《东》剧近乎传统的舞台样式，都给人形式上耳目一新的感受，而这种对表现形式的寻求，并不与内容格格不入,相反却较好地提升了内容。这是难能可贵的。他把舞台元素运用得十分饱满,写实与写意、再现与表现、寓言与象征都达到了一种高度。

郭小男的三台大戏,也不尽完美。还有些明显的问题,值得商榷。比如《藏》剧对范容人物性格的把握和观赏性的提高;《蓝》剧对"文革"场面的表现;《东》剧对有些喜剧语言的使用等,都有待改进。相信通过打磨,一定会更趋精美。

读陈也喆的《戏中有戏》

读陈也喆的新著《戏中有戏》，不能不让人想起年轻时看甬剧的各种往事，不能不想起我与甬剧团的种种交往。那时候，我在宁海工作，宁波甬剧团每有新戏开演，我们都会赶去观摩。《半把剪刀》《天要落雨娘要嫁人》《雷雨》，还有《亮眼哥》《夺印》《山乡风云》等，我能开出一大批剧目单。

甬剧团的戏好看，首先是这些剧目好。剧情跌宕起伏，扣人心弦，角色个性鲜明，语言妙趣横生。那时候，一台戏至少要演两个半小时，我坐在剧场里，一点不嫌长，不觉累。大幕闭上了，仿佛还意犹未尽，不愿散去。其次，他们的演员好，一代又一代，甬剧团总有一批光彩照人的名角，展现了剧团强大的艺术阵容。我最熟悉的当然是杨柳汀、曹定英、石松雪、杨佳玲、王利棠这一批，后来又有王锦文、沃幸康。我也看过金玉兰、徐秋霞、徐雯霞的戏，但不多。他们的表演生动真切，朴素自然，接地气，松得很，都是生活化了的。金玉兰演的一个角色，右手捏一个油瓶，换了左手，右手就往头发上顺手一抹，台下一阵笑声，那个角色形象就活脱脱出来了，至今让我记忆犹新。

我也为甬剧团写过几个戏，与天方合作的《浪子奇缘》，获得全国优秀剧本奖，那时候还是非常稀有的，这是二十世纪八十年代的事。还有《东瀛孤女》和《好母亲》。一个时代有一个时代的戏，其中让我感受很深的是，甬剧团的演员，真的很会演戏，塑造人物的能力很强，因此，观众喜欢，编剧和导演也高兴。在也喆的书中看到那些剧照和戏单，让我很亲切，怀旧心情油然而生。

读也喆的《戏中有戏》，让我看到甬剧艺坛上一片云蒸霞蔚的艺术现象。而这些现象，不光反映在舞台上，还表现在日常的生活中。这就构成了这本书的基本特色。作者写的是甬剧，写的是曾经风光无限的老艺人，更多的是台下的逸事，幕后的插曲。他们演戏、做人，献身于事业，令人尊敬。这本书不是甬剧史，却是甬剧史最好的补充和辅助。一辈子写了很多甬剧的著名剧作家胡小孩，他的独特名字带来多少有趣的笑话？杨柳汀扮演郭建光那优美挺拔的形象之前，为甬剧曾受过多少次伤？王锦文为苦练《典妻》的行路台步，承受了大脚趾趾甲脱落的几多痛苦？一个普通的甬剧爱好者叫樊阿达，他对甬剧一片痴情，搜集的节目单竟多达近百份，又为谁知？当然，还有很多，不能一一枚举，正是这些闪光的细节描述，犹如珍珠一般装饰在甬剧的艺术大厦里，让甬剧具有了另一种血肉丰盈的光彩。

也喆告诉我,她的这种写法,源自一次与王锦文的对话。有一天午休,陈也喆正在看徐城北的《京剧下午茶》,喜欢阅读的王锦文说,让我也看看吧。一看,她喜欢上了,对也喆说,我们能不能写一本《甬剧下午茶》呢?一下子就把也喆的灵感点亮了。

下午茶是一种休闲的餐饮方式,散漫而随意,区别于正餐,这给陈也喆以全新的启示。对于甬剧是否也需要有一种不同于《甬剧发展史述》乃至《甬剧老艺人口述史》之类的"下午茶"呢?下午茶在某种角度来说,是否更有趣味,更让人轻松愉快呢?答案是肯定的。

于是,陈也喆开始了漫长的采访。

她重新采访了三十多位甬剧老艺人,健康的,扶病的,宁波的,上海的,不求人事详尽、面面俱到,只要是甬剧长河里泛起的一片闪光的浪花,便用心记下。她真切地体会到"生命中真正挚爱过的东西,会长在身体里,伴随我们的一生"。她选择在夜深人静时,心闲气静时,书写了这部著作。

王锦文在序言里说:"这不是一部史书,没有读史的沉重感,但分明可以从中窥见历史的沧桑感;这也不是一部小说,而是真实的甬剧逸闻趣事。"这是对陈也喆这部《戏中有戏》的最好评价。

值得一提的是,也喆既是一位戏剧研究工作者,又是一位青年作家,她的散文化的语言具有一种优势。全书行文,娓娓道来,文风清新,文字简约,文笔优美,艰苦而神往的事业与诗情画意的表述有机交融,辛酸、浪漫、凄楚,百味杂陈,才有了让人阅读的快感。

读完书,我也想,如果行文中再有一些开掘,也许更好。也喆年轻,充满灵气,前程一定无量,当为之祝,为之贺。

瞎子春琴

春琴是越剧《春琴传》中的女主人公。她是个瞎子。一个年轻美貌的女子却不幸双目失明,她的内心是如何的痛苦?因此她变得性情乖戾,且孤僻、任性、高傲。没有人能近于她,只有从小相伴的男仆人佐助才能侍候她的左右。

佐助爱慕春琴,不光是她的容貌,还有她的聪慧,她的琴艺。因此他也学琴。琴声把两颗心拴在一起。即便高傲如春琴者,也被一种淳厚朴实宽容的情怀所化解,结果是两人都获得了爱情。

主仆相恋遭到了世俗的冷眼,而最卑劣的对手则是纨绔子弟利太郎,他得不到春琴,便以一壶滚烫的热水将她毁容。春琴绝望了。她不忍佐助见她这张可怕的脸,便要他永久地离去。佐助毅然地用簪子将自己的脸划破,将自己的双目刺瞎。两人都看不到对方了,却永久地拥有了对方,拥有了属于他们的世界。戏演到这里,如诉如泣,如诗如歌,天幕忽然明亮起来,剧场静得屏住了气,然后是热烈的掌声响起。

这个凄美得像风雨中的寒梅的故事是日本的一个著名作家谷崎润一郎写的，浙江省小百花越剧团把它改编成越剧。谷崎润一郎是唯美主义大师，他用几近残酷的情节，完成了那种凄艳而哀婉的美的塑造。他没有想到中国江南有一个剧种叫越剧，其风格与他的作品是那样的相通，因此，小百花选择了春琴。

越剧本来是以演绎缠绵的爱情故事见长的。但是，演来演去演成了一种模式，叫作"私订终身后花园，落难公子中状元"。这样，观众就感到了乏味。创作最不能允许的是千篇一律，袭旧雷同。而《春琴传》无疑是全新的。在越剧舞台乃至戏曲舞台上出现春琴和佐助这样的人物关系及形象，也许还是第一次。作品以鲜明的个性存活。这不能不说是越剧可喜的成果。我为导演郭小男的眼光而击掌。他在日本有过多年的艺术生涯，他把良知演绎为艺术。

看罢《春琴传》，也让我想起早年读的陈建功的小说叫《他们是瞎子》。小说很短，两千字左右，容量却很丰富。主人公是一对少男少女，由热恋到结婚到离婚，就像我们的日常生活中司空见惯的那样，如流星一般明亮而又短暂。他们的背后，则有一对老人衬托着。这对老人大约是生活中的最不幸者，他们的眼睛都瞎了，只能手挽着手，相互搀扶着行走在小巷里。他们用竹竿在青石板上敲出笃笃的声音，也敲击出他们残缺的人生。什么叫患难相依？什么叫相濡以沫？他们大约如是了。这竹竿击路的声音恰恰成了少男少女幸福和不幸的衬托，击在他们的心上，也击在读者如我的心上。人世间的爱因此而映照，而深化。这大约也是春琴和佐助平静而无悔的晚年吧。当然，小说毕竟是小说，戏剧毕竟是戏剧，艺术常常以极端的方式制造出理想化的美，让尘世间的人们恍如隔世，生出感叹。社会已经变得越来越喧闹，而今的婚姻观和情爱观也变得越来越现实，越功利。去看看《春琴传》这样的戏剧，接受艺术美的导引，让感情的领域变得纯净一些，实在是很有意义的。

《我的姚剧生涯》序

一般地说，可以让人们尊称为戏曲表演艺术家的，大约得具备这样几个条件：第一，他（她）的表演艺术达到一个相当高的水平，善于创造，创造出一个个鲜明生动的舞台人物形象，并且形成自己的表演风格或唱腔流派，不说炉火纯青，也是独树一帜；第二，他应该是他所从事的剧种的领军人物，他对这一剧种的建设、发展、繁荣，有其独特的贡献；第三，他还具有一定的文化涵养，善于把自己的舞台实践上升为艺术理论。作为姚剧领域里的表演艺术家，沈守良先生应该说是名副其实的，当之无愧的。

也许，沈守良的艺术生涯已基本结束，他今年七十三岁了，不再登台演戏。但是，他的艺术生命仍在延续，他曾经塑造在姚剧舞台上的那些人物形象，至今仍有其灿烂的光芒。他在《强盗与尼姑》中饰演的鲁迅先生，《沙场泪》中饰演的张自忠，《传孙楼》中饰演的杨富康等，至今还鲜活地保留在人们的心中。他的表演朴实无华，自然放松，注重对角色的内心刻画；他的演唱音色淳美，姚剧韵味十足，不经数十年的磨砺是不能成就的：他一出现在舞台上，立即便有一种光彩照人，让观众瞩目。说沈守良，首先他是一个出色的演员，是一个为广大观众所喜爱的演员。

我在读守良兄的大作《我的姚剧生涯》的打印稿时，强烈地感受到一个姚剧演员与姚剧深厚的、浓得化不开的感情。沈守良自是个聪慧的、悟性颇高的人，如果让他从事其他行业，他一定也会做得很出色。命运把他置放在姚剧的园地里，他便在这块园地里扎下了根，扎下了深深的根。随着时代风云的变幻，姚剧也经受着种种磨炼、捶打。从沈守良考进姚剧团的那一天起，到他退休，他经历了姚剧团的一个重要时期，他为姚剧的痛苦而痛苦，为姚剧的欢乐而欢乐，为姚剧的进步而进步，为姚剧的灿烂而灿烂。可以说，他的生命之花是为姚剧而开放的，他的生命与姚剧融为了一体。这是姚剧的幸运，也是沈守良的幸运。他是姚剧一个时代的代表人物。他与后来的寿建立成为姚剧星空的两颗明亮的星，成为姚剧剧种公认的代表性传承人，既是个人努力的结果，也是历史的赋予。为此，作为一个文化人，我投以深深的钦佩的目光。

但是，仅仅以上述的一些来说沈守良，还是不够的。沈守良还给我另一侧面的印象，他是一个有文化的演员，是个多才多艺的演员，是个有思想的演员。他不单会表演，还会编剧、导演、作曲。有关戏曲的许多技艺，他都会来一手。他参与了许多剧目的创作，年轻时，还独立写过大戏《焦裕禄》。直至退休后,他还在孜孜不倦地写着戏剧小品、表演唱一类的作品。他写的唱词充满着浓烈的乡土气息,洋洋洒洒,生动活泼,是许多吟诗作词的文人所不能的;他设计的姚剧唱腔,基于扎实的传统姚剧的功底,然后又出而化之,为演员、观众所喜爱,专职的唱腔设计,能从他的作品中吸取到许多宝贵的音乐元素。他还写得一手好字,很多年前,大约是二十世纪七十年代初吧,有一次,他演戏演到了我的家乡宁海,坐在我的家里,用小狼毫写幻灯字幕,写在透明的玻璃纸上,一手漂亮的小楷,写的是《柏树坡》的唱词。这就颇不容易。一个演员有着如此全面且深厚的文化修养,他可以比一般的还缺乏一点文化的演员,站得更高,看得更远,思考得也更多。

我与守良兄是多年的老朋友了,也算是同行圈子里的人。我在宁波,他在余姚,一起从事戏剧事业,又一起待在文联系统(退休前几年他被调到余姚市文联任职),见面的机会,时时会有。见了面,总是先递一支香烟,然后,聊一些随意而轻松的话题,让话语在烟圈里慢慢荡漾开来。虽然话语不多,心是相通的。现在,他的这本花了数年工夫写成的、传递着丰富的姚剧信息,同时也传递着他个人生命信息的专著即将付梓,嘱我写几句话以为序,我自然乐于从命。一是为之祝贺,二来也为了多年的友情写几句我的感受权作聊天吧。

漫说《江南女巡按》

一

在我创作（包括改编）的二十余个大戏中，《江南女巡按》是我比较喜欢的一个剧目。当年，宁波小百花越剧团将它推上舞台，连演不衰，算起来，至今已有十二三年了。这么多年来，他们一直把它作为保留剧目在演出。（直到本书出版之时，团长王斌樵还希望我将这个戏改一改，再度推出。）

当时的团长是刘建宽，我的一个老乡，如今在浙江省小百花越剧团任常务副团长，在省戏剧界作曲作得很红。建宽邀请我改这个本子时，我正在云南昆明参加一个会议，会后组织去西双版纳，机票都买好了。建宽十万火急地来电要我退去机票，直飞南京，与导演俞克平及合作者老柯见面，共商改编事项，我只得从命了。

与导演俞克平讨论剧本提纲，是一个痛苦的过程，也是一个快乐的过程。当然，更多的是快乐。痛苦的是，常常会推翻已成的构思，反复再三；快乐的是，否定之后，更多的是突破和收获。这不仅为当时的《江南女巡按》所体验，也是后来我与他合作多部戏剧作品的切身感受。俞克平真是一个"戏精"。他嘴巴里吐出来的点子，都是戏，都是生动活泼、妙趣横生的戏，他真是从戏堆子里滚出来的行家。无论悲剧喜剧，无论生、旦、净、丑，他对戏中之道真是太熟悉了。这是戏剧学院毕业出来的编导们所缺乏的，也是一般的编剧所缺乏的，甚至，我觉得，许多优秀的导演，也缺乏这种把握剧本、主动为剧本谋划点子的本领。导演会把二度创作设计得很精美，却缺乏这种对剧本的把握。俞克平却有这样的本领。但是他说：我只是嘴巴说，东拉西扯，不会写（当然也会写）。谁知道呢，在他看来，干导演比编剧有意思吧？

二

《江南女巡按》是根据田汉的《谢瑶环》改编的。当时，我对田汉先生写这个戏的背景不大清楚，顾锡东老师曾经给我写过长长的一封信，说田汉当时写这个戏针对的是平反冤案，袁行健蒙的就是一个弥天大冤案。我则觉得，这个戏对于反腐倡廉、清正为官是最好不过的框架，大量的当代社会情绪完全可以自然地切入。无疑，对于针砭时弊极有警醒意义。所以，当谢瑶环奉命巡视江南，面对民间深重的疾苦，一个深沉的社会命题便会叩问众多人物以及观众，而那些当代流传的段子便成了很好的调味品。舞台实践证明，当角色说到——"从外向里看，几多贪污犯；从里往外看，全是穷光蛋"，"拔出萝卜带出泥，上上下下一大批"之类的台词时，满堂出彩，全场掌声，观众们的反应，自然是有感于今天的。

京剧《谢瑶环》有扎实的戏剧结构基础，人物形象也颇为丰满。但从当代观众的审美要求来看，节奏显得缓慢，语言文言化，交代历史事件也过于复杂，越剧的语言更需要贴近观众。从这些角度来思考，改编本自然要重新行文，加上事件和结构也有所变动，所以本子必须重写，不可能在原本子上划划改改。改编亦是一种创作。我执笔的几稿，都是这样做的，从中感到了戏剧创作的艰难和乐趣。

这个戏的最大好处是矛盾冲突尖锐，戏剧悬念强烈，牵动观众，格外好看。当然，搬上舞台以后，还是留下一些遗憾，比如权奸来俊臣赶赴江南，谢瑶环被打入大牢，惨遭迫害，这个过程太快了一点；花园月夜袁、谢相爱又则显得冗长而偏冷。作为演出剧目，序幕和结尾也可以重新考虑。如果有机会再改一稿，我想一定会保持精华，进一步提高的。

三

《江南女巡按》演出获得好评，是与宁波小百花越剧团整齐的演员阵容有关的。一批最好的演员如洪芬飞、谢进联、张小君、董兰儿、杨慧月、杨魏文、刘晓敏、郑春芬、陈怡等都担任剧中角色，无论主角还是次角，性格殊异，都很重要。正是有这么一批具有实力的演员的参与，才使这个戏摇曳生姿，色彩缤纷。

当然，这个戏成功与否，最主要的是看谢瑶环，这就要说说饰演者谢进联了。

谢进联也是宁海人，从宁海越剧团调至宁波小百花越剧团不久。扮演过几个角色，诸如《花中君子》的陈三两之类，好像并不显眼，若是以这样的水准呈现，恐怕很难在宁波小百花的一流演员中立足。团长刘建宽决定给她以更好的艺术实践机会。因为她的唱腔和形象都是非常好的，作为演员的基本条件她都有。于是，谢瑶环的角色便落到了她的身上。

饰演谢瑶环的最大难处在于旦角反串小生。一般地说，旦角的身段比较柔弱，唱腔阴柔委婉，而生角的要求反之，需要男子气，尤其是谢瑶环奉武则天之命，女扮男装，面对官场的大小权奸、狐群狗党，若没有一点刚气，如何压得住？历来饰演此角，都将面临这一考验。对于从来没有演过生角的谢进联，自然也不例外。

谢进联为此付出了辛勤的汗水。她要塑造好谢瑶环，首先要具有这种阳刚的气质，无论是身段，还是白口、唱腔。记得我去看排练时，看到有一位京剧男演员做了她的老师。她是下了大功夫在勤学苦练的，尤其是监狱受刑的那场戏，各种身段造型要求很高，她总是练得满身大汗，散了骨架似的。在那位京剧老师的辅导下，她的表演气度有了质的提高。时任宁海越剧团团长的唐洁妃,看了谢的表演后说,谢瑶环一角,让谢进联换了一个人,真是让人刮目相看。我想,这大概也是对谢的最好评价。

裴明海同志约我写这篇稿子时,希望我就谢进联的表演作点评析,包括她后来演得颇为成功的《阿育王》《烟雨青瓷》及《王熙凤大闹宁国府》中诸多旦角,我对演员的表演并不在行,也无法在一篇回忆《江南女巡按》的散记里一一分析她的所有角色塑造。但是有一点是可以肯定的,即谢进联自从饰演了谢瑶环一角后,进步很快,艺术创造别开生面。塑造谢瑶环是她艺术道路上一个令人瞩目的转折点。这非常值得称道。她演唱的那段"阴森森黑沉沉千斤镣铐",现在已经成了无论是专业还是业余唱腔比赛时的经典唱段,并被多次录制成音带。这段唱词,有散板,有慢板,也有快板;有委婉之柔情,也有刚烈之豪气,还有对云雾散去"泛舟太湖,融入彩虹桥"之向往,板式丰富,节奏多变,旋律优美,凝结了作曲刘建宽和演员谢进联的艺术激情。我作为词作者,对自己写的唱词自然也颇为钟爱,有点敝帚自珍,虽然录制成音像品,从未收到过半分稿酬,但是,能为观众和听众所喜欢,也便乐在其中了。更何况,它还是三个宁海人的合作成果呢。

毕春芳艺术馆前言

中国戏曲是中华民族文化传统中的一条血脉,又是为广大人民群众所喜闻乐见的一种艺术形式。中国戏曲百花绚烂,万紫千红,三百多个剧种如春花般鲜丽竞放。而每一个剧种又有自己的多姿多彩的艺术面貌,以越剧为例,各种流派,各扬所长,各成风格,高亢激昂,委婉动情,色彩缤纷。毕春芳创立的,并经数十年孕育培植而成熟的毕派则是众多风格流派中的一派。

毕春芳的戏路子很宽,会演越剧的各类剧目,如《梁祝》《白蛇传》一类的越剧代表性剧目。她的形象英俊潇洒,表演自然飘逸,唱腔圆润脆亮,富有弹性,都乐为观众称道。她与戚雅仙联袂建团,形成"戚毕"组合,一旦一生,各以自己的艺术风貌,经过长期磨合,融洽成一朵浑然天成的美丽的越剧之花,在繁花似锦的越剧艺术园地里,自成特色,光彩夺目,创作了如《玉堂春》等代表剧目,赢得了观众的喜爱。而我还想说的是,毕春芳的成功,不光在于以上所述,她还有她特殊出众的一面。越剧诞生在江南水乡，多以缠绵悱恻、优美抒情的风格占长，尤其是悲剧，更是越剧的擅长。而毕春芳——作为越剧五大小生流派（尹桂芳，范瑞娟，徐玉兰，陆锦花，毕春芳）之一的她，却在表现喜剧上独有建树，成为越剧表演艺术上光彩亮丽的一笔。这是很不容易的——试看她的剧目：《王老虎抢亲》《三笑》《卖油郎》等，让人出乎意料地认识了越剧的喜剧功能，别开生面。她不但扮相俊美，唱腔动听，而且更倾心致力于人物性格的塑造，她以自己自然适度、诙谐风趣、得心应手的准确表演，诠释了"不着一字，尽得风流"的美学境界，成功地将一个又一个鲜明的人物形象呈献在观众的面前，让人刮目相看。这是一种创造，一种开拓，一种突破。从某种意义上说，她的这种艺术勇气和艺术实践，成就了越剧艺术的丰富多彩，使之更有活力，充满生机。每一位越剧表演艺术家都有自己的长处和贡献，而毕春芳，她的喜剧创造，是独树一帜的。因此她弟子众多，戏迷如云。她在越剧园地中的地位是不可撼动的。

毕春芳虽然生在上海，但她的老家则在宁波鄞县仇毕。她小的时候常常回到家乡来，住在外婆家里。她对这片土地一往情深。一草一木，一物一景，都刻在她童年的记忆里。成名后，她不忘家乡，给家乡领导写信，捐赠她写的书籍、演出的服装、剧照、节目单以及获奖证书，并回到家乡举办专场纪念活动等。因此，这片土壤也便成了她的艺术土壤，众多乡亲成了热爱毕派艺术的忠实观众。

现在，仇毕已改名东郊街道，但是仇毕往昔的优秀文化和杰出人物还传承在这里。东郊街道党工委在鄞州区文联等有关文化单位的支持下，积极有为地筹办了毕春芳艺术馆，这是一件非常有意义的事，纪念乡贤，弘扬文化，光大精神，作用于今天伟大的改天换地的事业。我相信，毕春芳艺术馆不仅是东郊（仇毕）的一张响亮耀眼的名片，也是鄞州、宁波乃至浙江的一张文化名片。正如她的儿子吴越说的一样：这不仅是对一个人的纪念，也是对一个时代的纪念，对优秀传统文化的纪念。诚哉斯言。

波澜起伏　扣动人心
——简评电视剧《向东是大海》

电视连续剧《向东是大海》是一部史诗性的厚重之作，对于宁波的电视剧创作和制作来说，具有里程碑的意义。我们可以从各个方面去品味它。其中故事铺排的生动精彩与人物塑造的丰富饱满，让我感受甚深。

《向东是大海》的故事是好看的。全剧的主线围绕周汉良与董家三兄妹以及结拜兄弟黄初柳、范小恩的恩怨情仇，通过商战的几大回合——"水泡货"染料事件、轮船公司票价竞争、开办水泥厂以及与日本侵略势力的不屈斗争，编导把故事情节编排得波澜起伏，紧扣人心，富有传奇色彩；情节推进时时险象环生，高潮迭起。一部优秀的电视剧首先应该是非常好看的。没有好看的故事，观众怎么能被吸引得住？现在有些电视剧，开头结尾还不错，而中间部分却松松垮垮，拖拖沓沓，难怪观众会换了频道。而《向东是大海》几乎场场是好戏，每集都精彩，没有什么疲软的场面，不能不佩服编导的艺术功力和巧妙构思。每个悬念的设置，总是把人物和情节逼到了绝处,然后又绝处逢生,别开生面,让人感到痛快淋漓。比如周汉良深入虎穴到海匪老巢去营救董芝霞,紧张之弦绷到了极处;又如轮船公司的票价大战,一波未平,一波又起,一环紧扣一环,牵动人心,这样的构思可以说全剧皆是。

在揭示剑拔弩张的商战的同时,周汉良与董芝霞、董芝莲两姐妹的爱情纠葛也是非常好看的戏。由于董芝霞的任性"逃婚",导致她与周汉良的感情种下了苦果。对于周汉良来说,一面是值得真心相爱而不能结合的董芝霞,一面是没有什么感情基础而被李代桃僵的董芝莲;一个是激情如火、患难相知、肝胆相照的奇女子,一个是温良敦厚的贤妻良母,周汉良陷入了深深的痛苦之中。应该说,此类戏剧矛盾的揭示,涉及道德观、价值观、爱情观诸多敏感话题,是很难处理的,编导却把握得极具分寸感,时而波澜骤起,时而又委婉凄恻。有两戏场非常精彩,一场是姐妹相见,面对痛苦得吸上了大烟的妹妹,董芝霞心痛如绞,她的一番深沉表白以及毅然决定离开,深深打动了观众;另一场戏是小报的记者披露了周汉良与董芝霞的花边新闻,董芝霞无路可退,坦然面对众多记者,义正词严,具有强烈的情感冲击力。

《向东是大海》的人物塑造也是非常成功的。这部电视剧的人物关系非常微妙,兄弟之间、夫妻之间、亲情之间,恩恩怨怨、亲亲仇仇,人物性格的复杂性刻画得很好。每个人物都有其自身性格变化的合理性,其行动随着环境的改变而呈现内在的逻辑。周汉良的塑造具有那个时代宁波商人的典型性,他的敢于创业、诚实守信、不畏强暴、爱国爱乡等，集中了宁波商人中最优秀的品质，但他又不是简单化的，扁平化的，而是有血有肉、有爱有恨、有痛苦、有感情的凡人。编导把他的个性展示糅合在错综复杂的故事情节之中，安置在激烈的矛盾旋涡之中，因此才鲜明，才生动。

董芝霞是一个富有传奇色彩的女子。她具有对传统叛逆的多重心理。她逃婚，她任性，她深深地爱着周汉良，命运却总是让她阴差阳错；她参加过革命党，敢作敢为，敢爱敢恨，个性色彩十分强烈。但是，她的内心又蕴藏着深深的痛苦，不能言表的痛苦。分寸是艺术表演的生命，过一分则火，欠一分则温，恰到好处又痛快淋漓正是编导和几位主演的不凡功力的体现。

我也非常赞赏对黄初柳和董芝恒两个人物的塑造。黄初柳是个喜剧人物，由于出身于梨园，他的一言一行有点不男不女，有些"娘娘腔"，而且胆小。随着剧情的发展，他越来越有光彩。重要的一笔是他心爱的妻子被日本人炸死了，他的品格和气质获得了极大的提升，他具有了男子汉的刚性和血气。为地契，他去找昔日的结拜兄弟，今日的陌路人范小恩，恳求无效，他往自己的腿上扎了一刀，扎得惊心动魄；后来，他又组织与日本人斗争，视死如归，表现了一个原本羸弱的男人，获得了大无畏的气概，非常饱满。

董芝恒也刻画得很好。前半段他是一个无耻的商人，他气昏自己的亲生父亲，设计陷害自己的妹夫周汉良，可谓卑鄙之极。而后来,在与日本侵略势力周旋的民族大义之前,他选择了良知,选择了做人的尊严,保持了那个时代作为一个中国人的底线。这一笔转变得非常准确精到,非常合理。而转变的一个重要因素是他在众叛亲离失去亲情的情况下,他的外甥周健勇一声"舅舅",顿时让他在人生凄凉中获得温暖,让他幡然醒悟开始回头,几十年不能解的结,在下一辈亲情的呼唤中化解,以至后来在选举商会会长的竞争中,他毅然舍去自己,投上周汉良一票,并说了一段发自肺腑的话,演员表演并不慷慨激昂,却让人震撼。这个人物到最后显得如此有光彩并丰满。

值得一提的是,《向东是大海》在塑造人物上,对人性的复杂性有着深刻的思考和认真的构建,不仅对于正面人物,而且对于反面人物,都充满深刻的人性解剖,力求做到人物的丰富性、复杂性、合理性,这才使人物具有鲜活的形象。

童真之天趣 哲理之慧光

——简评儿童广播连续剧《今日阳光》

作为儿童剧,无论是舞台剧还是广播剧,或者电视剧,光有一个好看或好听的故事还是不够的。故事性总是任何叙事作品的最基础层面。童趣和哲理则是儿童剧应该追求的审美层面。最近,听了鄞州人民广播电台播出的儿童广播连续剧《今日阳光》,深深为之感染。一部仅能用声音来表现儿童生活的文艺作品,具有如此丰富的审美效果,让人或喜悦,或牵挂,或联想,或思考,心灵受到美的感动和震撼,真是一件不容易的事。

《今日阳光》说的是一个外来工子女田小山从东北农村来到沿海城市学习、生活的故事。一个北方农村的孩子融入沿海城市的学校,其生活条件、语言思维、爱好习性乃至成绩优劣都会形成某种落差,会发生许多意想不到的外部矛盾和心理冲突。作者在表达这一冲撞的过程中,较好地把握住人物个性,从儿童心理出发,写得血肉饱满、充满童趣。

比如第一集的开篇,老师布置了命题为"我家的宠物"的作文,城市里出生的学生可以说出牧羊犬、京巴狗、波斯猫等一大串有钱人养的宠物来,而身处打工家庭的田小山却不可能有这一些,既然是家里养的喜欢的动物,他觉得东北老家的小毛驴,可以界定为一般意义上的宠物,但是,对于一个农家子弟,还有比可以干农活的小毛驴更让他喜欢的动物吗?他的生动描述给全班同学带来了一股清新的春风,同学们都听得入迷了。人物塑造正是在这些独具儿童情趣的描写中显得丰盈起来。又如,儿童是喜欢听故事的,在田小山因为妈妈是卖菜的遭到同学取笑时,班主任叫同学们朗读《鞋匠的儿子》,林肯的爸爸是个鞋匠,而林肯却成为美国总统,参议员的讥笑、诽谤,并没有阻挡他的成功,成才全靠自己。当讨论什么是快乐时,班主任又给同学们说了一个小女孩看窗口的故事,说的是不同的窗口可以看到不同的景色,可以给孩子带来不同的心情。故事充满童心奇趣,充满斑斓色彩,孩子受到了教育,这些教育都是在"润物细无声"的趣味中得到的,不能不称赞作者的匠心巧运。

《今日阳光》令我赞赏的另一个特色是整部作品洒满哲理的阳光。作者总是善于在故事情节的推进中,不断挖掘具有思想意义的细节和语言。一层一层铺叙,一层一层开掘,提升到哲理的层面。一个外来工子女融入城市,让人感受到傲慢与自信、快乐与烦恼、穷人与富人、朴素与豪奢等的对立,通过巧妙的引导分析,给人以深深的哲理思考。来自农村的孩子面临物质的欠缺,却又具有纯真朴素的品格;有钱人家的子女生活优裕，却缺乏吃苦耐劳的精神。各有各的快乐，各有各的烦恼，你富有的我缺乏，你缺乏的我却拥有。有钱的人就快乐吗？不一定，离婚、股票下跌、失去亲情等都会困扰着他们。那么什么才是快乐呢？作品通过班主任对一个故事的讲述，启发学生认识到"有时候快乐是一种选择，是一种角度"。让别人快乐，自己更快乐！就在这样深入浅出的不断开掘中，思想得到了深化。

作品的第三集写得特别精彩，田小山和林阿元（一个曾经很傲慢的孩子）为了帮助父母正在闹离婚的杨菲儿快乐起来，决定让她换个窗口看看。假日时，他们约她一起去五龙潭玩。他们拣石头玩，打"水片"，生动地把烦恼比作石头，狠狠地把它抛出去，抛得远远的！在一片片扑通扑通石头落水的声音里，杨菲儿忘却了烦恼，获得了快乐，三个孩子都获得了快乐，这一片水一样的清纯同时也感动了听众。然后他们登上山顶，朗诵诗歌，大声喊山，喊心中的感情，喊心中的喜悦。在灿烂的阳光下，他们快乐地成长。一个哲理被他们演绎得如此形象而生动。

当然，儿童剧揭示哲理不宜太深奥，也不宜太复杂。我曾经参加过他们的作品研讨，作者在吸取意见的基础上不断加工修改，去掉一些繁杂、晦涩的道理阐述，将故事情节提炼得更纯更简练，因此形象也更感人，主题也更鲜明。这是值得庆贺的。

后　记

忆枣楼是我书斋的名。为的是纪念我的故乡宁海老家，院子里有一棵经年常绿的枣树。每到初夏，星星点点嫩黄的枣花盛开，散发出淡淡的清香，弥漫在院子里以及我的书房里。秋风一起，枣子全熟了，我们便可以享受这棵又香又甜的小品种枣子的美味了。因此，我的老家书房，便被命名为枣香楼，知名书画家杨象宪先生为我篆刻了一枚"枣香楼"闲章，至今还珍藏着。我曾经写过一篇散文叫《怀念枣树》，里面寄托了我对这棵枣树的特殊感情，同时也是我对因车祸遇难的大女儿的恻然怀念，她是在那棵葱绿的枣树下长大的。因此，这棵枣树成了一种特殊的象征，是我毕生挥之不去的心结。调到宁波工作以后，我便将自己的书斋名改为"忆枣楼"。毕生好文，长长短短、深深浅浅的篇什在此写就。

近年来，再也写不动那些大型戏剧本子以及长篇传记文学之类的作品了，而应文友们之嘱，为之所写的序言和议论却连篇不断，年有所积，涉及文学、戏剧、书画诸种。本来是想单独出一本这样的书的，这样会比较纯粹一些，后来又觉得自己年事渐高，再另外出书的可能性越来越小，干脆将一些散文篇什一并收录了。这样一来，我的这本小书，内容就显得有些芜杂。既有对文学、戏剧、书画的评说，又有对宁波历史文化名人的溯往，也有我年少时求学生涯的种种回忆，还有游走于山水之间的即兴抒怀等。但是，有一点是共同的，即这些散文和随笔都是在我的忆枣楼炮制的，是从忆枣楼出发的，以"忆枣楼漫笔"冠之，也算是一种说法。

本书收集的文章，大多发于各类报刊，迹已十年有余，人事种种，早已变迁，为尊重史实，我未作改动，只能留与读者辨识了。时代发展很快，瞬息间已是网络信息时代。散文随笔一类的文学形式也会发展变化吗？应该会的。看看当今年轻人写的此类文字，还是有别于我们的。因此，在汇编梳理这些文稿时，我心里常常会冒出一种怅然的感觉，感慨万端。那就让它留下一些人生的痕迹吧，也许是我们这一代人的痕迹。感谢宁波市文联和宁波出版社的热情支持，使得这部集子得以面世。

杨东标

2023 年 5 月